人间光亮

——武汉生命记忆

刘宇 张嘉 等著

作家出版社

给每一个经历2020

不曾忘却的你

4月23日，武汉市民在武大凌波门附近的栈桥游览　摄／刘宇

2月29日，经过几天阴雨，终于出了太阳，阿婆坐在小区门口织毛衣。一旁的大姐说，原来每天跳广场舞，现在只好自己活动活动了　摄／刘宇

"三八"妇女节当天，陕西第三批援鄂医疗队队员合影　摄 / 刘宇

3月2日，社区志愿者在小区门口值守　摄 / 刘宇

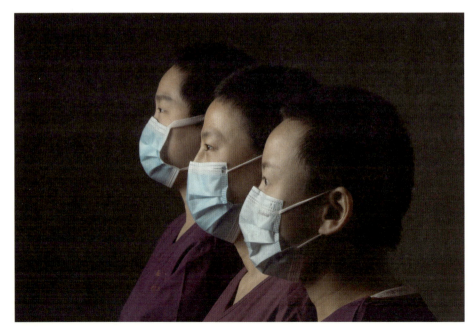

3月1日，西安交通大学第二附属医院医疗队医生张美真、护士郝会香和韦飞在位于武汉的驻地拍摄肖像。为了支援武汉抗击新冠肺炎疫情，她们在出征前都理了像男孩子一样的短发，以减少病毒污染的风险　摄 / 刘宇

3月2日，身穿防护服的民警从武汉小东门立交桥下走过　摄／刘宇

3月24日，在武汉火车站，孟世奇与母亲相拥而泣，父亲在一旁向他们喷洒酒精。从中南财经政法大学毕业的孟世奇封城之前去外地同学家玩，滞留两个多月后终于回到武汉　摄／刘宇

3月31日，在湘雅二院援鄂国家医疗队驻地，痊愈出院的祝先生向撤离的医疗队鞠躬　摄／刘宇

3月31日，在湘雅二院援鄂国家医疗队驻地，祝大哥见到护理过他的护士：徐灿（左二）、付敏（左三）、方艳萍（左四）　摄／刘宇

4月1日，在武汉市儿童医院，妈妈为来复查的两个月宝宝戴上口罩　摄／刘宇

4月7日，六十五岁的王老伯早早等在自家阳台上，当北京医院援鄂国家医疗队的车队经过汉口沿江大道时，退伍老兵王老伯致军礼，车队驶去很久王老伯才放下手臂，哽咽着说我会永远记住他们　摄／刘宇

4月5日，在武昌珞瑜路旁，几个孩子在做游戏　摄 / 刘宇

目 录

▌ 辑一　武汉现场

辑二　守望相助

辑一 ｜ 武汉现场

康复后捐献血浆的武汉医生：
想多救一个人，希望这件事尽快过去

文／袁琳　金赫

2月17日，在被隔离了将近一个月之后，孔岳锋第一次走上武汉的大街。街上没有什么人，车很少，空荡荡的，只有几个环卫工人和社区工作人员在忙碌。他心情愉悦，觉得自己像笼子里的鸟重获了自由。

孔岳锋是武汉第四医院放射科的医生，三十二岁。1月22日，他被确诊感染上新冠肺炎，经历过加重、减轻，最后痊愈。2月2日出院后在酒店隔离。

这是他解除隔离的第一天，他打算去医院做复查。他骑着一辆共享单车，新冠肺炎带来的乏力感还没有完全消失，体力还有些跟不上，他骑得很慢，中间不得不停下来休息了一次。往常四十分钟可以骑到的路程，这次花了他一个多小时。孔岳锋心里是开心的。因为这次复查如果一切正常，他将有资格捐献出自己的血浆。每二百毫升血液里的血浆，可以救治一位新冠肺炎的重症病人。

2月13日，金银潭医院院长张定宇在新闻发布会上称，医院已经在开展恢复期康复病人的血浆输入工作，且显示出初步的效果，呼吁病愈患者积极到医院捐献血浆。18 日，钟南山院士也在新闻发布会上表示，"恢复期病人血浆治疗在重症救治的临床情况上有明显效果，该疗法较为安全有效"。

孔岳锋在了解到呼吁的当天便联系了血液中心。几天后，他被通知可以前去献血。为了确保万无一失，他特意提前去医院做了一次复查。

此时，全国新冠肺炎的治愈人数过万，响应捐献血浆号召的痊愈患者也在增长。但在不小的患者数目面前，血浆能够覆盖到的患者范围仍是狭窄的。也有人提出疑问：捐献血浆真的对恢复期病人的身体毫无影响吗？

孔岳锋是第一批感染者，是被治愈者，血浆捐献者。同时，他也是一名医生。他对个人经历的讲述和解析，他个人的治愈和血浆捐献过程，或许比其他人更有借鉴和启发意义。

以下是孔岳锋的自述：

1

住院的时候，我跟同事已经讨论过这个办法。我说如果这个事情我能扛过去，出去我一定要献血浆，看看自己血浆里有没有抗体，能不能帮到更需要的人。我自己是医生，我猜想对于未知的传染病，特效药一时很难研制出来，如果一个人能够痊愈，那很可能体内会存在相关的抗体。巡查病房时有个主任过来，我给他提过这个办法，我说我愿意献血。

我是 1 月 19 日发现自己不对劲的。20 日我跟科室主任说了一下我的情况，主任非常警惕这个事情，他说你先隔离，休息一下。我就开始居家隔离。

我 20 日查过一次 CT，是正常的。22 日我坐不住了，晚上又去了一趟医院，做 CT。我后来反复地想，为什么我又去做 CT 呢，很大的一个原因是我自己觉得有点不对劲。毕竟影像学检查的结果是滞后于临床表现的。

当时心态很复杂。一边心里觉得，这个事情应该不至于传染性那么厉害吧？有侥幸心理。我想再查一次，告诉大家我没有事，我想回去上班，因为大家都在上班。虽然症状有一些加重，但还可以忍受。

中招以后，我心里有点乱，跟科室同事说了一下这个事情，希望大家引起重视。也跟家里人说了。把那三天之内接触过的人都捋了一遍，给他们提醒。

我算是第一批发病的，入院还相对简单，床位还有空余，当时我顺利住院了。我们医院是疫情定点医院。

还好当时我和身边的人足够重视。发热后我跟同事接触都隔着两米远的距离。至少，我的家人跟同事，没有人因为我被感染。这是让我感到欣慰的。

2

我 1 月 23 日住进去，2 月 2 日出院。大概十天时间里，最困难的部分其实是信心。进去之后时间就变得没有概念了，那天突然有人说，今天是过年。非常感慨。本来还想着，因为最近几年老婆怀孕，生小孩，值班，已经有三年没有回过湖南老家了，当初就想今年回去看一下，因为我外婆年纪也大了。票买好了，班也都排好了，如果没有意外，那天我应该是在老家的。

除夕晚上我跟家人通了一个视频，我妈妈看到我手上的留置针，我看我妈妈脸上的表情，我说你在干吗，我人挺好的。

过年那几天也是我病情最重的阶段。最大的反应是没有胃口，吃不进东西，心率也加快了，呼吸有一点喘，整个人没有精神，一天可以睡十几个小时。但总体上还好，能够忍受。毕竟我在部队待过，身体素质还是不错的。

但是着急，什么也做不了，只能在群里发积极的消息鼓励大家，让大家有信心。

在病房的时候，我也在朋友圈写过几篇长文，想告诉大家这个事情要引起重视，但是不要恐慌。我说这个病的传染性很强，但是毒性不强，我们首先要做好防护，保证自己的营养。我说这个病毒毒性对大部分人而言不会很强，不要恐慌。

我住的病房有三个病人。只有我一个是医护人员。医院是把重症和轻中症分开收治的，我们三个属于中等的。

从 29 日开始，我的食欲恢复了，因为之前我是基本上吃不出味道的，也不觉得饿。都是强迫自己必须吃，不然营养跟不上。29 日突然就感觉到饿了。精神也好了一些，不需要睡那么久了。

我的个人经验是，感染后轻症患者如果想早一点恢复，最重要的是休息好，营养要跟上去。还有就是必须、一定要有信心，精神非常重要。

我意识到这个问题，是我比较重那几天。我就给病房里的人包括同事都呼吁，必须要调整心态。我以前也碰到过有些病人，信心垮了之后，病就进展得很快。说到底就是自己放弃自己了。

后来克力芝被发现有效之后，他们也问过我，我说我暂时不用，给别的重的人用吧，因为我感觉我基本上已经扛过去了。

症状缓解之后我提出想做一个核酸。我当时想的是，如果症状很轻了的话，干脆让我出院算了，我看到外面很多病人很重症的住不进去，其实是很难受的。这个资源这么宝贵，应该给更需要的人吧。我们医院是第一批定点医院，病人大批涌入，人员超负荷，医护人员也非常辛苦。我2012年甲流时也穿过一段时间防护服，知道那种难受的感觉。

1月29日和2月1日做了两次核酸，都是阴性。然后2月1日又做了CT，显示已经明显好转，符合出院的标准。2月2日我就出院了。十天里瘦了三公斤。

3

我没有回家，找了个酒店自己隔离。在医院的时候，我老婆就想给我送东西来，我坚决不同意。从家里骑到医院要一个多小时，外面很不安全。我非常感谢我的同事，我去医院做检查的时候什么都没带，连手机充电器都没有。所有生活用品都是他们给我买的。在酒店隔离期间，我的三餐也是同事们每天送来，送到房间门口，我再出去取。他们也很忙，还一直照顾我，我很感谢他们。

在酒店的十几天，我变成了一个心理疏导的角色。我有时会写点东西，鼓励大家。我接到很多电话，一些朋友、同事，有些是认识的，有些不认识，来向我咨询肺炎的事。我就用自己的经验鼓励他们。有一个印象深刻的人，他是一个警察，是通过别人找到的我，他直接在微信里哭了，我一直安慰他。他说全家都被感染了。我仔细问了他们家的情况，年龄、疾病史，我感觉他们都还好。我就说了一句大话，我说我以人格担保你不会有事的。我教他怎么开导他妈妈，可以提提二胎的事，多转移老人的注意力。后来他给我发消息，说他已经解除隔离，慢慢恢复了，全家都好转了。

在我情绪最低落的时候，也是我的家人、同事在开导我，安慰我。所以我出来以后，别人需要我帮助，我肯定希望能在关键时候拉别人一把，给别人树立信心，让他们也恢复得好一些。

2月13日我见到了金银潭医院的呼吁，说新冠肺炎康复的，我们需要您的帮助，下面留有几个电话。我给血液中心打了电话，说了我的情况，我说我还有几天就过隔离期了，需要的话给我打电话。17日他们给我打电话，我说我先去医院做个CT复查一下。确认正常后就约了18日上午的时间，他们会来接我。

17日是我解除隔离的第一天。我骑自行车去医院做了复查，CT显示一切正常。体力还是下降了一些，所以就慢慢地骑，中间还休息了一次，以前四十分钟就能骑到的路程，那天骑了一个多小时。

18日上午十点左右，我被接到血液中心。献血浆是预约制的，那里的人不多。很巧的是，我居然遇到了两个同事，我们差不多同样时间发病。到了以后我们先抽血，对我们的血液进行化验，看你合不合格。过了二十分钟，他们说我的血液是合格的，让我填了自愿献血的申请表格。

血浆捐献跟献全血是不一样的。他把你的血液抽出来，通过机器进行循环，把血浆提炼出来，再把剩下的血液回输到你身体里。他们只需要血浆，因为血浆里才有抗体。通俗地讲，人的血液分为血浆和血细胞，供氧靠红细胞，免疫靠白细胞，凝血功能靠血小板，但他们只需要血浆，其他的会回输回去，同时会给我们补充相应的生理盐水，把这部分液体补上。整个过程大概一个半小时。所以严格来说，捐献血浆对身体会有一点影响，但影响不大。就我个人的观点，献完血浆以后，休息个几天，多吃点鸡蛋，多喝点牛奶，多喝水，可以缓过来。当然刚做完献血，我建议还是要保证休息，不能熬夜。总体来说，我认为是没有危害的。

有些人对献血浆有点害怕，我也能够理解。我去之前也犹豫过。毕竟身体相当于大病初愈，会不会对身体有影响，我不是这个专业的，没有那么确定，去之前查了很多资料。

最初我是想献两百毫升的。因为两百毫升可以救一个人，四百毫升就可以救两个人。那里有个专家明确说，血浆对重症患者的治疗效果是很好的。但是我以前献过一次四百毫升的全血，当时身体很不舒服，明显回不过神来了。我说要不这样，你抽到两百毫升的时候给我说一下，如果我觉得身体扛得住就继续。到两百的时候，他提醒我说两百到了，我感觉自己可以耐受，最后献了四百毫升。当时我就想多救一个人吧。

献血回来以后，我觉得对精神还是有一点影响，比较嗜睡，下午回去断断续续睡了几觉。感觉也缓过来了。

我现在解除隔离了，但还不打算回家。再休息几天，我就可以回去上班了。说实话，被感染过一次，我挺怕第二次的，所以安全防护肯定不能松懈。

我很久没有抱到孩子。想回去看一下小孩，抱还是不敢抱，给家里买点东西带回去。医院需要我的时候我随时准备上。18日去医院路上，我看到有些环卫工人戴着口罩搞卫生，人家也是拿命在工作，大家都是很伟大的。

我个人的观察，至少最近几天，外省援助来了之后，方舱医院实施以后，情况在好转。刚开始总有人向我求助，要我帮帮忙，我也实在没有办法，我一个普通医生能有什么办法呢？现在，至少我知道的感染者，全部都收进去了，也有陆陆续续出院的。有几个还向我表示了感谢。总之，希望这件事尽快过去吧。

武汉女孩方舱内外的这些天：
扛过去，他就会跟我求婚了

文 / 葛佳男　林珊珊

在武汉，事情每时每刻都在变化——听李小熊说"每时每刻"的时候，你会明白那就是每时每刻的意思。从 1 月 23 日开始，过去的一个月就像是有人不小心推倒了多米诺骨牌。她起初只是一个志愿者，因为想给医院捐点口罩而无心插柳地组起了一个车队。后来，她成了康复之后核酸"复阳"的感染者，难以跟伴侣联系的不合格女朋友，重症昏迷患者的家属，核酸"假阴性"病人的女儿。现在，她不得不一边在方舱隔离，一边调度车辆运送物资。

她是个漂亮又快乐的姑娘，认识的人都这么说。原本她过着那种最轻盈的、糖水味儿的生活。开医美医院，做游戏主播，粉丝数量足够满足小女孩的虚荣心，但没有庞大到造成困扰。家庭和睦，朋友环绕，刚刚交往了抖音认识的男朋友，很酷很帅，春节的计划是俩人一块儿去泡温泉。她从来没想过自己的生活会被什么打断。过去的一个月里她哭了很多次。爸爸昏迷是在一个下着雨的深夜，救护车开进小区又原样开走了，因为医院找不到病床。男朋友问她，你帮助别人却弄坏了自己的身体，我们是不是没有未来了？你会不会后悔？得知核酸结果的前一天她整晚都无法入睡，独自关在房间和恐惧面对着面。还有很多问题她至今也想不明白。她能帮到别人，却难以给自己的父母找到一张病床，究竟应该怪谁？而在为车队工作的时候，她似乎又变成了一个没有泪腺、坚不可摧的人。具体而微的事情一件件砸下来，把情绪给关闭了。"咱们多理解一下子别人"，她总对感到沮丧的伙伴这么说。虽然她自己也无法理解为什么在这种时候还有人想利用她们车队骗钱。等到疫情结束了——她告诉别人也告诉自己——等到疫情结束了，要组织大家好好聚一聚，一块儿喝大酒、吃小龙虾。第二天清早，她看到大家象征性地在群里喊两句累，又继续出车搬货去了。她发着烧，不停接着调度电话，在方舱把微信名从"李小熊生病中回复慢"改成了"万能李小熊"。疫情往她的心里填满了有重量的东西。像很多很多人一样，可能连他们自己都说不清为什么，那重量推着他们行动、行动，愚公移山似的，试图把石头一点一点从心里搬出去。

以下是李小熊的口述：

凌晨，一个四十多岁的姐姐上车，我听见她在后面哭

2月19日早上，我在江夏区的方舱医院收到了最新一次核酸检测结果，是阳性。本来是好了的，为什么突然变成阳性了，我也不知道，我好难受，我要捶人了，我要打架了。我爸爸还在医院，据说CT结果出来已经有好转了。他现在总算好多了，因为住院了以后可以打针，烧降得快一些。人精神头好多了，也不发烧了。我妈妈还是双肺感染，在隔离的宾馆等床位，没办法。她核酸检测还是阴性。我们一家都隔离了，在三个不同的地方。我是最后被带走的，不知道要走多久。邻居有时候去

敲一下我家大门，一敲门，我家狗会叫，那就是没事。他陪我十年了，是个弟弟，大名叫菲尼尔。我想弟弟了。

方舱里，好几个省市的医护人员在轮班，每天有发中药，早上一袋、晚上一袋，医护人员挨床地查体温、血氧饱和度还有血压，会问你今天怎么样，给你诊断一下。还有一个大露台，大家可以下去晒晒太阳，活动一下，呼吸一下新鲜空气。这里面都是轻症的，可能住一段时间就能恢复出院的，大家都不是很严重。现在"封城"，大家都出不了门，连菜都买不了。到我隔离，我们社区没有团购服务，家里面什么吃的都没有，天天吃泡面。方舱这里每一顿吃得都很好，有鱼有肉，比我妈做的都好吃。别人开玩笑，都说想举报自己发烧然后去方舱吃饭。我本来答应我男朋友，晚上忙到十点以后就不忙了，但是每次一搞就到凌晨两点。昨天到现在我还没睡。没有办法，要是休息，等睡醒了以后好多信息就漏掉了。

比如别人很着急有物资需要转运，东西到了以后就堆在路边了，你得马上处理。

我有时候早上起来以后就会开始忙，下午会睡一两个小时，睡到吃晚饭之前，别人就会把我吵醒，我就起来看手机，就又开始忙。我们车队是1月23日下午成立的，开始就是我发了个朋友圈，很快有了好几千人。那个时候都不能用"紧张"来形容，是一刻不敢放松。每天一边接送医护人员一边回复信息，我就按那个微信顺序一条一条地往下回，下午五六点钟回完的消息，发现那个人是早上七点多钟发的。我从小在武汉出生长大，那两天开车跑在路上，都不是说觉得这不是我熟悉的城市了，我觉得这就不是现实当中。哪里都没有人，就跟电影里一样。大部分医护人员一上车就休息了。我边开车还得边注意手机，其实也没空跟他们说话。只有一次，凌晨，一个四十多岁的姐姐上车，我听见她在后面哭。我就陪她说了一会儿话，安慰她。她说她是发热门诊的医生，从来没见过那么多人去就诊，光那一天她看到的就有一百多个人可能被感染了。她觉得情况很严重，担心被感染了，很害怕。接送完医生或者送到了物资，他们会说感谢的话。在这种时候，他们说"谢谢"的语气、动作，真的就不是一般时候的那种"谢谢"。就是你看着都会觉得感动，都不用他多说什么，表达出来的感情很深，我描述不出来。我会想象那个场景，这么多箱东西搬回他们医院，那些科室的医生领到了有多么的开心，可以安心工作了，这么多人有救了。然后你就会觉得特别有成就感，能抵消一些害怕和焦虑。

生病之后，我主要是指挥对接，调度，核查信息。这几天大家运一批货，正在装卸东西呢，就听到跟车的人跟接收方在一起聊天，说什么这次跑一趟赚了两千块钱。我们这才知道跟车的不是捐赠人，是外省的好心人把钱给他了，让他运到武汉来。拿了运输费，再找我们志愿者车队去运，说是他捐的。不知道什么时候开始的，都在打运输费的主意。难怪现在很多人对志愿者态度变得不好了，觉得是我们应该做的。因为他们都觉得我们收钱了。所以我现在唯一的办法就是跟来找我们帮忙的人聊天，尽力核查信息。问他你这个东西是哪个厂买的，什么型号，花了多少钱，从哪里运过来，各种信息都聊一下天，看他说不说得明白。还有一个武汉很有名的志愿者，一些人就通过他捐钱、捐物资，让他去捐给医院。他就不告诉对方是谁捐的，都署上自己的名字。捐赠人去找他，他就把别人从群里踢掉，把别人好友删了。久了以后，大家心里都知道了，蛮难受的。他们每天运东西十吨起，装货卸货，女孩子也都一起搬。

虽然每天跟我抱怨说今天干了一天腰酸背痛的，但第二天一大早还是起来了，还是会去积极地搬东西，还是会问我明天还有什么任务没有。大家很累，嘴上说着累，但是还是会积极地去行动。我很想安慰他们。蛮多医院还是蛮好的，车队去给他们送东西，哪怕是下午厨师都下班了，还专门把厨师喊来开小灶给我们炒点菜，做个盒饭。我只能说一些暖心的话，让他们多理解一下别人。就像有个企业在武汉做好事捐水，每次都让我们车队去帮着运，到了以后，等好久不让搬，说什么要等媒体到了，拍照、拍视频以后再让我们把水运走送到医院。但是我们想只要你做了好事，你的东西实实在在帮助了别人，其他的都没关系。

两天两夜没有睡觉，二十四小时接电话

今年我本来是打算在长沙过年的。我在那边有一家医美医院，1月22日还在开年会。看到23日"封城"，一大早赶回来了，就想着不知道什么时候解封。几个月见不到妈妈，我会想妈妈的。到家的时候我妈还在上班呢，我爸退休了在家待着，都没有意识到这个事情的严重性，都不知道去超市买补给。我强行让他们去超市买了一些菜啊什么的，囤在家里。我们小区都是退休职工住在那里，大家可能平时不看网络。我回到院子里面，发现好多人都不知道要买口罩，一无所知，都在下面遛狗玩。我说你们还不去超市买东西？别人说，为什么要买东西？我说要"封城"，超市可能会关门的。他们说那不可能的，怎么可能关门。我说那你们怎么不买口罩啊？他们说买口罩干吗啊，待在家不出门，过几天就好了。结果第二天就什么都买不到了。

那天中午吃完饭，我就看见别人发的医院求助，缺口罩什么的。最开始发的是中南医院，离我家很近。我发了朋友圈，说大家有没有知道卖口罩的厂商，推两个给我，我想捐一批口罩给中南医院，把我的电话号码发到上面。那天物流都还是通的，外地的厂还可以发货发到武汉来。第二天物流就停了。接着好多外省的人在网上看到我的联系方式，给我打电话要捐东西，我一个人送不了，就在朋友圈借车，借卡车。我不会开手动挡的，只能借厢车，硬着头皮去送。我说有没有车主，谁愿意跟我一起组个车队，去给医院里面运送这些医疗物资？我一个人搞不了。别人又把我这条朋友圈截图丢到网上了，那一天开始就很多人给我打电话，要加入车队，车队就组起来了。一开始只运送物资，后来有人给我打电话说我们是旁边的医生，上班可不可以送一下子？我一想反正车队这么多人，又发了个朋友圈，说周围需要接送的医护人员可以给我打电话联系，我给你安排车。那天电话被打爆，一分钟两三个电话进来，从23日做这个车队开始，两天两夜没有睡觉，二十四小时接电话。因为医院是三班倒，经常凌晨两点、三点、四点，都有医生给我打，我们就连轴转，我们的车主可能一整天撒尿的时间都没有，喝口水都没有喝的。我把医生、护士，还有车队的人全部集中到一个群里，建了好多群，都满五百个人了，大家在里面自己沟通，车主自己在群里面接。反正我大概在哪里，就在群里发一个消息，我现在哪个哪个医院门口，附近有没有人需要接送的。别人有的话联系我，我就继续下个地方。上来一个人，下去了，我就把他坐的地方都擦一擦，喷一喷。那些车子没有消毒水或者没有口罩的，就给他们送，免费发。在等人的空闲里接电话，加人微信，给人拉群，反正就没停过。那手指，大拇指都变成红色一个球了，按手机屏幕按肿了，这辈子都不想再玩手机了，正好戒网瘾。那时候交通已经停了，公交、地铁都没了，出租车也没了，出行已经很困难了。有一些武汉本地人也给我打电话，他们想捐口罩啊，捐防护服啊，捐眼镜啊，都是个人的行为，大家物资也都不多，这个一点，那个一点，又没办法送到医院去，没办法发快递，我们就一个个上门去取，然后再送到医院。那一两天都没怎么吃东西，太忙了，关键是忙起来的时候心情就比较亢奋，我要去帮助别人，我做的是个好事，我特别开心，人一开心起来了以后，就什么都顾不了了。

　　第二天夜里，凌晨一两点钟的时候，群里面已经能自己对接接送，不需要我来接电话组织了，我就睡了一下子。睡下就蛮不舒服了。我当时以为是穿少了，冻感冒了，或者说那两天在外面跑吹了风。真的没想过自己会被感染。我每次戴两层口罩，车上每次消毒，我有点洁癖，都弄得很仔细。我做了好事情，希望老天就想着这一点也不会让我感染，结果没想到就是被感染了。最开始意识到是因为反复发烧。退了以后，身上冰凉，没一会儿又烧起来了。病毒性的才会反复发烧，我就知道我肯定完蛋了。然后就去检查，拍了 CT，肺部感染，病毒性的。社区排不上病床，就熬着，连续发烧，一天烧好几次，在床上不能动弹了。浑身疼痛，上吐下泻，翻身的时候力气都没有，都得推我一把，坐都坐不起来了。我让爸妈戴上口罩，除了上厕所，我就不出我房门，躲在卧室把门关上。我本来想眯一下子，还没眯，三五分钟一个电话就进来了。蛮多人找来说我想给哪个医院物资，我直接把物资放在哪个位置，你过来取。医院每天都在说，能不能给他们搞点这个，搞点那个，顶着很大的压力。那几天全靠一口气在那支撑着，咳嗽、打喷嚏，嗓子也哑了，头也是疼的，浑身上下没有一个好的地方。但真的是没有办法去休息、停下来。你必须把这个事情搞完。

自己搞可以，为什么要让别人也一起来当志愿者？

爸妈当时觉得我不该去搞这个事的。觉得我募捐到了那么一点物资，就跟一滴水似的，对医院不会有很大帮助，自己还累得要死。他们也知道车队很多都是90后的小孩，还有00后的小孩，都很心疼这些孩子，大冷天在外面跑。他们怪我说，自己搞可以，为什么要让别人一起来当志愿者？说别人都是很善良的孩子，愿意冒生命危险出来帮助别人，都是好孩子，万一不小心感染了，多心痛啊。我说大家现在都被困在武汉，生病的人也很绝望，都没有办法去医院看病。他们打电话进来的时候，我电话只要通了，我说一句你好，他们可能都会觉得有希望，至少有个人会理他们。我妈听了，后来就没有说我了。只是跟我讲，你帮助别人可以，但是你要先保护好自己。每天给我身上都消毒、杀菌。因为这个事情，我也跟大家一个个私聊了，说你们做这个事情很危险，有没有跟家人商量过？得这个病，很可能会死。他们说没事。我们有的在外面跟女朋友住一起，有的单独在住，或者干脆就不回家了，就在车上睡吃，他们很愿意做。后来疫情更严重了，我就跟大家说，我去弄一下防护服，在没有防护服之前不要再接送医护人员了，送物资就可以了。可还是有人偷偷地去接医护人员，自发的，每天还是到我这里来报备，今天又接了几个人，开了多少公里。

说实话我在家里唯一能为他们做的就是编一个表，告诉他们流程。比如车上应该放什么杀毒消菌的东西；去接到别人的时候，车子一定要通风打开，不要开暖气，把车闷着；人下车了以后，一定要喷洒酒精消毒，把车门、车窗都打开，通风十分钟；回家进屋以后，衣服、鞋子都脱到门口，用消毒水或者酒精喷洒；进门就洗澡、洗手、洗脸。有人给医院捐防护服，一捐十箱二十箱那种，我就跟人家讲，你这防护服可不可以卖给我一箱，我拿钱买给车队的人。一起搬过物资的几个人我都让他们自我隔离了。我也挺害怕的。但是好在他们去检查了，都是好的。好在车队只有我一个人被感染了。别人笑我说，我们车队总指挥做得最好，结果自己还感染了（笑），丢人。

一定是要扛过去的，扛过去以后他就会跟我求婚了

1月28日那天，我真的太难受太难受了，觉得快挺不过去了。我怕我睡着了就醒不过来了，所以抢着发了一条朋友圈。我说，我知道国难当头，此时此刻谈情说爱很不应该很不对，特别是我作为志愿者更应该心思放在救援上面，可我很遗憾地告诉大家我人很不好，前面高烧了很多天，已经失去了嗅觉味觉，动弹都费劲，所以我不得不在此时赶紧"官宣"了……想想我跟他连个合照都没，就配这个视频吧。我和乐乐刚谈恋爱三个多月，原本讲好了大年初一那天同时在朋友圈"官宣"我们在一起了，可那一天我还在忙着弄物资，没有精力发。其实从做车队开始，我就没怎么跟他说过话了。他每天消息虽然发很多，但我可能一整天都不会点开那个对话框。因为一点开我就想跟他聊天，一聊就耽误了时间，我就干脆不看，每天睡觉之前最后再看一眼他给我发的什么。就想着他起码现在是个健康的人，他在家里待着，他没有事，但是别人是要救命，一下

都不能耽误。他说你现在平均两三天才回一次我的消息，冷落我，我很难受，但是这是你喜欢做的事情，我还是支持你，因为这是好事，这是善事，我女朋友能够愿意做这么多去帮助别人，我觉得挺骄傲的，比网上那些什么都不做，发朋友圈讨论疫情或者发自拍的那些女孩子强多了。我去帮助别人，把自己都搞病了他蛮生气。也是怕我死了嘛，觉得跟我没有未来了。他说我如果这两天突然走了，会不会后悔最后的时间没有陪他？当时听他说完我就哭了。他又说这个事情完了以后我就跟你求婚好不好？疫情结束了以后我们就结婚好不好？我带你回家好不好？后来我爸妈也病了，我说我们全家都生病了，万一挺不过去的话，我会不会就没有爸爸妈妈了？我就会一个人。他就说没事儿，到时候我跟我全家一起照顾你，你不要害怕，我会陪着你，这辈子都会保护你。他其实比我小好几岁，但是他是一个蛮有担当、蛮有责任心的人。如果没有他的话，可能我在生病的时候就倒了，没有办法做后面这些事情了。至少那个时候我有个信念，一定是要扛过去的，扛过去以后他就会跟我求婚了。我就有那个精力在那个位置，然后坚持着，好好吃药吃饭，吐了也吃，而不是让自己躺着等死。

我爸昏迷了

我爸病之前没有任何征兆，跟好人没两样。不咳嗽，也不打喷嚏，突然睡着了就发烧了，然后就倒了，在床上起不来，一病下就很严重。那两天我慢慢不烧了，精神也好了。2月5日第二次核酸检测结果是阴性。前一天晚上太紧张了，一夜没睡，大家都说我是好人有好报，说我是积到福德的。可能我是年轻人，免疫力好，我爸快七十了，年纪大，扛不住。他呼吸的声音特别大，站在门口都能听到喘，很需要制氧机，家里又没有。每一天晚上他发高烧很不舒服的时候，会哼哼，就担心他熬不过这晚上了，那个心真的是揪起来。我很想发朋友圈求助，但做志愿者认识那么多医生护士，知道当时的情况发也没有用。需要帮助的人实在太多了，那些医生护士都跟我讲说他们几天没有回家了，都没有睡好一个觉，恨不得几天睡一次觉，吃饭、上厕所都没有时间，站在那里都能睡着，累得要死，连轴转。所以我不知道怪谁好。这是你的命，只能怪老天爷了。最后我发的都是对自己可见的朋友圈。人伤心难过的时候，就是稍微发给自己看一看。2月9日晚上，我爸昏迷了。救护车开进了我们小区，因为社区没有开单子不能把病人带走，120只能教我们一些急救的方法，然后就走了。我就死哭，在朋友圈求助，但是发了一下子就删了，因为太绝望了，而那个朋友圈，不能够发负面的东西。我跟我妈都没有睡，隔几分钟就进去守着，就生怕他人没了。那一晚上他都是半昏迷状态，高烧不退。你喊都喊不醒他，呼吸就像哮喘发了。水都喝不进去，真的是难。

社区开单子开不出来，因为社区开完了还得去区委，区委那边还得审核，一层层要开三层，又是大半夜的，搞不过来，就跟我们讲让我们等到第二天。第二天晚上，来了个车把他送到了同济。他们是十点多钟出发的，十一点二十到的，大半夜还排队，办手续办了一晚上。跟我爸一块去的还有好几个人，都是社区里面蛮严重的，就坐在路边等。后来又通知我妈过去送医保卡，办完入院手续都已经六点多钟了。我妈也是一整夜没睡，熬到第二天中午回家，回去以后人就蔫了，就病了。社区说我妈妈要去隔离，重症患者密切接触者、家属就得去隔离。

她躺到直接去酒店隔离为止，就起不来了，然后说她胸闷，已经开始疼了。她做 CT 已经是双肺感染，已经有白肺的迹象，核酸检测还是阴性，几次都是阴性，只能算疑似，在宾馆隔离，吃自己带的药。

自己经历过绝望，不想别人也再经历一次

2 月 23 日早上，我收到了方舱第二次核酸检测结果，阴性。我马上可以回家了，终于要自由了。前天也有医院在和我联系，说是可以给我妈妈稍微安排一下子。太不容易了。真的不知道我这一个月经历了什么。我现在出不了车，只能做调度。其实蛮多不了解的人，他们只是看我在朋友圈发的这些，会觉得只会在嘴上说说而已，只会做戏。有人会直接跟我讲，会嘲讽我。十年八年的朋友都会这样子跟我说，觉得我做这件事情一点意义都没有，瞎折腾。后来他们自己身边的人有物资要捐赠，或者是需要帮助了，需要车接送的时候联系我，发现我这边真的能对接到相关的人员，把事情处理完，他们给我道歉，说以前冤枉我了。我妈妈还是会给我发大段的信息，说妈妈求你了，你是妈妈活着的希望和支柱，命是你自己的，一定好好休息，拖严重就麻烦了。妈知道你最善良，最有爱心，但你现在生病了应该先治病，病好了再做这些善事。你病好了妈妈才会好，生命只有一次，请珍惜。

但没办法，该做的事还是要做。就是因为自己经历过绝望，不想别人也再经历一次。你如果是个健康的人，根本体验不到他们的感受，不管人家说得多苦多难，都没有什么太大的感触。但你自己经历了以后，就会很了解别人的想法，就不想别人再

跟你一样苦了。我昨天一通宵做个了表，统计了二十多个医院，就问他们缺什么不缺什么。口罩和防护服缺少的情况已经缓解了，之前每天都说我们只剩几个了，我们坚持不了，坚持不了一个小时的那种，就很着急很着急。现在他们虽然也缺，但就能够等几天那种，他只是告诉你说我这里东西不多了。食物也已经不太缺了，每个院子基本上都有吃的菜什么的，放在篮子里。去方舱之前，我给独自留在家的弟弟用洗脸的脸盆放了一大盆狗粮，一大盆水。它会自己上厕所，很聪明。它肯定能活下来，好好地等着我们回去。

他把近八万人份的试剂盒带进湖北

文 / 秦珍子

邱辰的假期变成了一次征途。

最近一个月，他把近八万人份的试剂盒带进交通封锁的湖北，也带进一度封闭的市场。

春节前后，湖北省用于确诊新冠肺炎的核酸检测试剂盒遭遇短缺。在武汉，有些患者彻夜排队，等待这项检查。在武汉以外的地方，大量基层医院既没有这种稀罕的物资，也不具备检测的设备和环境条件。

邱辰是个销售人员，他在缺口里看到商机。"封城"的范围不断扩大，他"进货"的地点不断变化，那些天，他拉试剂盒的小货车是"红线"边缘一个顽强的坐标。

"一开始就是想做生意的。"邱辰说。要很多天以后他才会意识到，事情做着做着就变了。

1

第一批货是凌晨两点到的，总共一千人份，装在三只填入冰块的泡沫箱中。

以往，体积小、重量轻的核酸检测产品都走顺丰冷链。此时，外地进入武汉的物流已经停运。春运进入第八天，火车票、飞机票很难买到。公司指派一位回乡途经武汉的员工，带着试剂盒登上火车。

列车停在汉口火车站，邱辰在站台上，抱过夜色中的箱子。

随后，他和同事将这批试剂盒带到经销商的冷库储存，时针指向凌晨四点半，几个小时后，六七百人份的试剂盒通过尚能运转的省内物流发往湖北省四五十家医院。

这是 2020 年 1 月 19 日，网络中流传着"武汉封城"小道消息，邱辰说当时有预感，"要来真的了"。

1 月 21 日，他收到二十多家医院的反馈，对试剂盒的检测结果评价较好，需要订购。

"我要把这市场做起来！"邱辰与公司沟通，紧急开动生产线。

1 月 22 日凌晨两点，还是在汉口火车站，五千人份的试剂盒抵达。这批试剂盒很快被发往黄冈、孝感、十堰、随州等地的十几家医院。

就在这一天，多家财经媒体报道，新冠肺炎诊断试剂国家卫健委仅指定三家企业生产，分别是上海辉睿生物科技有限公司、上海捷诺生物科技有限公司、上海伯杰医疗科技有限公司，专供国家疾控、湖北省疾控和各省市疾控中心检测。

事实上，中国科学界早在 1 月 10 日就对全世界公布了已破译的新冠病毒基因组，国内不少医药企业开始动手研发检测产品，包括邱辰所在的公司。

几天后，国内数十家企业都研发出相似的产品，没经过国家药品监督管理局审批，都没拿到"注册证"。"指定"则意味着一些企业的产品被允许"先应急"，国家卫健委统一调配这些检测试剂，供全国各级定点医院、疾控中心使用。这种流通方式，没有定价，也不需要"注册证"。

早在五六天前，邱辰就听说过，自己的"东家"不在"指定名单"里。他开始有点惊讶，"指定的三家在核酸检测领域似乎不出名"，但他想，国家指定的企业，库存肯定充足，质量也没问题，医院出于对风险的考虑，一般也不会采用名单之外的企业产品。

"洗洗睡吧，没我们啥事了。"1月17日，他回到湖北随州老家，"过小年，放假！"没想到第二天接到部门经理通知："回武汉，事情有转机。"不少医院的试剂盒需求量忽然增大，"要货"。

"那时不叫慌，叫发现了商机。"邱辰说。

2

第三批试剂盒一万人份，1月22日下午从总公司发出。

这天，火车不在武汉站停车了。

邱辰选中了麻城北站，这里位于黄冈地区，离武汉市区开车两小时可达，"考虑过以后就作为中转站"。

晚上九点半，邱辰在麻城北火车站接到货，直接让师傅把冷藏货车开到了麻城人民医院，配送该院急需的五百人份试剂盒。

当时，黄冈疫情的严重性还没有完全显露出来，医院看起来人不多。邱辰给检验科的一位主任打电话："怕这些不够，要不要备一点？给你一千人份的，先不用结账，能用就用。"

他记得，主任语气听起来很犹豫，"虽然认可产品质量，但估计是考虑到没有'注册证'，也没有验证"，最终勉强同意，"先留下，别的医院需要就发过去"。

第二天早上，主任的电话就打来了："小邱，货我们也要。"

1月23日，武汉"封城"了。

就在这天早上，湖北黄石的大冶人民医院打来电话，"急缺试剂盒"。此时，经销商的三辆货车分别在武汉、襄阳、荆州送货。邱辰用上了自己的私家车。开车的是一位熟悉湖北省内各条公路干线、乡间小道的老师傅，两个人在武汉绕了四五个小时，没能出城。

各条高速路出口封闭，有的省道被民众挖断，一些小路被障碍物阻挡。最终，师傅换车，联系高速检查站说明情况，在下午五六点钟终于冲出武汉。荆门、大冶、广水、荆州的二十多家医院收到了试剂盒。

1月24日，据媒体报道，中国医药集团有限公司所属中国生物上海捷诺生物科技有限公司市场部相关负责人称，公司已供应武汉地区一千盒（五万人份）以上新型冠状病毒检测试剂盒，23日产能已进一步扩大，供以武汉为重点的全国各地区使用。按照每盒试剂盒可以供五十人份使用来计算，目前的试剂盒生产量已可供十数万人次检测使用。

国药集团的武汉采购人员吴跃告诉中青报·中青网记者，集团会向他发布采购信息，他需要对接有产品资源的客户，联系厂家安排发货，完成"上下游对接"。前期，采购来的物资会直接发到医院，后期，这些物资开始由各级疾控中心统一调配。

吴跃说自己印象很深，除夕、大年初一和初二，全是"电话不断"。大年初一早上八点，集团打电话来，说要采购两万人份核酸检测试剂盒。

湖北省防疫一线的医疗机构缺乏物资的消息每天都登上媒体头条，社交网站可以看到大量患者得不到试剂盒无法确诊的"求助帖"。吴跃回忆："口罩、防护服、试剂盒都缺。不光我在采购，别人也在采，但很多时候，客户也没货。"

3

1月25日，大年初一，下午五点多，邱辰接到通知，湖北省人民医院需要五千人份的试剂盒。他立即去提货，六点多就送到医院。"质量是根本，我们还是蛮有信心的，不然也不敢卖。"

检验科在一楼，他回忆，自己戴着口罩，穿着鞋套，把箱子从停车场搬进门诊大楼。没看到什么人，但心里特别紧张。中青报·中青网记者查看了湖北省人民医院检验科医生给邱辰的"收据"，是用白纸手写的"白条"。在那几天，这是一种普遍存在的情况。邱辰坦言："白条就白条，款收不回来，就当捐了。"

他操心着公司的产能，害怕后期省人民医院一万人份的试剂盒供不上货。一个好消息是，这一天，国家卫健委取消了核酸检测产品和检测试剂盒的推荐，这相当于放开了"试剂盒采购"的名单，连同邱辰公司在内的十几家企业，可以相对合规地将试剂盒送进医院。国家药品监督管理局开辟了快速审批通道。1月26日，四家企业已经通过审批，此后，名单不断扩大。

大年初二，邱辰发现，公司的生产线全面开动，全国各地的市场部门都在向总部要货。原定初三到武汉的两万人份的试剂盒，推迟至初四。邱辰对着手机地图研究了半天，又在微信群与同事讨论一番，最终选定了交货地点。

1月28日晚，在湖北省与某省交界的高速公路收费站，一辆送货车与一辆接货车停在省界两端，"你不进来，我不出去"。满载试剂盒的箱子被人力卸下，从收费站地下的人行通道穿过，进入湖北。两天后，这些试剂盒全部发完。

在工作人员当时拍下的照片中，有人清点箱子，有人抱着箱子爬上长长的台阶，跨省"交货"。

截至 2020 年 2 月 10 日，邱辰所在的企业已经发出新冠病毒核酸检测试剂盒接近七十万人份。"但在 1 月 25 日之前，"他说，"我们在医院终端做的事情，严格说来是违规了。"他记得公司跟员工表示过，不要拘泥于规定，非常时期，不要有顾虑。

据邱辰介绍，事实上，要确诊，光有试剂盒不行，还得有 PCR 荧光分析仪，有满足"15189"标准的实验室条件，才能做检测，"前期开放了十家机构，一些医院没在名单里，偷偷踩着红线做"。后来，湖北省多家医院紧急采购安装了设备，一些民间的有资质的机构也被允许参与检测。

根据国家卫健委发布的《新型冠状病毒感染的肺炎实验室检测技术指南（第二版）》，核酸测定（实时荧光 RT-PCR 方法）有两个靶标，两个靶标均为阳性才能确诊。

新的问题也出现了，有专家质疑，涌入市场的大量试剂盒，质量参差不齐，一些患者要经历多次检测，才能确定结果。

4

那本来是一个流行性感冒高发的秋冬季节。

邱辰记得，武汉一家医院检测"甲流"和"乙流"时使用的试剂盒，数量多了起来。"销量这么大，今年的任务靠这个完成，能拿奖金！"

2019 年 12 月 31 日，湖北省官方消息称，在已发现 27 例病毒性肺炎病例中，7 例病情危重，其余病例病情可控，有两例病情好转拟近期出院。大部分病例为武汉市江汉区华南海鲜城经营户。

"听起来是控制住了，没那么严重，不存在商机。"邱辰说，他在 2020 年元旦后离开武汉到外省的公司总部开年会。华中地区人口密度大，湿度也大，流感检测类产品销量"名列前茅"，邱辰完成了销售任务，同事们讨论着，针对呼吸道的产品在未来"很有市场"。

2020 年 1 月 8 日，当他开完年会从公司总部返回武汉时，"街上人很多"。

1 月 15 日，邱辰曾接到一个电话。前同事提醒他，武汉协和医院有几名医生感染不明原因的肺炎，其中一个是重症，上了呼吸机，金银潭医院医生感染得更早。

"在行业内，这是一个信号。医生感染，这事就严重了。"1 月 16 日早上，邱辰到武汉协和医院去"求证"，发现感染科医护人员穿着防护服，戴着口罩，"在武汉十多年，没见过这个阵势"。

返程乘坐地铁时，邱辰观察到，周围的乘客没有人戴口罩。他脑子里盘算着两件事，一是要想办法给自己买点口罩，二是公司的产品可能有市场。

"本来是做生意的，做着做着成了公益。"邱辰纳闷。

在某种看不见的巨大力量下，很多人都在"身不由己"。

一名采购试剂盒的经销商起初怕医疗机构结不了款，但还是垫钱继续进货。

一位 90 后护士本来已经休假，在"封城"后搭交警巡逻车去医院"支援"。邱辰碰巧遇见，载了她一程。

中部战区总医院 PCR 实验室，一位女医生自从开始进行新冠病毒核酸检测后，至今未见过家人。尽管她的丈夫也在同一家医院工作。

邱辰也坦言："早知道会'封城'，早知道这么严重，我或许不会回来，我也不知道。"

2 月初，武汉的试剂盒已经不再告缺，邱辰忙着帮公司安排捐赠的物资和物流。"不管有多少物资进来，都不算销售业绩咯！"可这个湖北人停不下来。

1 月 29 日早上，他曾到湖北省人民医院，辅助医院做公司新冠病毒核酸检测试剂盒的"临床试验病例报告"。

原来的眼科中心，当时被改造为隔离病房。邱辰意外得知，有一位医生送婆婆来就诊，结果全家"就地隔离"。有人说了一句："都没来得及买点东西。"

他立即下楼，冲进医院对面的超市，买好脸盆、衣架、消毒湿巾等物品，给那位"完全不认识"的医生送去。

离开停车场的时候，有车剐蹭了他的车。驾驶员神色慌乱，赔给邱辰一百元钱。

"你慌什么？"邱辰忍不住问。

"我母亲因为那个肺炎去世了。"对方答。

邱辰愣了一下，他把钱还了回去。

（应采访对象要求，文中邱辰、吴跃为化名。）

空中的特殊逆行者：
一个月内飞武汉十七次架起"物资补给线"

文 / 雷若彤

在全民抗击新冠肺炎疫情的紧要时期，天空中出现了一群不寻常的"逆行者"。

在陆路交通受疫情影响而多数封闭的情况下，来自全国各地乃至全世界的物资呈倍数增长，源源不断地等待送入武汉等疫情严重地区。这群空中逆行者承担起了运送物资的任务，架起了一条不间断的"空中补给线"。

飞行员冯军便是这群空中逆行者的一员，他供职于顺丰航空，毕业于北京航空航天大学飞行学院 99 级。

从 1 月 26 日到 2 月 23 日，冯军已经前后执飞往返武汉十七次。他的主要任务，就是在顺丰航空的调度下，运送全国各地发往武汉等地区的物资，确保它们完整并安全地到达。

"我们平常运输的物品主要就是大家熟悉的快递，也会承担包机任务。"但特殊时期，冯军也感受了自己身上的使命感。

　　二十多天、十七次，这组数字意味着平均不到每两天，冯军就要执行一次任务，再算上在地面时需要做的准备工作，冯军的时间几乎被排得满满当当。因为驰援武汉的航班时常调整，作为757/767的机队经理，休息的时间冯军也还在忙碌着安排调度。

　　按照惯例，往年过年期间公司的航班都会暂停几天，所以冯军的原计划是安心过个年，休息几天陪陪家人。但随着疫情的消息越来越多，事态越来越严重，冯军在心里已经做好了随时被召唤的准备。

　　2020年1月25日，大年初一的晚上，冯军终于接到了通知——大年初二一早执行由深圳飞往武汉的航班。

　　由于机型从757换成767，需要临时调整机组，过年期间留守深圳的767型号的机长又比较少，所以这个任务便落到了冯军身上。于是，当晚冯军立刻离家，赶到机场的出勤酒店，准备执行第二天一大早的飞行任务。

　　出发前，冯军的母亲对儿子稍微"抱怨"了一句："这真是完整的一天也没休上啊！"

　　冯军看得出，母亲多少还是有些担心，但母亲接下来的话还是让他感到了安慰和鼓励："这是非常时期国家的任务，你安心去执行航班，不用担心家里。"军人出身、上过战场的父亲也给予了他完全的支持和鼓励。

　　疫情期间执行航班跟平常不太一样，多了一些针对疫情的防护措施和程序，包括航医对机组的身体检查，介绍防护装备的使用，传达穿戴及防护的要领和注意事项等。而对于机组的工作人员来说，最大的挑战在于需要在全程穿戴防护的状态下飞行。

　　全程戴着一次性手套、口罩、护目镜，穿着鞋套和防护服操纵飞机，这样的"全副武装"即使对于经验丰富的冯军来说也是一种前所未有的体验。"这个跟平时有很大的不一样，我们的舒适度包括视野都会受到影响。"

"安全起降、人货平安"，这八个字是像冯军一样的飞行员们内心牢牢绷紧的弦，他们努力排除掉陌生感和不适感，后来，顺丰飞行部还专门对此发布了一个关于在穿戴防护装备下操纵飞机的技术通告和提示。

大年初二当天，冯军顺利结束了第一次往返武汉的运送任务，已经晚上九点多。夜里十一点，他又接到第二天继续执飞的通知，便住在公司宿舍。"因为各地交通政策的收紧，航班量也较大，也不想影响家人，所以从初二那天起至今我就没有回家。"冯军说。

每次脱下防护服回到宿舍，手机视频就成了他和家人交流的唯一方式。冯军告诉记者，执行完任务后，他给家里人报平安的方式，除了平常的"起落安妥之外"，还会加一句"一切都好"。这样做是为了让母亲放心。

视频聊天时，冯军的母亲和妻儿总会翻来覆去地问：身体吃得消吗？累不累？吃得怎么样？虽然是家长里短的唠叨，但家人的关心和鼓励成了冯军坚持不懈的动力之一。

家人的担心溢于言表，但冯军觉得，穿上防护服、戴上护目镜的那一刻，自己就如同穿上了钢盔铁甲般无惧风险。

冯军告诉记者，顺丰航空的货运日均班次达到一百三十班以上。采访中，他也补充说："公司的很多飞行员都是主动请缨、申请放弃假期，加入到这场战役，绝不仅仅是我个人。我想表达的是为了响应国家号召，为了需要的人们的健康保障，我做的只是本职工作，遵守了一名飞行员的职业操守，我也看到了我所供职的顺丰的企业操守。"

在冯军和他的同事们的合作下，顺丰航空成功执行了"仁川—北京"任务，将一千四百万个口罩顺抵北京；又成功执行了东京到武汉的飞行任务，将五万件医用防护服快速补给到位。

截至 2 月 21 日，顺丰航空累计驰援武汉超过一百班次，动用了 737/747/757/767 全系列飞机投入到抗疫情的战役中。累计运送物资超过三千吨，主要以武汉地区紧缺的口罩、护目镜、防护服等医疗物资为主，其他还有包括肉类在内的生活用品和食品。

特殊的时期，总会有不同的人承担着特殊的责任，飞行员所代表的已经不仅仅是安全起降、人货平安，更是空中桥梁的架桥人，传递着四面八方的爱与希望，他们是空中的"逆行者"。

冯军回想起两个画面，是他这段时间执行飞行任务时印象最深刻，也让自己情绪最复杂的。

第一个画面，是当他驾驶飞机飞过武汉及周边上空时看到的："高速公路上从国道到省道，绵延几十公里，连一台车都看不到，隔很久驶过一辆，还是货车，等到下一辆又是离了很远很远。"

第二个画面，是抵达武汉机场停好飞机后，冯军看到周围的地面保障工作人员正在忙碌的场景。"很多工种都没有休息，安检、机务、装卸工等等，特别是装卸工人，他们戴着口罩干活，干完了几个人坐在一旁的台阶上短暂地歇口气，虽然他们的形象很纯朴，但那一瞬间，我就是觉得他们平凡而伟大。"冯军说。

隔着窗户，冯军能看出地面人员已经十分劳累，但每当飞机开始离开机位时，他们都会站起来冲驾驶室里的机组人员挥手致意，为自己加油打气。

冯军说："这种'无声胜有声'的交流，让我们增加了战胜困难的信心和勇气，冬去春来，一切都会好起来的。"

一百三十人剧组滞留武汉，
隔壁护士一句话让导演做志愿者去了

文 / 郝琪　向荣

武汉"封城"当天上午，正在当地拍摄电视剧《青春创业手册》的导演邵进接到朋友电话，商量剧组是否撤离。邵进考虑了一会儿，决定留下来。在完成当天的计划后，拍摄暂停，一百三十多人在酒店自我隔离。

1月17日，剧组曾去武汉同济医院光谷院区拍摄。这让邵进事后一度提心吊胆，直到十四天隔离期满，剧组无一人抱恙，他才稍微放下心来。

2月1日，中国广播电视社会组织联合会电视制片委员会、演员委员会联合发布了影视剧停止拍摄通知，利用春节赶工的各地剧组纷纷停了下来，《有翡》《大江大河2》等多个剧组原地待命休整。此前，浙江横店影视城关闭了辖区内的拍摄场景，二十多个拍摄中的剧组停工待命。但拍摄停止了，导演和制片人要操心的事并没有减少，剧组成员吃、住、薪资仍然是固定花销，上百人的健康和安全更要挂在心上。

在疫情中心武汉，包括《青春创业手册》在内的多个剧组一边隔离，一边摸索妥当的方式，应对这种史无前例的状况。

邵进所在的酒店确诊了两例新冠肺炎患者，其中一例在发病四十八小时后离世。邵进开始慢慢学会和眼下的困境相处，每天用视频记录疫区生活，收集各种与疫情有关的故事，结合自己的感受将它们记下来，酝酿着创作一个新的剧本。

与此同时，他成为一名志愿者，加入到疫区救助的行动中。这在一定程度上缓解了他的焦虑情绪。目前，他最大的心愿是，剧组可以早日安全撤离武汉。

以下是邵进导演的口述：

1

我们是去年 11 月 26 日在武汉开机的，原本打算 2 月 10 日杀青，现在不可能了。

1 月 23 日上午十点，武汉市开始"封城"。上午八点多，我接到电话，说武汉可能要"封城"了，问我要不要撤离。我当时想，我们临时撤了，将来整个行业会怎么看我们这些人？别人会觉得我们是逃兵。

我们剧组有一百三十多人、几十辆车，如果临时要撤，还需要时间准备。我有专车，可以走，但剩下那一百多人怎么办？他们都是我的同事、朋友。说句自私的话，如果我走了，将来还想继续拍这部戏，谁会愿意再跟我？

我们决定，1 月 23 日剧组正常开工。那天大家都很紧张，好在拍摄地在武汉光谷金融中心，我们那一层楼全是样板房，没有其他人，整个剧组只有美术和外联部门会跟外界联系。

到了拍摄现场，我提议大家一起录制一个抗击疫情的 VCR

（短片）。下午我们就把它赶制出来，在网上公布了。当天晚上八点多收工，第二天就是大年三十，剧组开始放假。

那天发生了两件比较吓人的事。剧组里负责外联的工作人员是武汉本地人，他父母生病相继进了医院，他不得不回家照顾。此外，美术指导也身体不适——幸亏后来很快排除了风险。我们通知负责外联的工作人员暂时不要回酒店，在家里待着。后来我给他打电话，他说他父母没事了，我才稍微放心。

收工那天晚上，我去酒店附近的小卖部买了些泡面。

小卖部的老板说，你可以买点鸡蛋、挂面，煮着吃。我告诉她，我没有锅，只有一个煮茶用的电磁炉，只能烧水泡泡面。她当时正在吃晚饭，一个铝盆里装着凉拌黄瓜，听我这么一说，她立刻拿个碗，把黄瓜倒在碗里，把铝盆洗干净了给我，说："哎呀，我这锅都卖完了，这个给你，你回去用电磁炉做饭。"

那口"锅"我一直用到 2 月 11 日，那天我在网上买的锅到了。取锅时，快递小哥跟我说注意安全。我们天天在酒店待着，他天天到处跑，他还那样关心我，我觉得特别温暖。

现在到处物资匮乏，我们所在的又是武汉比较偏僻的区域，住在酒店就能明显地察觉到变化。刚开始，酒店每天会为房客提供免费矿泉水，每天会来打扫卫生、换被单。渐渐地，前台跟我们说，配套洗被单的公司已经不提供服务了，被单变成一礼拜一换。后来一礼拜也不换了，矿泉水也不送了，垃圾必须自己倒。

最开始，剧组自己做饭吃，由住酒店式公寓的工作人员把饭做好，给大家送过来。到大年初六，我们就不让他们做饭了。因为他们每天出去买菜，要接触外面的人，很危险。剧组是命运共同体，有一个人出事都不行。

不做饭以后，剧组就给大家发方便面，隔段时间集中采购蔬菜，发给各个部门。生活肯定比较艰苦，但是没办法。元宵节那天，制片人煮了些汤圆，用饭盒装好发给大家，我也去拿了一碗，多难得的汤圆啊。

2

这次疫情真正让我后怕的是，1月17日，我们曾去同济医院的光谷院区拍摄。去医院拍摄当然要提前报备，申请程序走了两天，第三天就去拍了，非常顺利，所以当时我们根本没想到疫情这么严重。

那天剧组一共去了七十人，从早上七点一直拍到下午三点。回想起来，我当时做了一个正确的决定：我让现场制片去买口罩，我们先拍外景，等到口罩来了，确保每人都戴上，再进去拍摄。

医院将三楼的一块区域划出来让我们拍，他们也不希望剧组拍摄影响病人。但其实我们拍摄区域的隔壁就是发热门诊。

那天去医院食堂吃午饭时，现场有很多空桌子。不知为何，一位戴口罩的患者非要坐我旁边吃饭。我当时吃得差不多了，赶紧走了。现在想想是很危险的。

从大年三十开始，我们全组一百三十多人都在酒店隔离。剧组分两个酒店住，我和演员们共二十多人住在一家酒店，另外一百多名工作人员住在另一家酒店式公寓。所有人必须在酒店待着，没事不准外出，外出必须跟剧组请假。

后来我发现，一不上班，大家都很无聊，开始互相串门，聚在一块儿吃饭喝酒。所以从大年初三开始，我们实行了房间隔离制度，规定大家不准串门。

从 1 月 17 日去医院拍摄算起，一直到正月初六，第一个十四天观察期结束，剧组没人出事，我悬着的心才稍微落下来。

这期间，我也提心吊胆过。有一天晚上，我在房间做完运动泡了个热水澡，从浴室出来，气喘不上来，坐在沙发上直冒虚汗，赶紧给一位医生朋友打电话。他告诉我，你到窗口呼吸呼吸新鲜空气。我照做，很快好了，原来只是缺氧，但当时真的吓到我了。

我们所在的酒店也发现了两例确诊病例。一例是前台小姑娘，听说她是回家看望男朋友时被感染的。还有一位是住在十六楼的客人，已经去世了，从发病到去世，仅仅四十八小时。事发后十六楼被封起来了，那位客人乘过的电梯也封起来了。在目前的情况下，酒店也只能做到这样了。

酒店将情况如实告诉了制片人，制片人再告诉我和几位男演员。我们没敢把这些事情在剧组群里说，有些女孩子本来就害怕，我们担心她们知道了以后会更害怕。

我们也没办法从这家酒店转移走。如果一家酒店出现一个病例就要转移，那我觉得整个武汉都已经没有地方可以住了。

我当时能感觉到酒店还住着一些疑似病例。有一次我下楼拿快递，一个拿着医院 CT 袋的人跟我进了同一部电梯。我戴着口罩，但内心还是有一丝紧张。大家只能尽量减少出门次数，增强自我保护意识，戴上手套，口罩用双层的。

3

我对重新开工的时间判断经历过很多次变化。最开始，武汉"封城"，但中国广播电视社会组织联合会还没有出台剧组暂停拍摄的通知时，我一直跟制片人商量，能不能抢一抢，从初二开始拍，拍到初五左右。我这部戏的主场景还有四天戏份，拍完这四天，就可以开始剪辑了。我担心的是，我们租的写字楼说卖就卖，说租就租，在这个场景里有大量的戏，改景是不现实的。将来这个景没了怎么办？

到了初三，我意识到这件事情是不可能的了。制片人也说，现在国内大部分剧组都停工了，如果我们坚持要拍，将来对整个戏、对我们在行业中的影响都不好。将来别人会说，这是一个不顾演员生死的剧组。我们决定还是先等一等。

后来我看新闻，专家预测元宵节前后是个拐点，我又想，正月十五能开拍就好了。那是我最焦虑的阶段。我特别担心这部戏，从允许拍摄的时间算起，至少得半个月才能重新开机。大家在这个地方困了这么久，肯定都想回家，马上连着拍是不现实的。

2月初我跟制片主任沟通时，我的态度变成了，2月底能让我们离开武汉就已经很好了。现在，我只希望大家可以安全地离开武汉，至于什么时候离开，我已经不强求了，更不指望开工。

2月24日中午，武汉市突然公告称滞留武汉的外地人员可以出城。群里马上沸腾了，大家都很开心，开始疯狂刷屏。制片主任马上做了一张表格，登记所有人的身份信息。还没统计完呢，第二条公告就出来了，说放开离汉通道的通告无效。群里一下就安静了。

4

2月10日左右，江苏无锡支援湖北医疗队入住我们酒店。

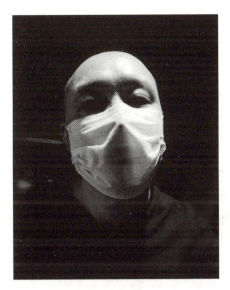

邵进自己剃了光头

12日上午，酒店经理发了个视频给我，视频中，医疗队的医护人员正在排队剃头。有人剃了短发，还有人直接剃了光头。

我深受触动，想从形式上支援医疗队。于是，那天上午十点多，我拿起剃须刀片，给自己剃了个光头。

我长这么大从来没有剃过光头，其实我心里很害怕。我先是试着把两边的鬓角剃掉，鬓发没了，太难看了，不剃不行。中途，我还把头顶的一颗小疙瘩划破了，流了血，处理了好一会儿。一直到中午十二点，我才剃完。

我偶尔会碰到医疗队的医护人员。前两天我出门倒垃圾，发现房间门口多了一大袋零食。我以为剧组的人放的，问了一圈都不是。后来隔壁的护士敲门跟我说："给你门口放了点吃的。"

还有一天，快到中午的时候，我在电梯里碰到刚下班的护士们。那是几个90后女孩，正在讨论是先洗澡还是先吃泡面。

一个女孩说，肯定要先洗澡，因为要除菌嘛。另一个女孩说，可是真的太饿了，想先吃泡面。又有人说，要是有米饭吃多好。

听到护士们的对话，我很想让她们吃上米饭。

我之前给我们剧组买过两百盒自热米饭，就找到了那个厂家的老板，跟他说明了情况，问他能不能捐赠一些。我当时只是试探性地问一问，就跟我们拍电影找投资人一样，没有预想结果。没想到他非常爽快地去跟董事会的人商量，三天后告诉我，他们愿意捐出一万份自热米饭。

后来我又联系了上海的一位朋友。他人脉广，也有捐款操作经验。我们一拍即合，共同发起向一线医务工作者募捐一万份自热米饭的倡议。

我们迅速建群，向募捐者展示募捐情况，接受他们的监督。第一位加进来的捐赠者免费为这次募捐设计了海报，我负责写文案，后来还成立了宣传小组。我成了这支志愿团队的核心成员。

2月17日下午五点我们发起募捐，到18日下午四点，已经超额完成原定一万份的募捐计划。自热米饭生产厂家以低于出厂价的价格将一万一千份自热米饭卖给我们，并主动承担了运输费用。

2月25日上午十点，两万一千份自热米饭到了。

这些自热米饭有一万份送给了在武汉光谷地区的近二十八家医疗队。另外一万一千份，我们捐给一线医院，当中包括李文亮医生生前所在的武汉市中心医院。

为了确保物尽其用，我们梳理了一套比较规范的流程：来领物资的必须出示单位的接收函。物资到地和分发后，要拍视频和照片给我们。我们要看到，这些东西确实发给医护人员了。

我们的货车在运送途中，遇到了一位爬到大桥栏杆上想自杀的女孩。志愿者将她拉了下来，马上打电话给志愿者团队中的心理咨询师，咨询如何劝导她。女孩后来解开了心结。现在，她也想加入我们的志愿团队。

5

朋友问我，如果被感染了，你的人生有什么遗憾？我想了想，我唯一的遗憾是，还没有足够的时间孝敬父母。其他的好像也没什么，没有成名、没有赚到很多钱，我觉得这些都不重要。

刚开始，我父母每天给我打一个电话，现在一天打两个。他们担心我没的吃，怕我在房间里待不住。每天都要叮嘱我千万不能出去。

那天我和一位演员聊天。我跟对方说，我们最差就是损失了这部戏。但你看，在这次疫情中，很多人失去了家人甚至生命，从这个角度看，活着就是赚到了。比起他们，你不觉得很幸运吗，你还在乎一部戏吗？

在参与志愿活动前，我每天早上睡到自然醒，起床后看一会儿新闻，做点吃的——煮包泡面或者吃两个苹果。下午休息一会儿，两点钟左右开始处理剧本。到五点左右，我就开始做晚饭，做饭的同时拍一条小视频。

刚开始只是想记录一下我在武汉"封城"后的生活，后来有一天没拍，就有一些同学不放心，打电话问我，你怎么样了？

这是他们了解我安危的途径。我就想，好吧，那我就每天拍，一般就是拍拍吃了什么，怎样打发时间。也有陌生网友留言，打气的居多，他们会说"加油啊""很快会挺过去"之类的。

到了晚上就看看电影。我看了很多跟病毒、疫情有关的电影，《流感》《危楼愚夫》《传染病》《印度病毒》都看了。

我手头有两个剧本在做，另外也在写一个跟新冠肺炎有关的剧本。那段时间我没事做，不想坐以待毙。但我不能像演员们一样做直播，没有"颜值"我干不了那个。现在武汉不能开车，我也不能上大街上采访。于是我想，我在这里能感受到这么多好的故事、素材，应该把它们做成一个好的剧本。

虽然我获取信息的渠道都是在网上看一些报道和帖子，但身在疫区，对这些素材的感受是不一样的。何况现在，我自己加入其中，有更多机会收集素材。

我收集了很多好故事。比如，我加入上海的一个医生群，群里他们说，上海有位医生，没有被选进第一批前往武汉支援的医疗队，他特别想来，但武汉又"封城"了，于是他一个人坐飞机到长沙，从长沙打车到湖南湖北交界处，再打车来武汉。

我还在一个视频中看到，有一个女人把自己和老公、孩子隔离开，独自住在另一个房子里，每天去给社区的疑似病例送菜。我2月初下楼，还看到每个小区都有志愿者车队，专门负责将小区里的病人送到医院去。

我想找一个合适的方式，将这些故事串在一起。

其实综观人类历史，每个惨剧为什么最后能过去，都是因为个体的伟大。是无数个体，帮助一个群体度过了灾难。像英国的鼠疫，那个亚姆村的人本可以北逃的，但他们一旦逃跑，就会将鼠疫带到英国北部。于是，整个村庄的人都将自己隔离了。等他们出来时，时间已经过去一年，很多人已经去世。正是他们的自我牺牲，才将英国的鼠疫彻底扼杀。这就是大灾难面前人的伟大。

我们这次疫情，正是医疗工作者、专家、大大小小的志愿者，还有无数病患，他们在付出啊。你反过来想，对医生来说，那无非是一份工作，他可以不去的。说句不好听的，现在送外卖都能一个月赚一万多块钱，但为什么还有那么多人自愿去前线呢？他们不傻吗？他们也有风险啊。但正是因为有很多很多这样的"傻瓜"，我们最后才能战胜疫情。

所以作为影视工作者，我想把这些记录下来，可能它不是什么大片，也不会拿什么奖，不会有多高的票房，但我想记录下来，再过十几二十年，把它拿出来给孩子们看，告诉他们，我们曾亲身经历过这样一段历史。

武汉，当一群摇滚青年加入紧急救援

文/余婷婷　金赫

"我们不会逃避，武汉是我们自己的城市。"这是一个属于年轻人的故事。一群武汉的摇滚青年通过社交网络，迅速聚集起来，成为一个超级节点——一端连接着一千五百名司机志愿者和医护人员，另一端连接着一千多位捐赠者，普通白领、Live House老板、乐队成员以及多伦多、菲律宾的乐迷。

他们的救援行动非常朋克。过去几天，他们调配物资和运力，把触角伸至武汉、黄冈等地的三甲医院、社区医院乃至城中村的医疗服务中心。他们遭遇了车祸、冒着感染的危险，与许多其他同样迅速聚集又退潮的志愿者一起，为紧急刹车的城市，提供了一块柔软但坚韧的缓冲带。

紧急行动

晚上九点钟，他把最后一批护目镜送到长航医院的地下车库，交给一位中年药剂师后，驱车离开汉口，开往武昌。车子驶上空旷的二七长江大桥时，琴弦般的斜拉索被灯光照亮，桥下长江静默，远处的高楼亮着星星点点的灯光。城市变得空荡荡的。这时候他的感受比平时强烈起来，人们仿佛都被关在"笼子"里。

他叫科比。因为喜欢篮球，科比是他的偶像，朋友们都这么叫他。那一天是正月初五，武汉"封城"的第七天。当天晚上十一点，科比所在的救援队解散了——它仅存在了六天。他们将回归另一重身份：工程师、公务员、行政职员、大学生。

准确地说，事情开始时，没有人会想到这件事的规模。一切发展得太快了。最初，他们只是一群喜欢摇滚乐的人，成员大多来自"VOX 乐迷"群。他们年轻，许多是 90 后，不少人因为在 VOX Live House 听音乐而相识。

大年三十。上午十点，"VOX 乐迷"群里，有人开始在谈论新增病例，有人在为未能成行的旅行遗憾，仿佛疫情事不关己。

阿森生气了，他是群主。"算了，我还是换个群吧，这个群算是废了。"

"武汉变成这样，你们就打算冷漠地围观吗？"

一天前，阿森就在群里提到捐赠的事。"有条件的捐点吧。我捐了五百。物资委托朋友寄过去。"他晒出了转账记录和他所在的留学生校友群中的捐赠物资。

"'封城'了。"有人说。

"别扯那些没用的。"阿森压抑不住怒火，"大家如果有心想帮忙，信任阿森且找不到合适的渠道，可以委托我来捐赠。"他站了出来。这个聚集了一百多位玩世不恭的摇滚乐迷的群里，氛围瞬间变得严肃起来。

"封城"的第二天，武汉市的确诊人数攀升至 549。公交、地铁、网约车全部停止运营。微博与朋友圈里充斥着各大医院的呼救信息。他们感到了一丝不安，他们有人已经开始行动。

阿森在 2014 年前后组建了乐迷群，把一群热爱摇滚乐的年轻人聚到一起。群内大概有一百七十人，大多是 90 后，身份从工程师、国企员工到大学生，不尽相同。啤酒、音乐和黄段子，是他们日常聊天的话题。

在朋友眼中，他是个"神人"。生长于汽车之城十堰，在武汉读完本科之后，赴荷兰留学，毕业后回武汉工作。A 面的阿森是一家银行的白领，B 面的阿森是 L7 Live House 酒柜的老板。L7 很低调，挤在武汉理工大学与华中师范大学之间的一片居民楼里，需要从一家足浴中心的电梯上三楼。

"怎么捐？"身在浙江金华的 90 后女孩九亿回复。她在一家互联网公司工作，故乡孝感毗邻武汉。九亿在武汉求学期间，常和一位爱跳街舞的朋友混迹于 VOX，两年前加入"VOX 乐迷"。

亚千也是被阿森刺激到的人之一。95 后男孩，在华科读大四。1 月 10 号，他已经坐火车回到山东。"我去，鬼知道会这么严重，9 号我还跑去和他们喝酒了。"

救援队就这样组织起来了。在摇滚圈里，武汉被称为"朋克之都"。鲁磨路北起光谷广场，往南一直延伸到东湖梅园。武汉两家独立音乐 Live House——VOX Live House 和 WuHan Prison 均位于鲁磨路上，挤在苍蝇馆子、成人用品店中间，成为武汉摇滚青年的路标。

十个人左右的核心团队很快形成。"我们组织很松散，很扁平，没有 leader，谁也不能说了算。"亚千告诉我。不过，这种状态很快造成了早期的混乱，"群里的朋友各自给我们转账，每个人都需要收钱、统计"。

史无前例的"封城"之后，公共交通全部停运，武汉的城市功能无法正常运转。各大医院的物资相继出现紧缺，没有车的医护人员只能选择步行或者骑共享单车上班。钱并不能解决燃眉之急，他们发现能做的事很多。

"这么说吧，如果医生'裸奔'，那就是我们全社会最大的悲剧。"亚千说。在除夕的晚上，他们开通了公众号。团队形成了明确的分工，从寻找货源，医护接送和物资的配送、信息核实，到表格统计和医院周边的民宿征集。

钱、司机、医护的信息，源源不断地涌来，救援队运转起来。亚千说："考虑到初七上班，我们初五结束营业，还能休息一天。"

他们给自己预设了"终局"。

超级节点

除夕夜，凌晨四点，接送医护的群仍源源不断地有人进来。正月初一，医护和志愿者司机已经达到一千五百个人，被分为四个群。互联网能量巨大，改变了人与人的连接方式，时间、空间完全被打破。

一套高效的工作流程逐渐形成。信息核查小组，先对搜集来的求助信息，逐条打电话查证、汇总。阿森则发动一切关系，联系医药公司和厂家，进行物资采购。然后经过匹配、拆分成具体的任务，通过微信群进行分发。

"三天，睡五个小时。"这是科比的"成绩单"。每个人都处于异常兴奋的状态，那三天，他们维持着二十四小时在线。他们仿佛沉浸于一场漫长的摇滚聚会。

科比生于1991年，荆州人，在武汉读书，毕业后留在这座城市。他在武昌一家公司担任行政。在群里，他说话不多。从除夕开始，作为有车一族的他就一直奔波在路上。

大年三十的下午三点，一位护士发来求助，科比第一次"抢单"成功。护士瘦瘦的，戴着眼镜，临时取消了休假。他把她送到了武汉市三医院。"我住得不远，如果你上下班需要，可以联系我。"下车的时候，他说。为了避免自己可能"不幸"中招，然后传染给长辈，当天晚上，科比从父母家搬到光谷的民宿。

在突然变得空荡荡的城市里，接送医护的车就像流动的情绪"树洞"。一位护士疲惫至极，上车就睡着了，另一位护士在车上突然哭了，还有一位护士，因为护士长被感染临时被派去顶班，在电话里就开始哽咽。

一些很燃的事情发生了。正月初一的晚上，科比领了一个任务。外地的志愿者团队捐赠了一万件防护服，但是无法运进武汉市区。"二十台车，浩浩荡荡地开到武汉西收费站。"科比回忆起来依然很燃。凌晨一点，他们到了高速入口，一直等到六点，防护服终于到了，天已经亮了。他们装上车后，立即回城，送到二十家医院。

正月初四的下午，他们接到一条求助，四十七名十堰的医生将来武汉，高速路口下车后，无车进城。他们到了武汉城北的府河收费站时，发现还缺一辆车。群里，一位身在汉口的司机迅速响应，飙到高速口。医护人员安全抵达之后，一位司机很"朋克"地说了一句："（等）疫情没了，原班人马在府河湿地烧烤。"

他们突然成为社会网络中的一个超级节点。

从始至终，他们维持着"无政府"状态，不断有人退出，也有新人加入进来，有些不知道真实姓名，甚至不在武汉，和他们从未相识。越来越多的陌生人开始给他们捐钱，最远的来自多伦多、菲律宾等地，雪球越滚越大。很酷的事情发生了。在捐款名单上，他们看到了一些歌手和乐队的名字，比如肿瘤男孩乐队、北京不留行乐队、咔CD乐队。

在市区大医院受到的关注越来越多时，他们开始把触角伸向武汉周边城市、社区医院、乡镇的卫生所。物资并不算多，有些只是一千只口罩、三瓶酒精，但精准且高效。有些城中村里，车开不进去，他们徒手抱着沉重的物资，从窄巷子里走进去。

"从没想过一个摇滚乐迷群的人干起正事会如此靠谱。"一位参与者在回顾时感慨。

挣 扎

"五味杂陈。"亚千至今不能明确地形容自己的心情。围城的困境并未破解，一线医院的"惨烈"叫他耿耿于怀。

他们曾经收到一家位于孝感的社区福利医院的求助信息。在小诊所里，医生接诊几个大医院里容纳不下的疑似病人。

诊所没有 N95 口罩，没有防护服，没有护目镜，没有面罩，医疗手套也仅剩几副。求援无果之后，医生和护士把泳镜当护目镜，把雨衣、塑料袋用皮筋扎起当防护服，穿着雨鞋，戴着医用外科一次性口罩接诊发热病人。其他人的痛苦，同样给他们造成巨大的冲击。一位组员去送物资，回来路上，遇见一个男人推着摩拜，婆婆坐篮子上面，拿着病例。他们从中午十二点排队到凌晨两点才打完针，天空下着冷雨，没有车。

在热血与激情回落的时刻，杯水车薪的无力感，挣扎和犹疑才开始浮现出来。

真的无所畏惧吗？有人开始自我怀疑。这不是虚拟的网络游戏，当同伴开始涉险的时候，不安的情绪会被放大。

有一天，他们接到协和医院呼吸科的一个紧急任务，将一些物资送到诊室。一位叫骏骏的年轻人准备亲自上楼。进门之前，他给亚千他们打电话，语气犹豫。其他人同样担心。有人立即和医生协商。骏骏最终没有上楼。这时亚千的手心都出汗了。

科比的车祸，把这种情绪推到了顶点。正月初二的下午，疲劳至极的科比在开车时瞌睡，撞上了防护栏，右侧车头彻底撞烂。清醒之后，他吓出一身冷汗。当天晚上，他的偶像科比，因直升机失事去世。他从网上看到这条信息，"整个人完全蒙了"。他关掉手机，把自己锁在房间里。

"我想过，要不放弃算了。"他说。打开手机之后，医护需求信息汹涌而至。科比换了一辆公司的车后回归。晚上,他送一批给司机消毒的医用酒精到一个名叫凯旋名邸的小区。八点左右,武汉市民集体开窗唱歌。在此起彼伏的高声呼喊里,夹杂着一位小男孩的童音,清脆、纯洁、毫无杂质。科比站在楼下,感觉无比震撼,孩子说"武汉加油!"。

令他们揪心的事情还是发生了——帮助过他们的一位司机疑似感染。"觉得自己好像在做好事,但是让别人冒风险。"科比的朋友虎虎开始质疑,这个轻盈但单薄的组织困境暴露出来。

"我们无法为任何人提供保障。"亚千说。

"当你真正和一线医护交流过,看到那种惨烈,不论是继续战斗还是选择撤退,都会感到羞耻。"虎虎在回顾这段经历时写道。他开始反思其中的矛盾和挣扎。

"我感觉纯粹靠一种近乎天真的信念支撑着——我们就算感染了,也是容易治愈的那一部分人。"亚千告诉我。尽管如此,他们仍有漫长的潜伏期要熬过去。有人因为家中有老人而发愁,考虑是否离家隔离两周。

从除夕至今,科比就一直没有见过父母。在一阵短暂的沉默之后,他说:"要感染就感染吧,反正已经做了这么多天了。"

终　局

预设的终局到来了。1 月 29 日,科比送完最后一批货后两个小时,他们在线上交出了医护人员出行的群主,正式解散。没有想象中的释然和轻松,他们反而沉浸于无以名状的伤感中。有人试图说一些寻常的笑话,来驱散这种情绪,但发现无济于事。

他们在公众号里公开了数据,不足六天的时间,筹集了四十多万元,全部用于购买医用物资,手套、口罩、护目镜和防护服,捐给武汉及周边城市的二百七十六家医院。

当天，湖北新增新型冠状肺炎确诊病例 1032，武汉市区累计确诊病例达 2261 例。新一轮暴发期来临。政府与企业的力量介入，医护人员出行等问题得到缓解。

"司机与朋友们的安全，当然是最重要的考虑。"这是亚千的顾虑，"当然，也是因为继续下去很困难了。"

最初的混乱曾让他们处处碰壁。按照最新的管理规定，正月初二开始，武汉中心城区机动车禁行。"我们至今不知道司机们的驾照是否会被吊销。"他说。

至于医院捐赠通道，同样并不畅通，"假消息姑且不论，即便是真线索，有医生的电话，今天打得通，明天就打不通了，有的医院送过去又说上面不让接受社会捐赠，要走红十字会"。

在采购端，碰壁的次数也急剧增加，"不走红十字会，海外物资很难进来。最初给我们供货的医药公司和工厂，后来明确告诉我们，口罩、护目镜、防护服，都不能再卖给个人"。

在武汉这个场域，极速退潮的还有许多其他的志愿者团队。他们中的绝大多数，只是平凡的市民、骑手和网约车司机，在城市按下暂停键之后，迅速通过互联网聚集起来。在短暂的真空期，维持了城市末端的正常运转。

假如政府的救援行动是垂直的、集中的，他们的行动则更像是集市：并行的、点对点的、动态的。在集市模式里，人与人之间仅仅依靠互联网连接，在貌似混乱而无序的环境中，依然可能产生巨大的能量。

阿森觉得，他们只是个小团体，没做什么大事。"我们的想法很简单，把有限的精力和资源合理分配好。"

"我对自己的要求很低，我活在这世上，无非想要明白些道理，遇见些有趣的事，倘能如我愿，我的一生就算成功。"1 月 6 日，他在微信朋友圈里，发了王小波的一段话。

闲下来的科比感觉无聊而失落。"你听听歌啊。"有人在群里说。"我听一天吗?"他回答。"不是,是听十四天。"对话框里随后打出一连串"哈哈哈哈"。

"我死了。"科比说。

正月初七那天,他又忍不住,开车去火车站附近,帮其他志愿者送盒饭。所有的人都盼望疫情早点过去,他们能回到简单、正常、真实的生活。但没人知道这一天什么时候到来。

上班时间被推后。2月到3月,L7 Live House 的演出被取消。截至2月2日上午八点,新型冠状肺炎的确诊病例达到 14411 例,其中,湖北9074 例。武汉依然是风暴中心。

正月初六的晚上,他们的公众号推送了一篇文章,"我们暂时撤出了,但是这场战斗还没有结束。我们只是暂时休整,或许我们还会再次回到战场,或许我们会以别的方式战斗"。他们留了一个"彩蛋式"结局。在文中,他们附上了一首《大武汉》——那是武汉最早的朋克乐队,也是中国最早的朋克乐队之一生命之饼 SMZB 的作品。

"我们不会逃避,武汉是我们自己的城市。"

(文中科比、阿森、亚千、九亿、骏骏、虎虎均为化名。)

大卡司机驰援火神山："这场战争没有局外人"

文 / 刘楠　金赫

在这场对抗病毒的战役中，卡车司机是个特殊群体。假如地球是一个巨人的躯体，道路就是毛细血管。如今，密如蛛网的道路突然变得空旷。但他们运送物资，提供补给，保证着生活的正常运转。

以下是河南司机王晓伟的自述：

1

那天是雨夹雪，天灰蒙蒙的暗白。下午三点，我和刘建民出发了。我们带着武汉传真过来的通行证，还有一个白信封，上面写着对接人的联系方式。我们要送的是好几百套卫生洁具，一共十五吨。这是我这个春节做的最有意义的事——代表卡车协会，去给武汉火神山医院免费送物资，没想到发生了不少插曲。除夕那天晚上八点，我们村突然停电了。摸黑，我用手机联系运货的事。结果把车开过去，装的人没找到。初二，刘建民一早从鲁山县赶来，才装好货。卡车协会的会长来给我们送行，给我俩戴上红围巾，很吉祥的感觉。围巾我一直都戴着，工地有泥巴，很湿，拉到地上都弄脏了。我叫王晓伟，今年四十二岁，是一名有二十三年驾龄的卡车司机。我还有一个身份，是中国卡车协会河南禹州分会的分会长。卡协有近两万人，我们禹州分会有卡友七百一十八人。武汉新型冠状病毒肺炎疫情很突然，1月23日，也就是除夕前一天，我和卡协的易学兵会长就商量，成立一个车队免费去运物资。当天我们就把倡议书写好了。很快，卡协就有一百多兄弟报名，大家在名单上接龙，把车型、电话、车在哪个位置都写了，随时待命。

其实我把倡议书发到微信群后，还是有一些司机不理解，冒着风险还免费，油钱谁出？有人私下说，这和地震救援不一样，去染了病毒不是帮倒忙嘛。不过我没考虑那么多。倡议书发后第二天，正好有个物流信息说，有一车货，急需运到火神山医院去，货主说加双倍钱都找不到司机。我说我可以去，人家说给钱，我说给钱的话我们就不叫公益了。还有一个兄弟，卡协鲁山分会长刘建民，他也要支援，我们两个就决定一起搭个伴。火神山医院工地交代货物急用，初二必须运到。我们走的时候很急，我爱人说车上有六个口罩，我就戴了薄的那种普通口罩。路上电视台跟我们直播连线，主持人说你们戴的口罩不行，不能这样防护，赶快把口罩加两层，我们就都戴了三层口罩。

路上车不多，零零星星的，我们一路不停，时速在九十公里，争分夺秒。有一辆黑色小汽车的司机，把窗户打开，伸出大拇指，我们也赶紧把窗户打开，招手。还有一辆白色的车，车号是驻马店的，跟着我们。后来才知道他们拍了视频发到网上，卡友们搜到的。

初二晚九点左右，我们到达武汉收费站，测体温、消毒就进了城。中法友谊大桥的限高杆过不去，又绕道走了一个小时。金龙大道我数了数，一共就三个行人。火神山医院，全国人民都关注的地方。印象中，工地一个挨一个，全部是车子，有运救灾物资的，还有工地上的渣土车。有一个装卸工过来说，一看车号就是你们河南的，他说你们河南人有个驻马店的，五十多岁了，春节坐车自愿来这边支援，看那个修路定位的旗杆，网上我看好多人都转发。

我们运的是坐便器、洗漱池等卫生洁具，很沉的，几十名卸货工接力搬抬，很快就干完了。后来远远地，我看到公安、医务人员停在路边在忙，还有一些人穿着橘黄色反光衣，排队领餐，很简单的塑料饭盒。最后我在交货单签名时，特意看了上面的运输车牌号，都是湖北的牌照，我们是第一个"豫"牌照来送货的，我拍了个照，留作纪念。凌晨一点，我和刘建民开始返程。初三上午到禹州收费站，听说我们武汉回来的，检查人员还是挺重视的，把我们叫到路边检查登记。我一路都在联系隔离的地方，回到村里也给亲人添麻烦，想着就到禹州物流园卡协办公室所在的轮胎公司，自我隔离十四天。

2

其实正月是运输旺季。你们可能不知道，卡友们有个赚钱秘方，就是运货去云南，把车停到景洪的缅甸口岸附近，然后坐飞机回河南。初一开始飞去云南，拉一车缅甸香蕉回来。平常一万七八运费，春节涨到近三万，除去油费过路费，有的一趟净赚小两万。今年要拉香蕉的，都落空了。有的车去了，人去不了，每天白交停车费，光禹州分会放云南边境十几台卡车。我本来也要去拉香蕉的，因为筹办年会，回来得早。禹州卡协副会长牛高俊的卡车，买的初六去昆明的飞机票，两张一千七百元买的。疫情这么严重，他把票退了，还是待在家里，响应国家号召嘛。

我们禹州群里，也有卡友是冒着疫情风险出去的，还是不想损失云南这笔生意嘛。卡友李艳峰初六坐飞机到云南，包了一辆去勐仑的小汽车，去找自己的卡车，结果路上被防疫人员截了，住了两个晚上。那边小车不让进，卡车运输可以进，他联系卡友搭人家的卡车，才到了云南口岸。那边现在找不到好货源，拉香蕉回河南运费只有一万多。绕过武汉还要多费油钱，不划算，还不如不去呢。现在他们说吃住在卡车上，等等看运价高的话再走呗。我们禹州卡协副会长牛高俊的车在云南景洪的停车场，歇了大半月，每天停车费三十元，一个月也不少钱。其实我和他一样，都是去年年底贷款刚买的新车，月供一万三，15号要还贷。之前上面淘汰了"国三"标准的卡车。牛高俊之前的"国三"才开了几年，刚还完贷款。跟卖废铁一样，卖了一万多元。一大半的卡友都是借贷款买车的，就是还贷的事。

你说这有的卡车司机，为什么这么大的疫情还乱跑，为了生活你还要奔波嘛。没有借贷，肯定不冒这么大风险。车贷不还款，银行肯定要催你。禹州卡协微信群里，有的卡友说拉不了货，在家憋得慌。我们宣传员都是变着花样发标语，让大家按兵不动。例如："看着钟南山湿润的眼眶，这是一场战争不是儿戏，打赢了，天天都是春节！""收起你盲目的自信和侥幸心理，收起你事不关己高高挂起的态度，这场战争没有局外人。"

3

我们到了隔离的地方。爱人给我送菜过来，她先放在门口，我们两个坐在大车上就没下来。等他们走了，我们再下来。那天很累，晚上八九点的时候，就有人打电话让我们下去。说你们冒这么大的风险，挣了多高的运费？我们告诉他们，是免费支持抗击疫情。他们说没有提前登记，要我们第二天一早离开。后来我们知道，他们是园区人员。但是镇政府领导很快过来道歉，态度很好。

初三开始，我和刘建民一起隔离。镇里送来蔬菜什么的，有个电磁炉，我们自己做饭吃。有一张木床，我们两个大老爷们不好挤在一起，我说睡沙发舒服，刘建民说轮流吧。我们卡协理事会有十一个人，常常深夜开会，我们通过视频跟大家碰杯酒。

其实主要讨论的，就是延期还贷的事。卡车司机很多都是自雇的，贷款买车，自己找货源拉货。我们卡车协会近两万卡友，至少八成有车贷压力。就拿我们易学兵会长举例，他有十五台卡车，两台还完贷款，其他十三台车加起来每月还贷近二十万，算下来，每天要七八千块钱。最近车辆都闲在家里。不断有卡友给卡协理事会打电话，向我们求助，有的甚至带着哭腔。我们呼吁能够延期还贷。其实我们卡车司机是弱势群体，货物少了很多，有时还遇到老赖欠款，更是亏钱。为什么我们成立卡车协会，就是要抱团取暖。遇到卡友举报的老赖，我们有一系列流程，调查员专门核实，以卡协名义和欠主电话协商。如果协商无效，微信群里发布"追讨令"。有的老赖深明大义，有的"软硬兼施"都不行，我们就集体标记对方为"疑似诈骗电话"。2019年，禹州卡协两位卡友遇难，都是疲劳驾驶。我们号召各地卡友给两个家庭一共捐了近十万。本来开车经验都挺丰富的。但是拉绿通的，时间要快，你不能停，时间赶不上，货主也不给运费。春节前，另一个县的一个分会长遭遇交通车祸，大家举办了哀悼会，商量遗孤安置。卡协有一大批人才，宣传的工作人员文笔都是很好的，你看卡协的这个新闻："夜色中，卡车协会的车标，像中国卡车协会数万名兄弟姐妹的明亮的眼睛，注视着我们的楷模式的卡友吴彦峰，向他投来了赞许和致敬的目光！"写得很好吧。从武汉回来，我们卡车协会宣传的卡友还写了文章，说学习我们。其实我和刘建民也不是什么英雄，就是说武汉有难了，我们能尽我们的一点微薄的力量去帮助他们，就是心里特别舒服、特别自豪的那种感觉。

说了这么多，看上去挺光鲜的，其实我的人生起起落落。从小农村长大，十九岁开始干货运，2003年"非典"的时候，我开了个饸饹店，那时候饸饹面才八毛钱一碗，就是因为"非典"关门了。2008年四川地震，我去地震现场救灾支援板房建设两个月，那时候都是帐篷，天天吃康师傅方便面，喝汇源果汁。吃得现在味都不想闻。

这两年货运不景气，但我还是坚持下来了。就说去武汉火神山医院送货这个事，我和刘建民两个不是报报名就算了，是真的要去，自己其实知道有多大风险，我就想给所有的这些平台组织树一个榜样。

卡友还是有力量的，这几天，我们延期还贷的呼吁已经有一点效果了，有个欧曼厂，已经都公开在各地方开始宣扬还贷可以延期。我听到他们平顶山4S店李总说的，他们就是看到我们的呼吁了。凌晨一点钟人家看到，然后就发出这个命令了，证明起到了效应。面对疫情，人人有责。我打开手机，一看火神山医院完工了，速度真是惊人。看了以后，感觉我们的付出也没白付，真是很有意义。我们送的卫生洁具，现在医护人员、病人应该是都用上了。我看到有个新闻图片，找到了火神山医院的卫生间，那个洗漱盆和坐便器，就是我们送过去的那种。

我们做到了问心无愧

文 / 刘宇　李舸

中国摄协小分队刚到武汉的时候，协会网站编辑就曾让我写写这里的工作情况。之所以一直没有动笔，是觉得初来乍到，还是不要让大家把注意力放到我们身上。来武汉有一段时间后，那天恰好我和李舸同时回到驻地，就约他一起聊聊，他答应整理完照片找我。等他敲我门的时候，已近午夜。本想写个三五百字，结果一聊就是一个多小时。下面是我们聊天的内容：

刘宇（以下简称刘）：作为多年的朋友，我今天就想听听你的心里话，为什么来武汉？

李舸（以下简称李）：疫情暴发以来，人民日报在武汉始终设有前方报道组，春节期间就派了一个年轻摄影记者，孤军奋战一个多月了，也需要补充摄影力量。作为人民日报的摄影记者，无论从报社整体部署，还是我个人，都必须来。其实我 1 月底就向社领导请战了，早准备好随时出发。网上有人说，摄协主席去武汉是作秀，这是对我不了解。

咱俩是几十年的战友和兄弟了，我们都经历过国家发生的大喜、大悲、大事件。2003年"非典"期间，我就主动请缨进到北京中日友好医院的重症病房待了十几天，你作为新华社记者也有在海外战地采访的经历。无论从哪个角度说，我们必须冲。

刘：当初你打电话来，我也有点诧异，到摄协工作以后，觉得不会再有机会上一线了。估计有些人也会质疑，媒体人冲到前面可以理解，你们摄协是搞艺术创作的，这时候去是不是添乱啊？

李：实际上中国摄协小分队的成员都是媒体人，同样有记录重大事件的责任。而且中国摄协还受领了一项重要任务，就是在中央赴湖北指导组宣传组的统筹安排下，承担为支援湖北医疗队的四万多名医务人员拍摄肖像的任务。我们是把两个任务合并了。

刘：我们的拍摄分别在医院和驻地进行，有人担心，让医护人员摘下口罩，会不会增加他们感染的风险？

李：我们拍摄遵循两条基本底线：一、绝不能影响正常的救治和诊疗；二、绝不能影响医护人员的安全和休息。这两条我们都做到了。在医院拍摄，我们选的时间窗口，都是医护人员交完班，进入清洁区休息空间那么一个小的空当。我计算了一下，每个人拍摄只有一分多钟，真正摘下口罩的时间只有几秒钟。有时拍摄位置就在他们吃饭的桌边，吃饭总得摘下口罩吧。有时拍摄点边上就是淋浴间，墙上贴着"扔口罩"的字样。他在进淋浴间之前，会把口罩扔到垃圾桶里，就在他们换新口罩的时候，我们给他拍几张。所以我们一直严格遵循医院防护的原则和流程。是否接受拍摄，也完全尊重医护人员个人的意愿。

2月24日，李舸（左三）、刘宇（左一）、柴选（右一）、陈黎明（左二）为北京医院医护人员拍摄肖像 / 湖北卫视提供

刘：我也有体会，医护人员对咱们还是非常欢迎的。在拍摄时，我们也尽可能营造相对轻松的氛围，希望他们能够在救治患者之余，稍微纾解一下紧张的情绪。有不少医护人员加了我们的微信，希望早一点看到照片。

李：拍的这些资料不仅要交给国家有关机构、各个省的医疗队，我们也会精心编辑好，送给每一位医护人员。

刘：咱们还为医疗队员录了一些小视频，就问一句话：您最想对谁说什么或最想做什么。

李：医护人员之所以能在这样一个小小的手机面前说发自肺腑的话，因为他们充分信任、认可咱们，把咱们当作他们的朋友、家人。

今天遇到福建医生杜厚伟，是那种很刚硬的汉子。他从病房出来，看到我们正给护士拍摄，觉得那是女孩子喜欢的，嘴里嘟囔着，不屑一顾地直接去洗澡了。等他出来，看我们还在等，就说那我也录一下吧。结果他刚说到"疫情结束之后，我要好好孝敬父母……"突然失声痛哭，后来哭到不能自已，实在录不下去了。他蹲在垃圾桶边上仍然泣不成声。最后站起身摆着手说："对不起！"自己缓缓走向通道拐弯处。

我不认为我们是在拍摄，而是以相机为媒介，与医护人员交心，这似乎为他们提供了一种释放情绪的理由和机会，大家面对面就是兄弟姐妹。很多医护人员说，来武汉已经一个多月了，这种交流和释放是他们从没遇到的，也是最需要的。因为在他们眼里，我们和相机、手机已经不再是陌生人和冰冷的设备，而就是他们的父母、爱人、孩子。他们说，有些话平常在家可能不会对亲人说。那天我碰见一位心理卫生科的医生，她就说，你们这种拍摄的方式，真的是非常好的心理治疗。

我觉得，如果有人对咱们有误解，那怪我们自己。也许我们没有把真实的工作状态和跟医护人员的情感交流充分传播出来。我们做得不到位，是因为还在记录中。

刘：当医护人员真情流露时，我看到你的手也在颤抖。其实我们每个摄影师在工作的时候，眼睛经常是湿润的。

李：每天我都要跟着流泪好几次。像你我都经历过大灾大难，也是见过一些生死的人。虽然表面上都不是那种硬汉，但自己觉得内心还是足够坚毅，可这次咱们为什么变得这样脆弱和柔软？因为我们跟他们真正心贴心了。

刘：我在拍摄西安交大二院护士的时候，请她们给我提供一些家人的信。当我看到那些信的时候，泪流满面，到一边缓了半天，才能继续工作。其实也没什么豪言壮语，恰恰是她七岁的儿子说"我在家不欺负弟弟，处处让着弟弟……"之类的话特别打动人。所以，什么是好照片，我觉得没有标准。在特殊时期，一张照片也许对旁人没有意义，但对他及亲人就是最好的纪念。

李：这些天我都睡不好觉，内心一直翻腾。我在想：怎么理解摄影？相机、手机，或者所谓的摄影技术技巧、方式方法，都只是手段，我们的目的绝不是为了拍摄而拍摄，更不能为了出所谓的作品而拍摄。可能有人说你们没出好照片，我觉得根本就不需要厘清什么是好照片，对不对？

还有，作为一个记者、一个摄影人，你是不是要居高临下、盛气凌人，举着手机拿着相机去对着人家拍？还是要谦和、平静地，完全以一种亲人般的视角跟人家交流。这还不仅是这次抗击疫情的事，今后任何场合，我们都应该知道自己的位置到底在哪儿。

刘：那天在医疗队驻地拍到天黑，光线不行了。陈黎明在我们这个团队里是最年轻的，他主拍，你、我还有柴总在旁边给他打灯补光。护士们叫师傅长、师傅短的，咱们也挺知足。那些医疗队员绝不会想到，摄影助理是中国摄影家协会主席。

李：其实叫什么，真是无所谓，把咱们看成灯架子都行。我还有一个很深的感触：人这一辈子，到底图什么？我们接触的大量医护人员都是 90 后。我就想，平时在北京，我们坐公交、进饭馆、逛超市，与你擦肩而过的时尚小姑娘、小伙子，你不一定会留意他们。但恰恰是这批孩子，在国家遇到这样突发紧急状况的时候，有人冲上来了，而且很多是主动请缨。我相信这些年轻人，也许再过多少年，到了我们这个年纪，每天为了生活而奔波，也许还有各种烦恼和不顺，但在孩子们内心一定永远留存着那么一抹亮色，因为他们曾经在特殊时期，为国家为社会做过有担当的事。

刘：很多摄影圈的朋友希望我们能拍出大片什么的。我说，咱们给医护人员拍肖像这事儿已经够大的了。但是作为媒体人，我们确实有记录当下、为历史留真的责任。

李：对的，所谓参赛、获奖，我们不是为这个来的。开始那几天，咱们在医院里都超过十个小时。连医护人员都说："我们每四个小时就换班了，你们待这么长时间，太危险了。"除了拍肖像，我还要完成人民日报的报道，每天发一个专题，就是把所经历到的这些故事，转化成新闻，而且这些新闻线索恰恰都是在拍摄肖像的时候，医护人员有意无意中提供的。比如他们经常会说，特别惦记某某床的患者，所以我就做了一个专题：《你是我最牵挂的人》。

刘：人们总觉得，每遇重大事件，应该出一两张经典照片。我觉得一图胜千言的时代已经过去了。我们来武汉不是为了追求那一张经典照片来的，对不对？我们就是希望眼睛看到的、用心感受到的这些东西，通过一张肖像、一段视频、一个故事传播给受众，如此而已。也许每个人的视角不一样，但当把这些碎片拼接在一起，现在或者以后，人们就有可能相对全面地看到武汉在这个特殊时期发生了什么。至于什么照片可以成为经典，不是咱们考虑的。

李：那是后人的评价，跟我们无关。就像你说的，如果赋予一种太强的功利色彩，根本做不好，而且会把摄影的名声搞得很差。我觉得至少咱们这个小团队，做到了问心无愧。

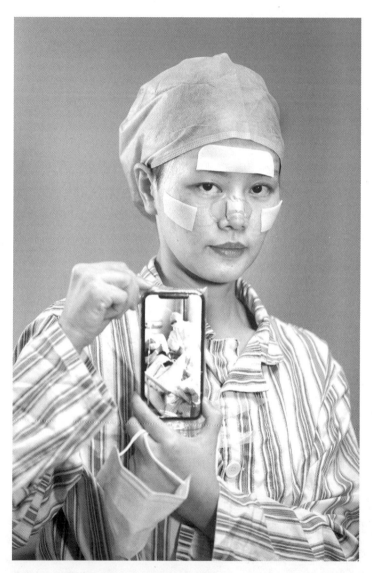

福建省立医院 徐健 摄 / 李舸

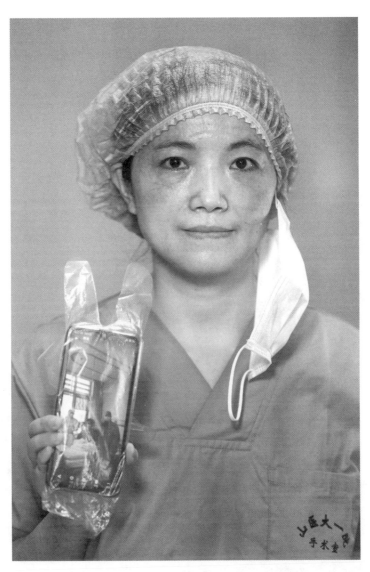

山西医科大学第一医院 唐珊 摄／李舸

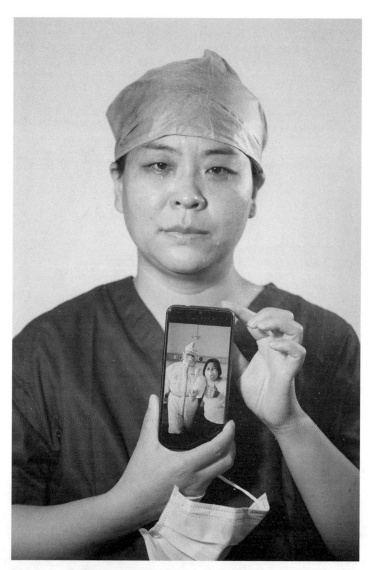

山西省长治医学院附属和平医院 孔娅娅 摄／李舸

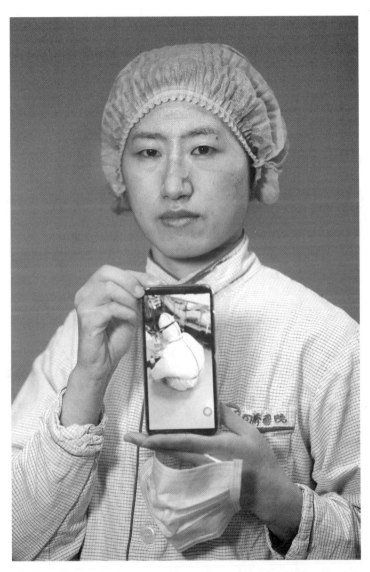

吉林大学第一医院 马静宇　摄／李舸

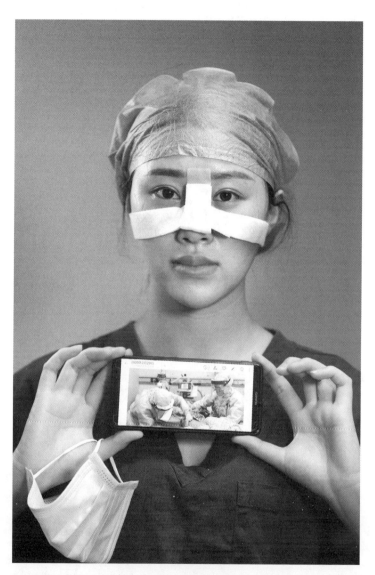

江西南昌大学第一附属医院 吴映霖 摄 / 李舸

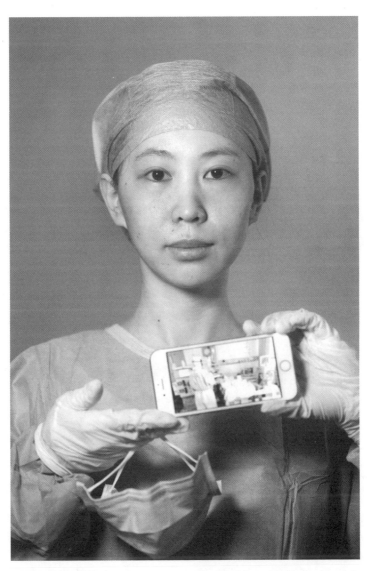

吉林大学第一医院 宋薇 摄／李舸

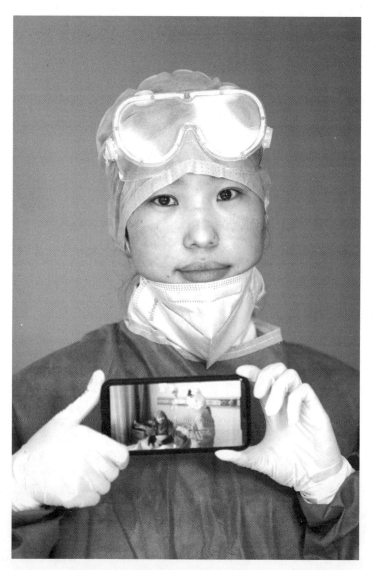

武汉协和医院肿瘤中心 杜丽敏　摄／李舸

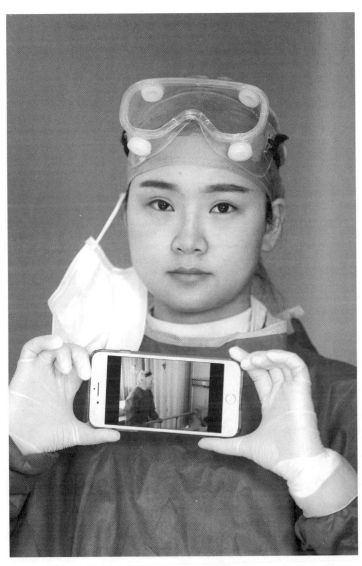

武汉协和医院肿瘤中心 蔡小珍　摄／李舸

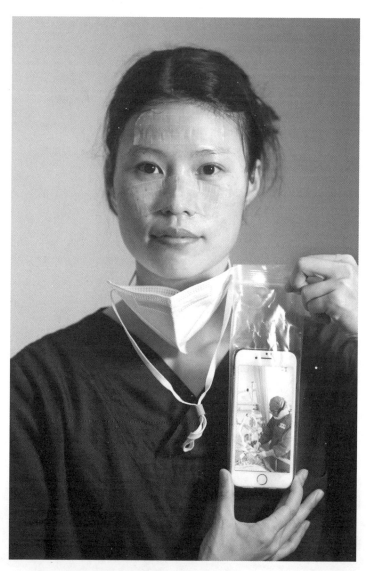

江西南昌大学第一附属医院 谢晓娜　摄／李舸

吉林市儿童医院 高红艳　摄／刘宇

交大二院 郝会香 摄／刘宇

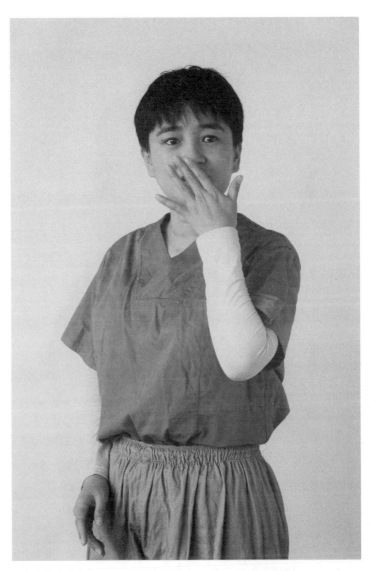

北京医院 李婷 摄 / 刘宇

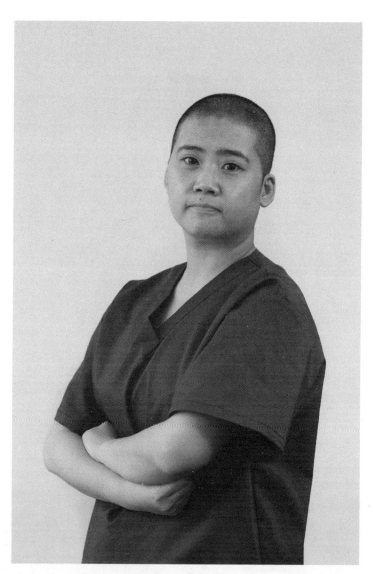

四平市中医院 王东方　摄 / 刘宇

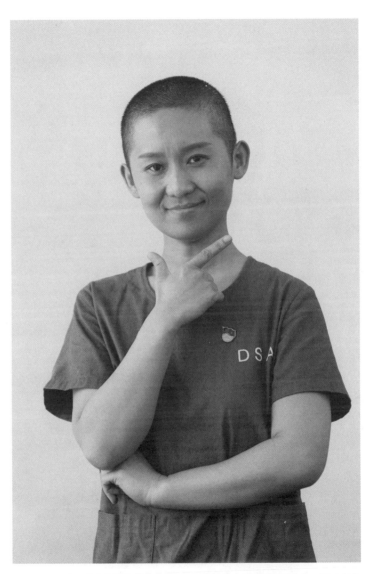

东辽县人民医院 王晓宇　摄 / 刘宇

交大二院 韦飞 摄 / 刘宇

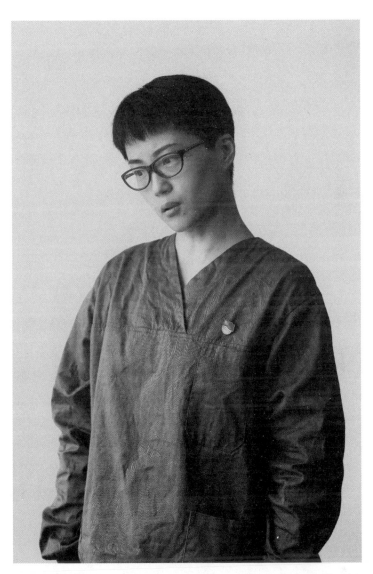

吉林省职业病防治院 袁欣 摄 / 刘宇

长春市儿童医院 张春艳 摄 / 刘宇

北京医院 张帅 摄 / 刘宇

摄影师的武汉手记

文 / 刘宇

　　春节前刚刚退休，赶上新冠肺炎疫情暴发，就再没去过单位。在家待得生物钟整个乱掉了。积压了太多老照片要整理，但白天静不下心，常常是夜里十二点多开始干活，上床时已快天亮，一觉就到午后了。2 月 19 日中午十一点多，中国摄协主席李舸打来电话的时候，我睡得正香。他第一句话问我愿不愿意去武汉，中国摄协要组建一个小分队。本来迷迷糊糊的我一下清醒起来。我心想总要先和家里人打个招呼吧，就答容我考虑一刻钟吧。他说，千万不用勉强。得了，既然这么说还考虑什么呀。我说，去。

奇遇记
2020 年 3 月 14 日

　　我在拍照片时，头脑中经常会有一些设想。比如你希望一只飞鸟出现在你的画面里，也许它就真的出现了。当然，不能凭空想象，得先看到了鸟在附近盘旋，总不能期待闯进画面的是一只老虎。多数时候，想象的画面并不会出现。但如果没有预判，你一定拍不到那只鸟。所以说，虽然摄影看到才能拍到，其实更多的时候是想到才能看到。

有些事情，就是再丰富的想象力，你能想得到开头，也猜不到结尾，但就是发生了。有人说，摄影如奇遇，那是因为生活永远比想象的更神奇。

如果发现了一个有意思的画面，我会先拍下来，期待下次更好。通常只要有可能，我会再去。小东门立交桥我就先后去了三次，是因为那个桥上立着"黄鹤楼"，特别有符号性。

但置身桥上，是拍不全桥的。我发现有一座铁路桥高过立交桥，是个理想的拍摄位置，但怎么上去呢？有时事情就是这么巧，我在拍照片时，余光扫见铁路桥上确实有个人经过。我从立交桥下来，沿着铁道的走向转悠，一个土坡上似乎有攀爬的痕迹。我爬上去果然可以穿过铁丝网的

"黑衣人"

破洞，走到铁路上。

这是一条废弃的铁路，路基高出地面一二十米，沿路而行，正好可以俯视铁路两边的社区。我的好几张还算过得去的照片都是在这条铁路上拍的。昨天，李舸看了我发在公众号的文图，说你这些照片在哪儿淘的？我挖地三尺也要找到。我答：打死我也不说，哈哈哈。

那天正沿铁轨溜达，天下起了雨，一个撑伞的黑衣人手里提着一袋食品，远远走过来。当我们在铁轨上错身时，他开口了："你是记者吗？"

我把中央指导组宣传组发的新闻采访证亮给他。他看了看说："你这个证不会是假的吧？你是不是外国记者？"

我答："有中国话说这么好的外国记者吗？"他也笑了。

我问："你住在附近吗？铁路两边都是封闭的，好像进不了小区。"

"一句两句和你说不清。"他说完就走了。

黑衣人在铁轨上做饭

我本以为，与他的交集到此为止。没想到，半个小时后，我看到几十米外，有个一面已经坍塌的道房，一个人正在旁边的铁轨中间生火做饭。慢慢走近，那人也发现了我，提着锅向我走来，原来还是前面遇到的黑衣人。

我说："你怎么住在这里？"

接下来的回答，让我汗毛竖了起来："我是从牢里出来的。"说着，从兜里掏出一个小夹子，抽出一张纸："你要不要看看我的刑满释放证？"

我忙说："不看了，不看了。"就逃离了那里。

几天后，我的强迫症又犯了。给第四批陕西援鄂医疗队拍完肖像，天色已暗，我想起那个从牢里出来的男人。我本不想打扰他的生活，也不希望他的清晰形象暴露在公众面前。理想的画面是：暮色四合，只有一点点光亮从道房透出来……

我再次走上那条铁轨，四周黑黢黢的，死一般寂静，只能听见自己的呼吸和踩在枕木上的脚步声。大概走了一公里，再次看到道房，我放轻脚步，接近目标。

想象中的画面并没有出现，从道房敞开的一面望过去，似乎没有人在里面，也许已经搬走了吧。正打算离开，就听到远处传来说话的声音，我立马坐在距离路基十米左右的石堆上，用冲锋衣裹住两个相机，背对着铁轨，一动不动。声音越来越近，能听出是两个人。他们在道房边停下来，继续说着什么，在静夜里显得声音很大，但我一句也听不懂。

似乎并没有被发现，我松了口气，起身猫腰，放轻脚步，在烂石堆走了几十米。前面就是铁丝网，我不得不回到铁轨上，快步往回走。要命的是，我感觉远处有个黑影也跟过来，我不敢回头看，心想是不是错觉啊。本来一个枕木一步，并成两个枕木一步。但那个黑影也似乎加快了脚步，越来越近。我确认，真不是错觉。就在我想跑起来时，后面响起一个声音："前面的停一下！"

老李

　　我脑袋嗡的一下，心想完了！真是冲我来的。事已至此，也只得停下来，转过身发现，跟上来的并不是"牢里出来的"那个人，不过看起来更加凶悍，能闻到身上有点酒气。他点起一支烟，打量着我的相机。我赶忙解释，只是在附近转转，一张也没有拍你们。我给他看相机回放，那天确实一张照片也没拍。

　　他却并不在意，接下来的话，再次出乎意料："我想和你反映点事，能不能采访我？"我点头如捣蒜：行！行！行！

　　他让我跟着他去住处看看。到这时，我才彻底放下心，我们边走边聊，他说话颠三倒四，再加上一口湖北话，我只听出他姓李，住在铁道下面，黑衣人坐了五年牢，释放后赶上疫情，没地方去了。他就经常带点东西上来接济。今天，黑衣人要到他住的地方，警察说什么也不让进。

老李向警察道谢

快走到他住处的时候，见到了正在值守的警察，老李拉着我找警察理论。警察对老李的情况很清楚。他原来在武汉打零工，住在这边一个空置的洗车房里。平时，警察会给他送一些口罩和盒饭。不知道怎么遇到了那个刑满释放人员。今天，老李想让黑衣人搬过来一起住。警察考虑到两个人挤在一起很不安全，就劝阻了。今天他和所里反映了这个情况，所里来人已经处理过，那黑衣人家在洪山区，警察可以把他送回去，愿意接受救助，也可以帮忙安置。

警察和老李说，你安安心心地把自己照顾好就行了，其他的事交给我们来处理。老李的酒似乎也醒了几分，不停冲警察作揖。

至此，一场虚惊算是有了个还算完满的结局。

深海月光
2020 年 3 月 17 日

前两天，我在公众号发了一篇《奇遇记》，就有朋友留言问，有没有"之二"。好吧，那就换个文艺一点的题目，要不显得我读书少。

其实，在武汉你和每个人聊，谁没有一段刻骨铭心的故事呢？既然是奇遇，自然是不常遇到的事，下面说到的几个人分别都在不同的地方偶遇了几次，真的是那种不期而遇，在大武汉你说这种概率有多高？也可称奇了。

见到他是十几天前的傍晚，我正和陈黎明在长江大桥上拍照。桥上人车稀少，偶尔经过的路人也是行色匆匆。就见一个骑着共享单车的年轻人，把车扔在地上，用手机拍沿江两岸的景色。他是那天我们遇到的唯一有闲心停下来看景的人。他个子不高，头发挺长，又戴着口罩，我甚至没有看清是男孩还是女孩。

我转了一圈打算回去，远远看到黎明和那个年轻人在大桥另一侧聊上了，直到走近，我才看清年轻人口罩边露出的连鬓胡子，他说已经四十多天没刮了。本想过来招呼黎明走人，听着他轻声细语的讲述，感觉是一个挺有故事的人。

他以前在武汉上学，现在生活在青岛。"封城"前到武汉办事，就滞留在这里了。其实他本可以离开武汉，但他选择了留下来。

我问："你对当时的决定有没有后悔？"

"不后悔，现在不也好好的嘛。如果当时回去了，车上车下人来人往，感染的几率相较而言反而会更大一些，留下来家人也会更安全。"

他现在住在一个快捷酒店里。本来想做志愿者，至于为什么没有做成，他并不愿详说。黎明问他，疫情结束后，最想做的事情。他说，想换一身衣服。我们这才发现,他身上的短大衣已经被消毒液喷花了。

感觉他与我们聊天时若有所思,有意和外界之间隔着一层。他说,你们需要了解什么情况,我都可以提供,但不要把我的照片登出来。

分别时,他主动加了我的微信。回去翻看他的朋友圈,发现他乐衷于山水,喜欢写诗,喜欢拍照,喜欢听歌。

他记下了"封城"当天的心路历程:"1月23号'封城'当天,气氛陡然紧张起来,一瞬间街头就没人了,只有零星两家商店在甩卖商品,但没有人。回到宾馆的路上,只有一位老人,坐在石头上,整个司门口都静悄悄,连针掉地上都听得到。我走过去问他,大爷外面很危险,您不回去吗?他说回去,但支支吾吾、欲言又止的,我就把身上的现金都掏给他了,他起身就要握我的手。我说大爷您一定要平安,他眼泪就要流出来的时候,我说了句珍重,就走了。其实那时候我也不知道自己能否扛过此

3月5日,滞留武汉的小马在长江大桥上观赏日落

劫，因为从车站回来前，看到那些争相出城的人，很多人慌慌张张、眼睛通红，有的在流眼泪。"

这是一个内心丰富、敏感细腻，但是纯净善良的男孩，他沉默地游走在武汉的各个角落，记下一段话，写下一句诗，拍下一张照片或一段视频，他用这样的方式和自己对话。

在一个流浪汉蜷曲在路边座椅上睡觉的照片后，他留言："放了一瓶牛奶，一个鸡翅根，在他睡椅下，希望他醒来的时候能看到。"

在初开的桃花照片下，他写道："花开了，给花敬了杯酒。愿疫情早点过去，满城春暖花开，迎着阳光仰躺在花丛下，看飞鸟飞过枝头，蜜蜂采着花蜜。"

2月23日，武汉"封城"的整整一个月，他来到长江边，留下"浩瀚长江、孤影相伴"的感叹，配的音乐是香港的经典老歌：人生于世上有几个知己，多少友谊能长久。

我想写写他的故事，但他在微信里留言："记者大人，您和您的同事，不要发我任何照片吧，只当聊天不当采访哈。"我答应了，相信错过这个，还有下一个故事等着我。这样我就把这件事放下了。

没想到几天后，我在洪山体育馆拍完最后一个方舱医院封舱，到停车场开车时，在路口又看见了那件被消毒液喷花的短大衣，没错，是他。他骑在自行车上，一脚撑地在查手机地图。我过去打招呼，他告诉我，听说毛主席故居有限开放了，想去看看。我对这个信息表示怀疑，他还是坚持想去碰碰运气。我看到他说话的时候，不时往上拉着口罩，原来戴的次数多了，带子已经松了。我就说，等我得空的时候，给他送点口罩，顺便带些食品。

从方舱医院出来，我看天色还早，就又开车来到汉口吉庆街。每次路过街头"大排档"雕塑群时，我都会下来转转。多数时候空无一人，而那天看见两个身穿防护服的志愿者在休息。我上去和他们聊起来。男孩姓

3月10日，山东滞留武汉的志愿者小侯，为社区居民购买生活用品

侯，山东人，因公司业务到武汉出差，也滞留在这里了，就选择做了志愿者。他和本地志愿者小彭刚刚为老人买完两大袋食品。

小侯阳光开朗，乐观健谈。他们公司是做后厨管理的，前一天还在营业，22号接到要停业的电话。他本来买了初三的票，22日当天也是可以走的，但担心路上交叉感染，就选择了留下。

他说："武汉开始'封城'的时候，没有像现在这样封闭社区。2月8日，我跑到三十多公里外的蔡甸区的一个物流园做了志愿者。干了二十天，听说那个物流园要被军队接管。而汉口这边的朋友说小区已经封了，我就骑个自行车想回来，一路上遇到七八个检查点，查工作证明，我又回去开了证明。回来后在家躺了两天，就找到社区书记问有什么事情可以做，就这样做了社区志愿者。给我安排的是晚上八点到十二点值班，但一般白天都在社区待着，有什么需要帮忙的，喊我一声就行了。每天的工作就是看门、消毒，看到隔离设施坏了，反映一下。所在的球新社区老人比较多，为他们帮帮忙，跑跑腿。比如买药、送菜、送水果之类的。有的老人特别想吃饺子，我们就想办法买到。"

我和他提起前面遇到的男孩想做志愿者的事，小侯很爽快地说，您让他加我微信吧，我们公司这里有宿舍，他可以搬过来住。

我拍摄的陕西第四批援鄂医疗队驻地离小侯工作的社区不远，再过来的时候，给小侯他们带了一些防护服。他们每天接触的人多，防护服都是穿几天才能换一次。

又过了几天，我在街上瞎逛，就听有人叫我："叔！"一看小侯和小彭骑着电动车，依然驮着一大包东西。小侯说："刚给老人买的包子，还热着，您吃一个吧。"

一个月没吃过带馅的东西了，我说："你告我卖包子的地方，我自己去买。"

小侯说："叔，您什么时候过来，我提前给您买好。"

后来，小侯和我在大桥上遇到的男孩也联系上了，后来我才知道男孩姓马。小马说："刘叔：武汉好像要不了多久就解封了，回北京前，提前说一声哈，我和侯哥送送您，这段时间有什么需要的地方，我马上就到。"

我没有再提想写他的事，但他经常会给我发些他写的文字和影像。他说，刘叔，我开始不知道你们是干什么的，您想写就写吧。

前几天听说在我们宾馆住着的一位司机感染了。昨天上午安排我们外地来武汉的摄影师做 CT 检测，大家都正常。我们给四万余名医疗队拍肖像的工作已经基本完成，估计也快回北京了。

昨天下午没什么事，我带了点吃的，开车去接小马。听说沃尔玛开了，就想先带他买件衣服，天气转暖，他穿了五十多天的棉衣也该换了。但是沃尔玛需要志愿者集中采购的证明才可进，我们就一起来到与小侯他

3月11日，街头歌手老朱在汉口中山大道附近的广场上唱歌

3月17日，小侯、老朱、作者、小马在吉庆街头的"大排档"雕像旁合影

们第一次见面的地方。

小侯和小彭带了三大袋包子，我们谈天说地，真是来武汉以后最放松的一刻了。刚聊到前几天在附近唱歌的老朱，就听到背后有人说："一听声音就知道是刘哥！"

我回头一看，说老朱，老朱就到了。那天听老朱唱完歌，我把医疗队刚送给我的一箱方便面给他了。

好像冥冥中有人安排一样，在武汉萍水相逢的几个人，几个好人，就这么凑齐了。在大家的鼓动下，老朱拿出随身携带的话筒和迷你音响，唱了《让我欢喜让我忧》。

原本素不相识，信任和良善让我们认识了，走近了。他们中有的人自己也处在暂时的困顿之中，但他们用心温暖了比自己更困难的人，在灾难面前展现出人性中最可贵的一面。

3月18日，没有固定居所的老朱搬进小侯的宿舍

有所想就会有所见，我们看到的，只是我们想看到的样子。你相信什么，就能看到什么。当你试着用美好的心去打量世界，世界也会变得好看一些。

这时候华灯初上，街上空无一人。淡云遮月，但难掩其光。我想起，小马在我的图文后引用的台湾绘本作家几米的话："我们在冰封的深海寻找希望的缺口，却在午夜惊醒时，蓦然瞥见绝美的月光。"

（本文图片由作者提供）

苦中作乐的武汉人，此生不忘的这些天

文 / 何可人　向荣　张国

武汉"封城"第十六天后，武汉姑娘小曲在豆瓣广播里贴了一张黑色的海报，上面是海明威的话：所有人其实是一个整体，别人的不幸就是你的不幸。

刚刚"封城"的时候，小曲一度自行"断网"：不上微博，不刷短视频，不去豆瓣"自由吃瓜"小组，不参加各种群聊……只在家里看美剧，练瑜伽，跟爸妈学做菜。

决定源自小曲在网上看到的一份《恐慌下心理救助手册》。手册上建议少去浏览负面信息。除此之外，生活中该做什么就做什么。

小曲当时接受了这份"心理干预"。和众多武汉市民一样，她在疫情突变的短短数日里，经历了不以为意、紧张、不安、悲愤等心理起伏。她带着这些情绪泡在豆瓣小组里，有时回击别人针对武汉人的"地图炮"，有时安抚外地网友过度紧张的情绪，有时发帖给家乡打气加油。

1 月 23 日凌晨，武汉宣布"封城"。小曲"特别无助"，觉得"被人

抛弃了"，而她常去的"自由吃瓜"小组，"整个瓜组都在欢呼"。

各地开始组织物资驰援武汉。除夕这天，小曲看到好几个帖子都对武汉人流露出不友好，糟糕的情绪至此累积到顶点。她决定断网"自救"，回避网上的歧视，也回避各种晚会上的欢呼。

半个月后，小曲刷完了好几部美剧，学会了摊煎饼，平板支撑练到能坚持一分钟……她不再需要靠"断网"来隔绝最初的紧张焦虑甚至愤怒，能够更冷静地直视眼前的世界。

这也是不少留守武汉的人共同的经历。五百万人离开，九百万人原地不动，他们既要捍卫自己的平安，也要紧紧地拽着病毒不滑向更广大的人群。乐观、沮丧、焦虑、不安、疑惑、希望、失望，种种情绪随着疫情的变化，在人心里交替消长。

留下的人眼前，是城市的伤痛和自救。但如武汉那句著名的市民哲学"冷也好，热也好，活着就好"，只要人还平安，就要努力生活下去。

作 乐

一位四十多岁的大汉，穿着灰色睡衣睡裤，站在高层的楼顶钓鱼。鱼从直径不到一米的鱼缸里钓出，大汉喊着"快快快快"，拿着网兜的小男孩小跑过去，将鱼捞住。

武汉人阿娇看到这段视频时哈哈大笑。那会儿"封城"才刚开始。面对这前所未有的局面，留守者按下不安，苦中作乐。钓鱼大汉是阿娇的同事，用武汉话形容，是一位"哼天高手"。"封城"后，大哥宅在家里，开始拍趣味小视频。微博上流传"武汉人宅在家里的一百种方式"之前，她的这位同事就已拍下了钓鱼视频。鱼是之前储备的年货，没想到"封城"后有了娱乐的用途。鱼钓了五次才上钩，视频也因此拍了五次。收工后，鱼被煮进了火锅。

家距华南海鲜市场二点六公里的阿娇，手机里存了一份武汉市民某一时间节点内的"街道风险排序表"，上面由高至低排列了全市一百几十个街道的疫情风险指数。第一名是唐家墩——离华南海鲜市场七百余米，风险指数高达 96.52，最低的是 36.38 的鲁湖。阿娇所在的塔子湖街道排名十一，风险指数 93.3。

外地朋友在微信群里关心阿娇的状况，她常常在大家一段灰心或愤慨的对话中，插入几句"过年好""财神到"的喜庆口号。或是一片唉声叹气后，给大家打一针"兴奋剂"："没事，一定没事，武汉一定能挺过去的！"

整座城市草木皆兵，阿娇和家人起初庆幸自己是健康的，直到他们的亲戚中出现了确诊病例，全家人吓得睡不着觉。在此之前，一家人的生活有条不紊地进行。父母早上醒来，先用 84 消毒液兑水拖地。无法出门"过早"，早餐也要尽量丰富：面条配腊肉，蒸馒头加黑芝麻糊，水蒸蛋加炸面饼。藕汤必不能少。头天晚上把粉藕和排骨丢进锅里，炖上一夜，第二天早上盛上一碗。之前储备的年货越吃越少，莲藕汤里的上排慢慢变成龙骨。"封城"第七天的时候，阿娇的妈妈嫌龙骨没肉，又扔了块猪蹄进去。阿娇笑："龙骨没肉，猪手来凑，还是第一次吃。"阿娇想念在武汉人中大名鼎鼎的"王师傅豆皮"，馋得咽口水。她去网上找了制作豆皮的教程，想在家一试。

她说，这就是武汉人，"很有娱乐精神"，"总能兵来将挡，水来土掩"。

"封城"第一周，这样的心态见于许多武汉市民的生活里。在豆瓣上的"武汉豆瓣"小组里，到处都是这样的生活痕迹。有人在读《霍乱时期的爱情》，有人开始看心理学书籍，有人号召大家向孤岛时期的文学家学习，执笔记录当下，有人购置了望远镜表示要仰望星空，有人下单了显微镜，准备观察唾液细胞和草履虫。

"封城"前，小曲就做好了宅在家里的准备。她和表弟表妹们约好，今年不串门，不走亲戚，大家一起在网上打麻将。试了好多款游戏，系统都不允许亲友自建房间，只能随机加入。表弟表妹们改投另一款游戏的阵营。小曲下了四个单机游戏，每个都充了六元钱。

小曲的爸爸在网上斗地主，成绩毫无进展。她就拉着爸爸一起运动，时不时地做十个俯卧撑。放下心理包袱后，小曲"无所畏惧"地"刷剧"，看了不少剧集，包括《血疫》这类内容涉及传染病的惊悚剧。

看别处的剧情，小曲想的是眼前的武汉。她说武汉人"表面比较刚"，实际"内心柔软得不得了"。她不知道家乡未来如何，武汉人会不会有心理阴影，也不知道有多少人会在绝望和希望中纠结。最后带给她安慰的一部剧集，讲的是八个来自不同城市的人齐心协力杀出一条生路的剧情，这让她觉得，"在武汉也不会孤单……总有人会安慰、治愈你"。

除了武汉本地人，九百万人里也有留守的外乡人。皮克老家在山东，在武汉求学、恋爱、置业，已度过十二年。他原计划年后开车回老家，因疫情作罢。

"封城"时，皮克的全部储备有：一包腊肠，两包水饺，一袋速食拉面，一捆湿面条，两袋米，三十个咸鸭蛋，几棵大葱，一瓶老干妈辣酱，一箱纯牛奶。他算了算，省着点吃，米饭配咸鸭蛋也能撑半个多月。他仿照网上的段子，调侃自己的留守生活："大葱炒鸡蛋，放了八百五十六粒盐，味道不咸不淡。"从网上找来"第八套广播体操"，他在家一边喊"一二 三四"，一边伸胳膊伸腿。

更重要的，是他有一百多个 N95 口罩和半瓶消毒液。一切安排好，皮克封闭好门窗，想着"躲进小楼成一统，管他冬夏与春秋"。

1 月 27 日晚上八点，武汉的楼宇间响起了起此彼伏的"武汉加油"。声音传到千家万户，让隔绝数日的人自发地投入宣泄，一瞬间悲喜相通。小曲听见了。她原本觉得武汉已经是一座"空城"，直到听见这些并不整齐的声音，才感觉"周围还有那么多人"。阿娇也听到了，趴在二十九楼窗口不管不顾地跟着喊。皮克嗓门不够，他把一台音箱搬到窗台，把音量调成最大，播放《义勇军进行曲》。各种各样的视频被传到互联网上。

有人用武汉当地朋克乐队 SMZB 的歌词形容这一夜："这里不会永远像一个监狱／打破黑暗就不会再有哭泣／一颗种子已经埋在心里／这是一个朋克城市，武汉。"

互　助

"封城"第二天，因为公共交通停摆，武汉医务人员上下班出现困难。本地车主迅速集结成队伍，志愿接送医护人员上下班。Vlog 博主"蜘蛛猴面包"带着镜头加入了队伍，既接送医护人员，也协助运送救援物资。志愿车队人数超过五千人，有武汉人、外地人，也有在武汉生活了七年的外国人。

陌生的人们一起抵抗疫情，积极互助。一位护士看到"蜘蛛猴面包"只戴一个外科口罩，在车里留下一个 N95。另一位护士说着令她感动的细节：同事缺口罩，就有邻居送去了仅有的 N95；同事缺护目镜，家门前就被人默默地挂上一副泳镜。

更多个体和民间组织的互助跑了起来。有酒店业主组织三百多家武汉本地的酒店，每日提供一万五千间房，就近给医护人员提供免费住宿。火神山、雷神山医院开工后，民间工程车志愿者们也驶进建设工地。汉口北批发城的一些业主联名表示，愿意把仍未投入使用的商铺捐出去，作为隔离点，"为武汉解难"。在方舱医院，有护士发现，一位患者默默地收拾垃圾，希望减少保洁人员的感染风险。

城"封"了，留下的人成了命运共同体。小曲闺蜜的婆婆有了疑似症状，在医院从除夕排队到初一。现实再无可避，小曲着急得跟着哭。一贯乐观的阿娇刷到各种纷乱的信息忍不住哭出来，感觉耳边满是"嗡嗡"声。她去好多平台找"武汉加油"的捐款通道，"只要看到了就捐一点"，每天都捐。

和被疫情忽然砸晕的武汉市民不同，皮克提前就被预警了危险。他家距离武汉协和医院、华南海鲜市场、汉口火车站都在两公里左右。他的女友在本地一家医学院读博士。1月18日，在老师措辞严厉的预警后，女友花了两百元在网上买下一百个N95口罩。

那时公众当中还没有病毒"潜伏期"概念，没有症状的人们正常访亲会友。1月20日，国家卫生健康委高级别专家组对媒体提醒，病毒已有"人传人"案例。1月21日，皮克女友的闺蜜上门拜访，三个人在家吃了顿火锅。次日，他们接到电话：那位闺蜜一家五口三代人，除了孩子，全都出现了疑似感染症状。

危险骤然逼近眼前。皮克找到三天前买口罩的网店，再下单一百个口罩，此时价格已经从两百元涨了八百元。当晚，一百个口罩的价格就涨到了七千元。

大量的信息在各种平台传播。皮克家所在小区业主群里不到五百人，除夕当夜发了三万多条语音。皮克意识到，自己可能是个密切接触者。他找到小区业主群的群主做了报备，对方说"没事没事"。

小区群里有资源的"老板"，开始调动关系往城内运送物资。皮克看着大家激烈的反应，开始想"我能帮点什么"。

两百个N95口罩，被1月22日回老家的女友带走五十个，再加上单位发的、家里存的一点医用外科口罩，总数不到两百个。皮克在群里说："我帮不了大的，但是我可以帮小的。小区里谁没有口罩，或者不足，加我微信。"

近十个好友申请出现在他的微信里。深夜一点多，皮克趴在客厅桌子上规划口罩派发方案。他给每人配四个口罩指标，N95算一个，医用外科口罩二抵一。大部分求助者都是两口、三口之家，每家可分八个或者十二个口罩。只有一对夫妻除外，那位丈夫告诉皮克，妻子在 120 急救中心工作，非但缺 N95 口罩，每天回家还要把隔离服挂在阳台上吹，舍不得扔掉。皮克给这对夫妻留了二十个 N95 和十个医用外科口罩。他在群里承诺，初一中午十二点前，一定将口罩送到每家门前。

按照皮克山东老家的习俗，初一早上要吃素饺子，还需要盛三个饺子，和鱼、肉一起供奉在灶台上，磕了头后再吃。皮克没条件讲究荤素，在母亲的叮嘱下把饺子盛在桌上，磕了三个头，然后开始包口罩。每一户的口罩装入食品密封袋里，捆好，扎紧，上面贴着提前写好的联系人微信名、楼栋号、家里人口数和口罩数。

带着口罩，皮克出了门。他把袖口领子全部绑紧，戴上手套、口罩，头上罩一顶酒店里的一次性浴帽，戴上女友的泳镜。皮克给自己这副怪模样拍了照，却没把照片发给任何人——他不敢让亲友知道自己这个节骨眼还往外跑。雾气凝结在泳镜里，皮克不太看得清路，好在小区楼栋他都熟悉，挨个摸到各家的门前，用胶带把每捆口罩贴在门上。

十一点左右，皮克回家，又等了半小时才在群里通知大家可以开门取口罩了。这时候他才想起来，供奉饺子时候忘了摆筷子，"神仙不会怪罪我吧"。

大年初二，皮克女友的闺蜜确诊了，家里好几个大人都去了酒店隔离，唯一健康的女儿由外婆在家照顾，家里急需消毒液。皮克很沮丧，在群里问：谁家有富余的消毒液，如果方便，能否匀出来一部分，"放在你们家门口的电梯口就好了，我自己去取，免得见面"。

有人积极响应。皮克上门去取，发现陌生的邻居早早打开家门，等着自己出现——他昨天收到了皮克送的口罩，执意要当面感谢。皮克因为担心自己已被感染，扒着电梯门不出去，隔着四五米喊话："不用感谢，你赶紧回去！"

记 录

大年初三晚上，皮克家小区外几栋高楼的巨幅 LED 屏，忽然亮起了红色的"武汉加油"。小区邻居胡大哥是无人机爱好者，觉得口号"燃"，"应该要记录一下"，于是爬到楼顶开始拍摄。

第一段视频才十五秒，发在小区业主群里。画面里一栋亮灯大楼，皮克认出"那是十年前武汉的最高楼"。他的窗外是六车道的建设大道，平时汽车川流不息。如果不是疫情暴发，这个时节，武汉的街上和小区里该是人声喧哗。人们热热闹闹地走出家门，来到街上，高声地彼此招呼。但他们拍到的武汉一片寂寥，商圈和社区都紧闭门户。

Vlog 博主马峰，每隔一天就全副武装地上一次街，举着他的镜头。街上安静得令他发慌。银行、小店铺和他常去的健身房都关了门。路上的车一只手能数得过来。行人稀少，绝大部分人戴上了口罩，偶尔能见到不戴口罩的大爷双手抄着兜走过。

大型超市是街面上最有人气的地方。马峰以前觉得在超市排队特别烦，这一次，"我专门找到人排队的地方，感觉好幸福啊，碰到人了！"

大年初五，马峰在家附近的汤逊湖边溜达，看见一个大爷正在持竿垂钓，身边四个大爷在围观。大爷们都穿着睡衣，戴口罩，彼此并不交谈……画面颇为滑稽，"大家就是憋坏了"。

阿娇每天也用手机拍上一段视频。她在二十九楼的窗口，举着手机向下。有时候能看到一辆快递电瓶车出现在小区，俯瞰像只蚂蚁。阿娇把大拇指伸出窗外，说"终于有人给我们送这送那……赞"。天气多阴霾，偶遇晴好，阿娇也不忘在视频里开心提上一嘴。她们全家不出门，但每天要看天气预报，火神山、雷神山两座临时医院日以继夜施工时，人们满怀希望，期盼着能赶紧竣工，生病的人能"应收尽收"。

2月10日，有人拍到北湖路上，一位被感染的市民等到了医疗转运车，被送往医院。他的老父亲，穿着睡衣，原本隔着两三米目送，忽然骑上电动车，一路跟在转运车后相送。

也是这天，阿娇得知从小就认识的一位医生伯伯被感染，好在"病情好转，往轻症的地方隔离了"。她那位拍钓鱼视频的同事不再拍摄小视频，只是上传家里生机勃勃的绿色植物的图片。阿娇觉得大哥情绪有时候"低气压"，猜测他多半听见了不好的消息。

解封之日未定，"武汉豆瓣"小组里的氛围也在变化。人们不再热衷分析"'封城'之后能干什么"，更忙着交换身边人"排查""做核酸"的信息，分析每日公布的疫情数据，或者交流买菜、买药的心得体会……有人失眠，有人担心——不再有人责怪别人倾诉焦虑，有人写道，"这些说着丧气话的普通人……更能给我信心"。

皮克拍的武汉夜景

九百万人的眼睛、镜头和文字都在记录着历史。

小曲开始在电脑里每天写日记。大概剧集看多了，她有了些英雄念头，跑去豆瓣"自由吃瓜"小组发帖：如果你穿越到两个月前，有没有办法把这件事情减少损失？小组成员给她泼冷水，她感慨："大家的回答，都太现实了。"

2月7日，小曲心情无法平静。许多情绪在她心里来回冲撞，许多问题她得不到答案。城市的伤口终会愈合，但有些人会一直被封印在伤口下，小曲告诉自己："不要忘，忘得慢一点……"这也是皮克所想，这一天，他在微信朋友圈写下"只怕记忆太短暂"。

皮克挺过了十四天的隔离期，他是健康的。但他的小区里有人被"抬出去"——病毒带走的生命越来越多。邻居胡大哥的无人机视频越拍越长，镜头里的武汉湿漉漉的，画面中有从头防护到脚的医务人员，也有闪着灯的警车和救护车。

在一段视频的尾声，这位业余摄影师打上了拍摄日期，还打了四个字："此生不忘"。

（文中小曲、阿娇、皮克为化名。）

艾滋病患者捐出"救命"药：
武汉那些人的处境，我们懂

文 / 余婷婷　金赫

由于一款治疗艾滋病的药物出现在卫健委的诊疗方案中，凭借社交网络，两三天内，一群来自全国各地的艾滋病人无偿捐献出药物。在武汉，超过百名患者和志愿者参与进来，他们的身份包括城市 vlog 博主、大学老师、医生和普通市民。这是特殊时期一群人帮助另一群人，弱者对弱者理解与救助的故事。

1

药物是一群艾滋病人捐的，蜘蛛负责送到新冠肺炎感染者手中。他坐在车里，戴着口罩，右手拿着一盒克力芝——本是用于抗艾滋病毒的药物，拨通了那个电话。

"噢，太好了。我爸爸从正月初就隔离了……"电话另一头，三十多岁的女士先是惊讶，然后不能自抑地哭了起来。

她在武汉一所高校任职，收入可观，属于标准的中产。突如其来的疾病，让她的生活开始失控。因为医院床位紧张，她的父亲发病之后，一度无法被确诊和收治。在网上看到关于捐赠克力芝的微博后，她开始求援。

"你别急，我现在给你送过来。"蜘蛛说。

那是2月1日，他到了她的住所。一片新小区，中心花园有健身器材，设施维护得很好，只是空无一人。蜘蛛把克力芝放在橙色的滑滑梯上，然后给她打电话，嘱咐她周围没人。

人和人的接触，现在成了一件冒险的事。随后，一位面容憔悴的女士出现了，她爬上滑滑梯，取走药，小跑着离开。蜘蛛在一棵桂花树后，用镜头记录下这一幕。

这是一场临时起意的救援行动。除夕前一天，曾感染新型冠状病毒的国家卫健委专家组成员王广发表示，名为"洛匹那韦利托那韦片"的药物对他个人来说是有效的。这种药物就是克力芝。随后，它出现在国家卫健委公布的第四版、第五版的治疗方案中。

行动开始了。最初，是松鼠发出的一条微博。"HIV患者，吃药八年"，这是他曾经的微博介绍，头像是一只捧着松果的松鼠。2015年，他注册了这个账号，承认感染者身份。微博内容多为艾滋病治疗药物的科普。

那个微博是1月28日中午十二点发出的——

"松鼠哥这些天陆续收到了全国各地HIV感染者们寄来的克力芝/洛匹那韦利托那韦片，当前共计四十余盒（一百二十粒版），并且由几位HIV感染者集资采购的印度仿制版克力芝二百二十盒（六十粒版）尚在运输途中，他们委托我将这些药全部捐助给已经确诊新型冠状病毒（肺炎）且治疗方案为克力芝（也写作柯立芝）+干扰素的患者们使用，按照目前的数量刚好可以救助三百人……"

晚上八点三十分左右，第一位新冠患者联系松鼠。非常意外，他是武汉某三甲医院的医生。他发来了医生证明以及检测结果。第二天，松鼠登记的求助者已经有三十位。"符合条件的都给，先联系先得。"他停顿了片刻，"如果是医护，我会多给一份，他们倒了那就完了。"

早期求助者中，有四分之一是医生。他们几乎全部来自风暴中心武汉，还有护士、大学教师，也有普通白领。求助者中，有一位在隔离病房的母亲，她有两个孩子，其中一个尚在哺乳期。

"求求你。"她哀求他。

"请提供医疗凭证。"松鼠回复得很干脆。"之后我告诉患者，不要诉苦。"对他来说，他人的痛苦也是一种心理负担。

2

2012 年夏天，松鼠还在北京读大学，临近毕业，查出感染了 HIV 病毒。"现在我只能说，我很感谢协和的医生，他告诉我，这和乙肝一样，只是一种慢性病。"

经历了短暂的沮丧期之后，他开始面对 HIV 病毒和生活。2013 年，他远赴广州，在一家公司担任设计师，成为普通白领，过着正常的生活，有着寻常的爱憎。"我住在天河，广州的夜生活丰富。我喜欢猪脚姜和双皮奶。"

在现代医学条件之下，如果艾滋病患者能按时服药，表面上已经可以做到与常人无异。而中国也为感染者提供免费的抗病毒药物，克力芝便是其中一种。他们只需定期前往当地疾控中心或定点医院领取免费药物，每次可以领三个月的量。在确诊的前三年，松鼠一直吃克力芝。

作为免费药，克力芝也有显而易见的"劣势"，比如用药剂量大，副作用较其他药物明显。"如果有条件的话，很多患者会替换抗病毒效果更好的自费药。"

2017 年，因为家庭需要，松鼠回到郑州，帮父母打理美容院。当年年底，他在网上发起帮艾滋病患者借药的公益项目，鼓励患者将闲置的药物分享出来，帮其他人应急，其中包括克力芝。

通过网络，他结识了许多来自全国各地的 HIV 感染者。他们编织成了一张互助网——在多座大中型城市，都有一些可信赖的病友，收集保管捐赠的药物，并向有需求者提供帮助。

王广发公开承认克力芝有效的当天，全国的确诊人数达到 830 例。不过，那时候松鼠首先担心的，是可能引发 HIV 感染者的断药危机。

找他借药的人多了起来。"我在武汉读书回不去了，可以卖给我吗？""可以借，不要钱。"除夕夜的凌晨三点半，松鼠仍在应对借药的艾滋病友。咨询的人太多，他已经二十多个小时没有合眼了。

"各位记住到什么时候都首先顾好自己，自私一点，机灵一点……感染者的药就是命。"他嘱咐病友。

但是，得知克力芝对新冠患者有用之后，松鼠改变了主意——向艾滋病患者募集克力芝，捐赠给新冠病毒的感染者。

"对于艾滋病患者，克力芝有成熟的替代品，对于新冠患者，或许是救命的。"电话里，松鼠说。这是与疾病缠斗多年逐渐形成的行事风格——如果认定一件事值得，就会毫不犹豫地往前迈一步。

3

1 月 28 日，松鼠已经收到来自北京、河北等地的三十余名艾滋病患者寄来的四十多盒克力芝。由五六位艾滋病患者组成的志愿小组，逐渐形成。"那时候，我并不知道这个药到底是否有效，也不知道会不会有患者来借。"

蜘蛛是在武汉帮他送药的人。80 后，单眼皮，戴着黑框眼镜。喜欢穿着蓝色夹克，搭配姜黄色连帽卫衣，戴渔夫帽。"封城"之后，他拿起相机开始拍视频，记录平凡人的生活。这些视频给他的微博"蜘蛛猴面包"带来了三百多万粉丝。

最初几天，他一直处于应激的亢奋状态。失眠、不怎么吃饭，每天拍片、剪片、刷疫情信息，家里的锅碗放了好几天没洗——这曾是他无法忍受的。

1月30日，朋友介绍他认识了松鼠。松鼠问，能不能帮忙送克力芝给武汉的八位新冠肺炎患者。在此之前，蜘蛛从未接触过艾滋病患者，对于克力芝闻所未闻。

他没有立即答应。"这是一件慎重的事，HIV病毒与新冠病毒不同，药物可以通用吗，这药物合法吗？"

但第二天起床后，他答应了松鼠。因为松鼠给他的名单上，有武汉三甲医院的医生。在这种时刻，他选择相信医生。他和松鼠的信任就这样建立起来了。

2月1日早晨，第一批八人份的药品寄到了他位于武昌光谷的家中。"他们的地址很分散，我需要开车从武昌到汉口，然后再转道汉阳。"八人中，有三位是一线的医护。

"封城"之后，蜘蛛第一次去了汉口。他曾在汉口的营房社区生活了二十多年。那是一片建于1985年的老小区，房屋密集，是武汉这座工业城市的印记。当这个城市的街道变得特别冷清，没有人和车以后，他走到一个熟悉的地方，会突然不认识路。过了很久之后，他才想起来在这里的经历。

但很快，捐赠的药物耗尽了，需要药物的患者仍然源源不断。"我只能先登记。"当时，松鼠的名单上，有五十名新冠患者在等药。

等待捐赠已经不现实了。他们手上也没有特别多的药，"艾滋病患者服药，有严苛的要求。一旦停药，病毒反弹，将令患者身体产生耐药性，甚至可能发病。对一些经济压力较大的患者来说，如果免费的克力芝不能奏效，便需要更换昂贵的自费药。一些患者为了能捐赠克力芝，已经换了药。"

从印度买，成为一个选项。除夕之后，松鼠在艾滋病患者中，募集了一笔钱，辗转联系了印度一家药厂，订购了三百多盒克力芝。他还收到了朋友从香港带回来的一百盒。松鼠将七十盒发给了排队的患者，另外三十盒通过武汉的志愿者团队捐给了医院。

4

"药不要钱。只捐赠。""我不是要把患者吸引过来卖药的。"每隔十分钟，松鼠都要重复一次。"患者之间捐赠药物也是合法合规的。""我们只是想做点事。"

松鼠的朋友春雨是最早捐出克力芝的人之一，同时协助松鼠跟进物流信息。他生活在河北，也是 HIV 感染者，2017 年年底，因为借药和松鼠相识。

除夕当天，得知武汉各大医院物资匮乏之后，春雨找到在河北开五金店的朋友，从仓库里翻出两千只 KN90 口罩，通过顺丰寄给了武汉一家医院。

患者同情患者——这是他们参与武汉救援的初衷。不论是疾病本身的折磨，还是武汉的病人，对于他们而言，都是无需翻译即可轻易理解的。

松鼠说，HIV 感染者中，一些人因为疾病被标签化，过着离群索居、战战兢兢的生活。但在武汉，因为这场救援，变化正在发生。一些隔阂逐渐瓦解，弱者与弱者之间，开始互相理解和救助。

两位学医的网友从微博上联系松鼠，加入他的审核团队。"他们不是 HIV 感染者。我们也不再讨论你是不是 HIV 感染者。"松鼠说。捐赠的药物，不再全部来自 HIV 感染者，一些海外能买到药的普通人也在给他捐药。

2月1日，一位接受克力芝捐赠的患者家属，成为武汉 HIV 感染者的"守护人"。松鼠将手上所有的抗 HIV 药分成二十六份，打包快递给他。武汉市内出现断药危机的患者，可以找他领取。

疫情的变化也影响着国际物流，印度采购的药物能否平安抵达仍是未知数，他的微博签名已经改成"目前没有克力芝了，请见谅"。抗疫的形势仍然胶着。新的治疗药物正在尝试，克力芝是否会被移除，仍是未知。松鼠认为，一旦卫健委不再将克力芝作为推荐药物，他们将立即停止捐赠。时至今日，他仍然不能确定克力芝是否有效。但他收到了一些患者反馈，声称吃完药后不再发烧。

两个本来平行的世界开始交互。他们都知道，这样的日子终将过去。"兄弟，把我电话记着，以后（在）武汉有什么困难跟我说一声。谢谢。"2月7日晚上十点，蜘蛛送完当日最后一份药后，收到了患者发来的短信。

"嗨，（艾滋病）是个啥事？在我这儿就不是个事。"蜘蛛说。这位旅行爱好者，足迹远达尼日利亚、马达加斯加，"去很多地方，见了很多人的生活之后，你就会发现人与人没有什么不同。真善美丑是相通的"。

2月11日晚，蜘蛛发了一条微博："永远不要忘记武汉 2020 年发生过什么。"凌晨三点左右，松鼠看到了，点了个赞。

那天送完药回到家，天色已暗，但第二批药已经到了。有三个人，要得特别急。他决定再出门一趟。其中之一是一位医生的丈夫，医生照顾患者染病后，再传染给了丈夫。蜘蛛和他在一家定点医院的门口碰面，他从车窗把药递出去，对方也从车里伸手接住。

（文中松鼠、蜘蛛、春雨为化名。新型冠状病毒肺炎暂无特效药。克力芝存在一定的毒副作用，请患者务必在医生指导下服用。）

无法团年的武汉家庭：
这时候你才发现亲情之重

文 / 余婷婷　王波　金赫

这座城市的热情、坚韧、粗糙和市侩，都是塑造我们的一部分。时至今日，我依然不能理解，事情是如何发展到今天的。但终归人不是孤岛，而生活又永远是悲欣交集的，大家的日子还是要过下去。

以下由余婷婷讲述：

1

我妈，一个武汉女人，性子泼辣、直爽。腊月二十九那天，她决定给我大伯打电话，商量取消整个大家族在大年三十中午的团年饭。我们家和很多湖北家庭一样，习惯在中午吃团年饭。我爸有一个哥哥，三个妹妹，往年总是一起过年。而今年，因为武汉"封城"，我滞留杭州；堂嫂则正怀孕，预产期正月初七，临盆在即。堂哥获悉，由于疫情发展过于迅速，为了防止感染，省妇幼保健医院已经不再接收孕妇。团年饭取消后，堂哥立即收拾行李，开车带着一家人回到大悟老家，托人联系县城的医院。

我五十六岁的爸爸，爱热闹，嗜酒，眼下不得不接受这顿可能是三十年来最冷清的团年饭。"这是你长三十年，第一次春节不回家。你在杭州自己搞热闹点。"我五十四岁的妈妈在视频里对我说。她坐在餐桌前，穿着黑底黄玫瑰花的居家棉袄，挂着红色围裙，两鬓的发根是白色的。桌子上摆了七八盘菜，莲藕排骨汤、凉拌毛豆、糍粑鱼，还有黄陂肉糕。镜头转向我爸，他指着桌上的五粮液，爽朗地笑着："今天过年，我们开了一瓶狠酒。"我家在汉口，普通家庭，爸爸是个体户，辛苦了三十多年，没赚到什么钱，但也没有委屈过我和弟弟余俊。无法回家和他们团聚，为了让气色好点，我打开视频前还化了妆。我爸给我妈倒了半杯白酒，举起杯子，对着手机镜头说："这就算团圆了。"对他们而言，今年最大的慰藉，是余俊和妻子陈静如约返程，还吃上了这顿来之不易的团年饭。

这顿饭几乎是"抢来的"。1月23日一早，我爸在手机上看到弹窗信息：上午十点，武汉将正式"封城"，离汉通道全部关闭。短暂的恐慌之后，我妈立即决定去菜市场"囤货"。一进市场大门，她发现附近的市民都在恐慌性抢购。菜价应声飙涨，多数青菜在二十元一斤，一把蒜苗接近一百元，仍然被抢购一空。一位保安在门口拿着喇叭喊："请大家戴好口罩，菜市场十点休市。"疫情发生以来，我妈第一次感觉"事情很严重了"。这和十七年前"非典"肆虐的时候如出一辙——她曾半夜三点爬起来，和隔壁的阿姨一起去药店抢购板蓝根。

拎着莴笋、白菜、毛豆等蔬菜回家后，她仍不放心，立即戴着口罩，折返到小区门口的流动摊贩，买走了剩余的包菜和花菜。她盘算了一下，这些足够一家人吃到初七。为了应对接下来可能出现的"持久战"，余俊决定去采购一批感冒药。但小区门口人头攒动的药店，抗病毒的奥司他韦、感冒药、口罩等已在上午十点售罄。我们一直住在汉口。2010 年，我爸买下现在的房子。这几年，我爸和我妈的兄弟姐妹相继在周围买房。我妈形容，我回到武汉，沿着巨龙大道往西的每个小区，都有人留我吃饭。而这次疫情风暴眼中的金银潭医院，距离我家不过十分钟车程。我妈上班的地方，则在医院隔壁。大年三十，武汉下着雨夹雪，阴冷潮湿。无事可做，困在家里的时间变得漫长而难熬，他们守着电视看了一整天《天龙八部》。除夕夜，我置顶了此前长期屏蔽的群"相亲相爱一家人"，逐条听群里五十秒左右的语音，重复看表兄妹们发来的孩子的视频。

按照守岁的习俗，家人依然一起等到零点，我爸还带着余俊下楼烧了点纸钱。"祝群里所有的宝贝都能健康平安地长大。"新年来临那一刻，我妈在群里说。我哭了。我爸和我妈都在大悟与武汉交界的农村长大。大悟是孝感市所辖的县，离武汉一小时车程。因为出过三十七位开国将军，大悟和邻近的红安一并被称为将军县。我妈有一个哥哥、两个弟弟。他们那一辈亲戚，差不多都在上世纪八十年代末从农村到武汉谋生。我和余俊在武汉长大，上同一所小学、同一所中学，甚至同一所大学。他在珞珈山上与恋人相遇，从校服跑到婚纱。这座城市的热情、坚韧、粗糙和市侩，都是塑造我们的一部分。

2

时至今日，我依然不能理解，事情是如何发展到今天的。这应该也是多数武汉人的感受。集中暴发病情的华南海鲜市场，紧邻我的高中。周边小区密集，我不少初中同学和老师住在那一片区。华南海鲜市场以前并不算市中心，近十年来，城市不断扩容，它才逐渐成为汉口的几何中心。尽管周边不断拆迁，市场仍保留至今。华南果品批发市场和海鲜市场隔了一条铁路，正对着武汉一中的大门。我们的教室在五楼，从窗口每天都能看到车辆进进出出，火车轰隆隆从楼群中穿过。每到春节，我爸总会去买几箱冰糖橘。疫情暴发前，没有武汉人认为这种城市格局不妥。汉口是商业重镇，熙攘的汉正街就坐落在城市正中心。它们存在太久，我们就习以为常。

最先感知到疫情的人是我叔叔，他在市场附近当快递员。"先是看到新闻，然后公司开始警觉，派发了口罩。"不过，这个口罩戴了半天就被他扔了，因为"路上没有一个人戴"。他一直工作到 1 月 16 日，随后离开武汉去了安徽，"直到那时候，市场周围也一切如常，大家都在办年货"。1 月 20 日以前，身在武汉的家人都觉得"这不是个什么事情"。"知道，新闻里播的，就几例，不传人，武汉一切正常，没人戴口罩。"每个人都这样告诉我。1 月 18 日以前，我妈仍然每天挤公交去金银潭医院附近上班，公交车上几十个人，站都没地方站。医院很安静，有救护车进进出出。而我爸在元旦后停止工作，每天和附近的朋友一起打麻将。最警觉的是在香港读博士的余俊。肺炎被查明是冠状病毒引起的那天，香港媒体铺天盖地报道。在这座人口密集的城市里，人们拥入药房、屈臣氏抢购口罩。很快，海外出现确诊或疑似病例。

余俊将各种中英文新闻截图发到群里，提醒父母注意。"电视上说他们都被隔离了，传染性不高。" 1 月中旬，我妈打电话告诉我。那几天，她和我爸还回过三次老家，参加了几个乔迁、满月的酒席，给农村的房子添置了沙发。"就你们大惊小怪，武汉人山人海，啥事没有。"她强调。不过，挂断电话，她在群里嘱咐我们"多穿衣服，感冒发烧就得检查了，身体很吃亏"。2003 年"非典"期间，余俊突然发烧，经历了严格的抽血化验、隔离诊断。我妈觉得这个过程很"吃亏"。确诊人数很长时间没有增加。他们更强烈的感受，是日益浓厚的春节氛围，路灯上挂了红灯笼，商场里重复播放着刘德华的《恭喜发财》。我爸腌制了腊鱼、腊肉和香肠，还跑去海澜之家买了一身新衣服。我从网上订购了两箱葡萄酒。陈静的弟妹和妹妹都在 2019 年生了宝宝，准备过年摆满月酒。为了家族里接二连三的喜事，陈静和余俊买了 1 月 21 日回武汉的票，提前三天回家。

事情急转直下，是从 1 月 19 日开始的。那天，钟南山到了武汉。一份钟南山的行程表在微信群里流传。初中群里，一位同学 @ 语文老师："2003 年，李老师让我们背感动中国十大人物钟南山，十七年后，他居然为了我们华南海鲜市场来了武汉了。"那两天，武汉市的确诊人数突然增加了 136 人，不安的情绪开始蔓延。我感觉不对劲了，立即上网给家里买了 N95 的口罩。1 月 20 日，钟南山披露"14 个医护人员被传染，肯定人传人"。疫情的新闻和各种小道消息在社交媒体上疯传，越来越多的人开始狐疑，这是不是第二次"非典"。上午十点，一位武汉的朋友已经到杭州东站，现场退了票。"带着孩子，我怕了。我妈怨我也没有办法了。"她说。我爸妈开始感觉紧张。"要不你和余俊都别回来了，等开春了回来看樱花。"她给我打电话时，语气里充满失落。不过，她仍然告诉我，"小区里很多孩子满地跑，湖边的广场舞也照跳，并没有人特别紧张"。已经在安徽的叔叔，也在微信上问同事，得到"路上一半人戴了口罩"的回复。那一天，香港已经宣布密切监控武汉飞来的航班。担心余俊返程受影响，我劝他留港。"我还是回去吧，退一万步，还可以帮爸妈搞防疫。"他沉默了片刻，平静地说。"戴钟南山同款口罩，没事的。"他安慰我。

3

　　如同堤坝溃决，蓄积的洪水突然漫入城市一样，在家人们的感知中，武汉疫情后来的恶化速度，似乎是以分钟计。1 月 21 日上午十点，余俊先去见了导师。导师告诉他，他老婆是湖北随州人，几天后，他计划带家人从香港直接飞回家。临走前，导师提醒他戴口罩，注意安全。余俊跟往常一样从西贡出发，坐巴士转地铁，从福田口岸出关，再乘坐地铁四号线到深圳北站候车。离港前，他去了屈臣氏，发现人们整筐整筐地买口罩，N95 已经售罄。他买走了最后的四盒普通口罩，又去药店买了一些感冒药。在开往武汉的高铁上，余俊戴了两层口罩，其他大约一半的人没有任何防护。考虑到公共交通更容易传染，晚上八点半，我爸妈坚持开车去武汉站接儿子。群里的氛围立即紧张起来。经过商量，我们让父母待在车上，余俊走到停车场，更换新口罩再上车回家。晚上十一点半，陈静从北京坐高铁到汉口站。他们再次去车站迎接她。路过华南海鲜市场，我爸指给余俊："喏，就是这里。"市场已经封闭，只看见蓝色招牌。当晚的汉口站，人流如织，和往年春运没有太多不同。广场上灯火通明，许多等车的人仍然没有戴口罩。十二点多，他们全部到家。1月22日，疫情已经极速恶化。我爸妈依然带着儿子儿媳返乡祭祖。农村当时没有任何警觉，绝大多数村民刚从武汉回来，没有人戴口罩，走亲戚与聚餐照常。电话里，余俊和我聊起对武汉周边农村防疫的担忧：它们几乎在"裸奔"，一旦病毒扩散，几乎是灾难性的。下午两点。我在武汉的高中同学突然在微信上惊慌地问我："木木发烧了怎么办？38.6℃。"木木是她三岁的儿子，2019年已经因为肺炎住院两次。"两天前我带她去汉口我妈家吃过饭。"她很惊惶。"不管怎样，戴好口罩去医院。"我回复她。她随即跟公司请假回家，和老公一起带孩子去最近的亚心医院。这家位于沌口的定点医院，人并不算多。医生告诉她，木木感染了甲流和肺炎，并非新型冠状病毒，但仍建议去金银潭医院住院治疗，"亚心医院床位已满，不能收治"。她打电话过去，接通的值班人员告诉她，金银潭也已经满了，劝她去发热门诊。无奈之下，他们驱车去了协和西医院。经历了挂号和漫长的排队之后，这家定点医院仍以床位已满为由不收。

"医院现在都不救人吗？武汉怎么了？我该怎么办？"她在电话里带着哭腔。在我们生于斯长于斯的城市，她第一次感觉慌乱和绝望。"你打市长热线投诉，不行找媒体投诉。去省妇保看看？"焦躁中，我不知道该如何安慰她。她的医生朋友建议她去儿童医院碰碰运气。下午五点多，她终于在儿童医院办理了住院手续。"他们也可以拒收，接诊的老医生心善。"她说，"武汉已经'兵荒马乱'了，你别回来了。"我立即给我爸打电话，告诉他们，事情可能很严峻了，建议他们到杭州来过春节。"我们可以不接触任何人，直接到医院先做筛查隔离。"我说。他们已经从农村返回武汉。"现在全国哪里人都看武汉人是恶狗子，我不去杭州。"我妈在视频里说，连连摆手。"陈静的父母都在湖北，她也不可能走，我就更不可能走。"余俊强调。第二天凌晨两点，武汉宣布"封城"，进入"战时状态"。我的一位初中同学想去汉口火车站碰碰运气，一排持枪的士兵对他进行了劝返。"我在武汉三十多年，从没有遇到这种事。"我爸很困惑。"封城"的举措、飙升的感染人数、社交媒体上的小道消息，混合成一种黏稠情绪，既迷茫又恐慌。原本计划得满满当当的家族聚会，在除夕前一天全部取消。当天，所有从杭州发往武汉的高铁、动车、航班都已经停了。我试图购买从上海飞往武汉的航班，支付之后系统自动退票。我回不去了。

4

万幸，家族里的亲人、朋友，暂时没有人出现不适。我爸说这是一场发生在微信群中的疫情。大年三十晚上，我妈在视频时调侃我："武汉现在是'战地'了，你回来可以实现当战地记者的理想。"战场终于在除夕也延展到了老家大悟，村里开始宣传防疫。村干部每天敲着锣，拿着喇叭劝大家不要聚会，不要拜年。出村的路口，都设有检查站，量体温，询问病史，阻止村民走动。在这种安静得有些压抑的氛围里，我妈有一丝窃喜。她漂泊在外的儿子终于可以长时间在家陪她，每天一家人聚在一起吃早中晚餐，一起追剧。正月初一晚上，我爸告诉我，我们家小区东边，救护车来拉走了一个人。"潜伏期那么长，我们现在也不知道自己有没有感染上。"余俊说。"我们小区这么大，一两个病人不是很正常吗？"我妈宽慰大家。"你也别说你是武汉人，免得有人报警抓你。"她转过身对着镜头说。一些令人感觉慰藉的故事也在我们身边发生。一位毕业于武大医学院的朋友，以个人名义在微信群里筹措了三万元，找到一家口罩生产厂商，订购了一批 KN90 的口罩。因为进武汉的包裹限制在三公斤以内，这批口罩被拆分成七八个小包裹；我的一位初中同学，在汉口做建材生意，大年三十晚上，他公司的司机自愿去咸宁托运给医院的口罩；同门师兄新婚的妻子，是同济医院医生，怀孕不久，此前一直喊累想辞职，疫情发生后，她再也不提，每天去医院上班……更难熬的尚未到来。"如果十天半个月甚至更久不能出门，那就蛮难了。"余俊坦承。2019 年下半年，他经历过城市漫长的交通瘫痪和学校停课。他的同学中，有人因为精神压力太大，在自己身上挠出一道道血痕。按照最新的规定，在武汉，私家车也不能开了。小区有人确诊之后，湖边散步的人越来越稀疏。每天天空都是灰蒙蒙的，飘着冷雨。我爸觉得憋闷的时候，就去阳台抽烟，对着窗外的树发呆。余俊的剃须刀电池没电，一直不敢下楼去买，据说附近商场有确诊的患者。

疫情什么时候可以过去，"封城"何时可以解禁？一时半会儿没人能给出确切答案。每天确诊人数仍在攀升，画出一条陡峭的曲线，身处暴风中心的汉口，他们将如何熬过未来的日子？暂时也没有答案。几天前，我和朋友聊起"非典"。当时他在天津上大学，学校停课封校。最难熬的日子，他和舍友做了六只风筝，各自写上自己喜欢的女孩的名字。有一天，他还在空荡的操场，看到一对情侣。他们隔着栏杆，摘下口罩亲吻。人不是孤岛，而生活又永远是悲欣交集的。期待樱花盛开时，疫情平息，我可以摘下口罩，回到生我养我的城市。早晨醒来，趿着拖鞋下楼，去到小区门口的早点摊，"拐子，来一碗热干面，再搞碗蛋酒"。边吃边赞叹"蛮好喫"。我们一大家人的日子还是要过下去的。大年三十下午，堂嫂感觉有些腹痛，堂哥送她到县城的人民医院住院待产。家庭群里，所有人都在等待新生命的到来。我妈打出一行字："小庞不要怕，有医生在，你们一定会母子平安。"

无法离开武汉的年关二十四小时

文 / 金翠　金赫　张亚利

这是一个猝不及防的除夕。除了节日的祝福，还有突如其来的疑虑和问候。因为疫情，武汉这座拥有上千万人口的城市，减缓了运转速度。人们置身被封闭的城市，在各自孤立的单元里，维系着情感的纽带和温热犹存的生活。我们选了几个无法离开武汉的普通人的故事。从这次跨年开始，对他们来说，会更认真沉着地打好这场持久的"心理仗"。

1

就在今天，大年初一。一大早方玉就收到了去迪拜的机票退款，数字还挺吉利：一万一千八百八十八。

去迪拜本来是想在初一后去看在那边工作的老公，前两天她把票退了。作为一个母亲，孩子给她带来的责任让这场疫情的压力骤增。好好关在家里，不去人群集聚的地方。当然，也担心给迪拜的老公添麻烦。

昨晚娘俩的年夜饭，吃了三个菜，红烧肉、煎蛋、青菜炒豆腐，方玉还给女儿做了一份自制甜品。

这么多年过年，她一直觉得春晚是除夕夜的背景音，往年虽然也不怎么看，但电视机一定得开着。

今年本来方玉是无心看春晚的，但听说这次加了肺炎元素，她就想看看它是怎么融进去的。打开电视，从八点第一个节目到零点的合唱《难忘今宵》，还是一样红火的舞台和幕布，一张张脸从她眼前飘过，像有认识的，又像都不认识。唱的什么说的什么，一个字都没进脑子。

从21号开始，方玉和女儿窝在家里不再出门开始，眼睛只要睁着，手指就几乎没有离开手机。她需要大量的信息来源，需要与朋友交流互通，才能对外面的世界略知一二。

女儿今年初五就满十二岁了。她喜欢一边吃饭一边看电视，昨天晚上，她也照例端着碗到电视机旁，方玉告诉她："今天是除夕呀，咱们上饭桌吃好不好？"

"原来今天是除夕呀？"女儿特别惊讶。

以前每次过年，方玉都是带着女儿和父母一起回老家十堰，但今年二老提前回去了。方玉11号送他们去汉口火车站，现在回想一下，她还会有点后怕。好在，到今天正好两个星期过去了，他们毫发无损，她吊着的一口气终于稍稍松了下来。

两个星期是新冠肺炎的潜伏期，它像死神的射程，一次又一次，把这座城市的人心吊起又放下。

本来方玉打电话让同在武汉的堂弟来家里一块儿过年，他们在二十九商量好，次日三十一早，他打电话给她说，姐，我要不还是不去了。

她怔忪了一下，我好像，也有点胸闷，你还是不要来了。

"其实我们俩都没问题，在家憋久了，心理作用。但这种时候，肯定下意识害怕给别人尤其是亲人带来麻烦的。"

最后还是又剩下娘俩的除夕年。她发了条朋友圈："家乡不能回，同城不相见，但我们的牵挂在一起……祝福所有的家庭除夕快乐！"

冷清是一方面，持续笼罩武汉的是恐慌。无人幸免，也无可厚非。就在前两天，我自己也一度沉溺在那种焦虑和恐慌中。

她想，如果孑然一身，按照她的性子，或许甚至会"无所畏惧"，但她现在是个母亲，她还有双亲，责任比压力大，压力来源于未知的恐惧。

2

大年三十这一夜，小雨在姨妈家度过。饭桌上五个人，吃的都是家常菜。吃着吃着，突然有人说了句："还是干一杯吧，毕竟还是大年三十。"

从来没有过这样的年。过去一段时间，她发烧，结膜炎，症状相继出现。最严重的时候，一副身体快要散了架。

一个月前，在医院工作的姨妈给了她一盒奥司他韦，那是一种对抗流感病毒的抑制性药物，但小雨起初纯粹是为了预防。

事情发生在 1 月 3 日，那天小雨忘了吃药，出门后没多久，立马就感到了异样。在路上就开始浑身发冷，头疼，地铁上晕晕乎乎地站不住脚。走出地铁站的时候，她觉得自己已经没有办法走八百米路到家了，只好打电话让朋友来接。

小雨家在江汉区，后来很快成为"重灾区"。那天回到家后，她感到整个人骨头像是被抽走了，只好躺在床上，一床十斤的被子上面再加两层，再穿上毛衣秋衣，还是感到刺骨的冷。这时候量体温是 39.2℃。

她以为体温计坏了。也想着，会不会是生理期身体虚弱？但不可否认，"这是我活二十多年发烧程度最严重的一次"。

撑到晚上，小雨去医院挂急诊，在候诊厅外面的椅子上等结果的时候，坐不住，躺也躺不住，整个人一个劲地往下掉，意识和身体一样瘫软不成型。

医生一上来就问她："有没有去过华南海鲜市场？"然后给她测了体温，是 38.9℃，稍降了一些。

但根据医生的意思，不排除甲流和流感等各种情况。一切都还是未知。小雨只好先带着医生开的奥司他韦、口服液和阿莫西林回家了。

当天晚上又开始浑身发热，她一层层脱衣服，到凌晨时，体温居然降下来了。次日早上已经退烧了，但还是浑身酸痛没有力气，"像是被暴揍了一顿"。食欲不振，却必须强迫自己吃牛奶鸡蛋，补充体能。

小雨开始申请在家办公，但依然反复性头疼、咳嗽，就是没有发烧。直到 1 月 10 号，她因为一些别的事务去了趟医院，从下午一点到三点都待在那里，没有和病患接触。但整个过程，她发觉自己的咳嗽越来越严重。

那天回去后，身体上另一症状现形了：结膜炎。听说眼睛可以作为传染渠道已经是后话了。当时小雨想：小时候我也得过眼疾，先观察一阵看看？一天过去了，两天，不仅没有好转，双眼越来越酸痛难忍，睁不开眼，看不了屏幕。同时还伴有唇疱疹，嘴皮上流脓。

小雨再一次把自己塞进人满为患的医院。眼科医生说是她隐形眼镜的问题，但她不信，戴了这么多年隐形眼镜，这个时候出问题？医生一次性给开了三种外用药，让她用正常疗程的两倍量。

小雨只好又去找十天前给她看感冒的那个医生，得到肯定诊断：病毒性感冒。但感冒也分好几种，不排除是甲流。那天她忘了带医保卡，没拍成片子，只好回去了。

到大年三十的时候，小雨已经几乎没有感冒症状了，姨妈和其家人甚至认为她已经有了抗体，但还是建议她年后去做个 CT，姨妈煞有介事地告诉小雨，前几天遇到有一个病人胸部下方疼痛，用 CT 一查就出来：肺部感染。

但是，"对我而言，现在做任何决定，都太难了"。

3

从 19 号开始，王励憋在家里一周。一天天没运动，没工作，也没什么胃口。年三十意味着什么？反正不是饱餐一顿和欣赏春晚。王励和老婆分别住在两个房间，她在刷剧，《香蜜沉沉烬如霜》。他在刷新闻，微博和微信。

这些天，王励手机里突然跳出很多十几年没联系过的老朋友，表达问候担心的信息把零星的新年祝福重重盖过了，像大雪封城。

除夕夜下了一点小雨。王励家住在三十二楼，站在窗边望下去，整个武汉仿若空城，地面上不见人车只影，冷清清的。

王励是 2008 年来武汉工作的，这是他第一次在武汉过年。他还记得小时候在西安老家过年，年三十都要去祭祖，然后回家放鞭炮，挂灯笼，灯笼一直要亮到第二年。除夕夜要蒸包子，包饺子，第二天初一一定是吃饺子的。

今天他们夫妻俩吃了碗饺子，但昨天的年夜饭只喝了一碗粥。人都说每逢佳节倍思亲。但对他来说，"难"的不是没有过好一个年，而是直到今天，他才勉强敢说和老婆死里逃了一次生。

老婆是 1 月 10 号和单位团建时出现感冒症状的，去了两个地方：饭店和 KTV。当晚，王励被她的咳嗽吵醒，他们却也没有太紧张。

王励的老婆在互联网公司上班，下午一点到晚上九点工作。她感冒后，王励每天开车送她上下班，直到 19 号，他自己也被传染了。

当天晚上头疼欲裂，平时根本不吃感冒药的他吃了一粒布洛芬胶囊，紧接着是频繁的流鼻涕，头痛，发烧。

也正是在那两天，陆续传出新感染人数，武汉的数字也在潜滋暗长。

想到孩子还在老家，不管是不是病毒性感冒，都谨慎为妙，他当即就把回家过春节的高铁票退了。

几天自闭在家里，最主要的工作是关心疫情发展。医院，肯定是不敢去的。

空下来的时间突然膨胀了，像他囤积的口罩一样大量累积。思绪难免走神回到2003年"非典"。王励是1984年生人，那会儿他在西安高中读高三，"当时至少心理上感觉还是很远的地方，年轻小伙子的时候，甚至还有种侥幸心态在里面。但现在我处在疫情发生地，加上十多年过去，对生命有了新的认识，时间、空间的压力一下子猛增了"。

4

为了准备一顿年夜饭，腊月二十九开始"封城"，笛超就出去囤货，听说眼睛也可能感染，但到处都买不到护目镜，就戴了口罩和游泳镜出门了。"除了视线有点晕，其实密封性还不错。"

小区外面整一条街道的门面，仍然开着的只剩下约二三成。一家酒店传出年饭的味道，有人在饭店门口游荡，没戴口罩。

门口的生鲜超市里不少标价已经被撤下来了，据说是因为价格不停浮动。笛超正准备对着一块里脊肉开口砍价，旁边一个大爷先声夺人："这一盘我全要了。"

付钱时收银员还说："平时这些大爷大妈挺刁的，今天都不带挑的。"

距笛超家不到一公里的菜市场光景就正常了些，至少从人流量来说。菜场外围，目之所及，不戴口罩的人大概占10%—20%。男女老少都有。

青菜、鱼肉，其实变动都不大，蒜苗十块多一斤倒的确是有点贵了。小商贩的叫卖变成了：大家都在涨，我家就没涨，（这些菜）都好不容易才抢到的。

这座城市会瘫痪吗？这是我们应该生活的时代吗？他当然会想这些问题，像淅淅沥沥的小雨一样猝不及防闯入脑海。

来回四趟，总算把这些天的食材都囤齐了，花了五六百块。米、油盐之外，笛超顺便买了点面粉，最近开始学做面包，想趁这个机会在家练练手。

昨晚年夜，他给自己做了红烧武昌鱼、糖醋排骨和胡萝卜炒肉，一个人难免冷清，但心里不会冷淡。

笛超从毕业后到现在，两年多都在武汉工作，本来打算回老家孝感过年，但市区开始"封城"，他不想给家里人带来可能的风险，就留在武汉江夏区。

从他家窗户看出去，能看到昨天那家超市，大年初一打开窗，超市还开着门，但街上四下空无一人。

5

对他们来说，从这次跨年开始，会更认真沉着地打好这场"心理仗"。

方玉算下来她在武汉也待了有二十年了。大学毕业后就在这座城市工作，成家，立业。这当然是她的城市，是她的家园。很多人说，现在的武汉像人间炼狱，但是她感受到的，根本不是这样。她觉得现在的全国就像二十天前的武汉，人们在未知中恐慌，但对整个湖北而言，更重要的是从恐慌中抽离出来，保持冷静。

她与父母时刻保持联络，他们那个小县城大年初一冷冷清清，但这种冷清是会让人安心的。她爸给她发来视频，一个小货车载着喇叭在街面上循环播放："千万不要相互串门，一律不准外出，不准走亲戚。"

或许，他们没有外省人想象的那么不让人省心，老人们也没有我们想象的那么不省心。

方玉身边的武汉朋友，也没有说真的纷纷往外逃，他们都知道老老实实待在家里更安全。警惕自然是必不可少的，但更重要的是避免被负面消息的爆炸牵着走。

前两天，她也一度恐慌，她知道医院失控，人满为患，物资紧缺。脑子里甚至开始反复出现韩国电影《流感》里一幕幕惊悚的画面。她不知道接下来这座城市会变成什么样子。

但在家这些天，她开始沉淀自己，闲下来时和女儿一起看《爱情公寓》，只想看点开心无脑的。

今天她下楼去拿一堆快递，看到戴着口罩扫地的大爷，好像一切都没有中断。

（文中人物均为化名。）

买菜群里的湖北人：
半个土豆给猫，半个土豆给自己

文 / 姜思羽　张亚利　金赫

封闭的日子里，他们的注意力逐渐从"什么时候结束"转到"明天吃什么"。武汉是一座市井的城市，热情、粗糙、坚韧。菜市场挪到线上，他们每天的生活从买菜开始——这成了一件大事：在团购群里、生鲜 APP 上、买菜接龙小程序上，分享菜谱、菜单。原本被忽略的很多细节，重新回到生活的中心。好好吃饭，成了人和人之间重要的情感纽带，也成了每天最大的期待和最大的快乐。

十几个买菜群

早上七点，闹钟准时响起。陈强看一圈买菜 APP、翻一遍十二个团购的买菜群，搜寻划算的蔬菜果瓜，碰运气找找不贵的鸡胸肉或巴沙鱼。大概到了八点，起床准备过早——"过早"是湖北人吃早餐的说法。陈强以前从不愁早上吃什么，武汉的早餐铺多如牛毛：三鲜豆皮、苕面窝、蛋酒、糯米包油条……现在的早餐比较固定：牛奶或面包。幸运的是，一周前团的热干面终于到货了。一百份成团，每份五十元，里面带五份面一袋面包，发在群里不到五分钟就凑齐了。小区封闭后，他每天的生活从"买菜"开始，群里有人总结——"为了避免弹尽粮绝，武汉人作出了行动：睁眼……看团购信息……起床……看团购信息……洗漱……接龙……过早……接龙……做卫生……接龙……做饭……看接龙中了没有……付款……做晚饭……加团购群……看新的团购信息……拼手速抢团购……秒盒马秒京东……没秒到发朋友圈……继续求团购群……看团购信息……报计划……睡觉……"第一个加的买菜群叫"武汉蔬菜果瓜群"，他进去的时候是第四百个，不一会儿就满了五百人——陈强是在"封城"后，从外地自驾回来的，平常不爱社交的他，为了吃饭问题，开始加群。比起刚"封城"那会儿，现在买菜的便利度已经好多了。刚开始，他没经验，渠道也少。买菜的小程序刚发进群里，他点进去就没了，"以为是网速和手速不行，就蹲在路由器底下抢"。第一次抢到五斤蘑菇时，很兴奋。"比双十一都刺激。"他说。陈强现在的存货：五个品种二十斤的蔬菜——红菜薹、莴苣、蘑菇、茼蒿、大白菜；四斤白萝卜胡萝卜，"以前不吃，现在卖什么就先买什么"；鸡胸肉和巴沙鱼（主要是为猫采购，自己也跟着吃）。他的猫三岁。滞留在外那会儿，看着猫差点断粮，他在监控视频里第一次哭了。猫粮没多少了，猫罐头下的单至今没发货。他开始学着做猫粮，猫粮由冰冻的巴沙鱼或鸡胸肉、鸡蛋和土豆混合而成。他的食谱也顺着猫吃，给猫煮土豆的时候多切一个，炒成土豆片自己吃。刚开始，猫不吃，但可能是看到见底的猫粮，也懂事地每次都吃光。"我平时也劝导它，困难都是暂时的，罐头也会有的。"陈强给猫改了名字，以前叫"好评"，现在叫"会好的"。

　　小多妈都不记得到底团了什么。特殊时期，交通管制，送菜的时效性不能保证，通常三四天才能送到，所以她每天都要买菜，不知道哪个先

陈强的猫主子"会好的"

到。武汉家乐福、中百仓储等大型超市出了蔬菜套餐，物业或社区负责对接，微信群里发蔬菜套餐——不同套餐里包含不同的蔬菜或肉类。业主们用群接龙小程序报名，写清名字、地址、联系方式、想要的套餐。每天下午两点截止，钱转给物业，物业再和超市对接，最后食材都会统一送到一楼。为避免人员聚集，物业会统一分类后，挨家挨户地送上门。

想吃的菜

能买到自己想吃的菜会带来额外幸福感。周晓静最近的幸福时刻是在某生鲜 APP 上买到了排骨，早晨八点放菜，不到一分钟就被秒杀光了。女儿喜欢吃糖醋排骨，但一直都买不到。以前一斤排骨吃一顿都不够，这次她打算分两次吃。周晓静是 1 月 10 日带孩子从北京回到湖北的，结果被"困"住了。她有五个群，买鸡的鸡群，买鸭的鸭群，买菜的菜群，还有物业疫情防控的群等。想要买鸡，要凑够两百个人买，一只五十元，统一宰杀处理后配送。初二的时候，她买到两百个鸡蛋，这是她买鸡蛋最多的一次。

群里除了发团购信息，就是讨论如何买菜，谁又买到什么稀缺物资。猪肉没那么好买，买到算幸运的人。商家配送还算及时，一般隔一天能送过来。办了通行证的商家可以送到小区门口，周晓静戴上口罩拿上酒精去接菜——酒精是给菜消毒的。吃得最多的青菜是菜薹，"因为这种菜几天就能长一茬，卖得多"。周晓静和孩子、父母住在老房子里，三室一厅还有阁楼，一个房间专门用来储存物资。山药、粉条、鸡蛋、牛奶、橘子、橙子、苹果、猕猴桃、柚子摊放在桌子和地上。圆生菜因为时间久了，已经打蔫了。阁楼的阳台上挂着腊香肠、腊鱼、腊鸡等腊味，多是亲戚送的。周晓静本来想在厨房大展拳脚，还从北京带了自己花一万多买的厨师机。现在一看到那张从北京回武昌的火车票她就心情复杂。她和妈妈下车的第一件事儿，就是吃了热干面，但后来还没吃第二次，疫情就来了。小区封闭后吃的最好的一餐是羊肉萝卜，用了从北京带回来的麻酱调料做蘸料。父亲把最后碗底的麻酱加汤都喝了，"以前没有人会这样"。特殊时期，这四包麻酱调料显得弥足珍贵。她家楼下本是一条很热闹的街，超市、餐馆、小吃一应俱全，她在这里长大，曾目睹这里的喧嚣。现在楼下一片寂静，偶有戴口罩的工作人员走动，有时候还能听到消毒车喷洒的声音。堆满屋子的食材，让她获得了一种安全感。

晒菜单

小多妈每天都在群里晒菜单，用有限的食材做成好看的食物：豆腐脑、松饼、汉堡、豆皮、手工意大利面……她甚至可以花一整天做饭。前几天做馒头只做了六个，丈夫问她："为什么不一次多做点？"她觉得少做点，多花点时间，把食物做得精致漂亮，更有幸福感。刚开始"封城"的时候，小多妈也很焦虑，抱着手机刷各个群里的小道消息，翻翻朋友圈，心里太难受了。她后来就不看了，专心看美食博主的文章，手机里除了买菜的 APP 就是做饭的 APP。昨天，她做了汉堡，前一天揉面、发面，烤好面包，腌制好鸡腿，第二天做出来的效果和快餐店的一样。她把美食发到朋友圈，"外地的朋友说，之前都不敢看武汉人的朋友圈，现在每天看到我的朋友圈心里会好过一些，看到我们好好生活有些安慰"。一家三口在一起做意大利面：小多妈揉面，丈夫压面条，儿子在一旁做喜欢的造型的小西点。儿子还和她一起烤了苹果派，有时候还会问她："明天做

小多妈一家做意大利面

什么？"

囤货多了，储存食物的技能必不可少。陈强在网上现学，在手机上记录：上海青，冰箱里保存两到三天。青椒，一周。萝卜三到五天。萝卜来了，要先把萝卜缨去掉，因为叶子会吸收萝卜的养分，让萝卜变糠，变软了没水分了，但也能吃。绿叶菜要扎成小捆，根向下浸泡到水里。蔬菜中最多的是蘑菇，刚买回来就先放在冷冻层里二十四小时以后取出来，然后化开，用纸把水分吸走，再把蘑菇放入保鲜袋里，直接进行冷冻，就可以长期保存。一瓶两升的冰红茶，他已经喝了两周多。每天都喝，但是还剩下大半瓶。他总结经验，每次倒一点进杯子里，剩下的倒白开水，这样既有甜味，也有茶味，而且一次用不到十毫升。他发朋友圈开玩笑："两升的冰红茶只要愿意，有信心喝到过期。"疫情发生前，陈强几乎没做过饭，三餐要么在外边，要么靠外卖。现在他每天必须下厨，烹饪只求"方便"，有时候一天三餐都是面。"比如上午上海青面条，中午萝卜面条，晚上蘑菇面条。"后来买的老干妈到货了，才得到改善。面条里放上老干妈酱，他觉得异乎寻常地美味。但还是馋，想吃螺蛳粉，下单了八家，期待着哪怕有一个能发货，但至今一家都没有。他还在一个生鲜 APP 上抢到了两条鱼。拿回来还没死，他放在了洗脸盆里养。想等他家猫"会好的"2月 15 日生日时给它清蒸，但鱼活了不到一小时就"去世"了。放锅里蒸了一下，那算是小区封闭后吃的最好一餐。最困难的情况是：冰箱坏了。下面冷冻层的冰都化成了水，抽屉门拉不出来。陈强慌了，"带来安全感的除了楼道里的消毒酒精，就是老冰箱散发的凉气"。找不到维修工，他想先买个小冰箱对付一下，那种三百元左右的。网上找了一圈，都被告知："湖北不能发货。"冰箱里的食物等不了。他决定自己修一修，按照网上的教程，他先把家里的燃气全部都关了，冰箱的电源也拔了。螺丝刀卸下了机壳，跟着视频那端的师傅查看压缩机、缓冲管和排水孔……折腾了五个多小时，再一关，果然冰箱就关上了。

一袋包子

　　小区居民和社区之间，从来没有像现在这样紧密连接过。菜通过各种渠道配送到小区后，需要社区和物业人员分菜送菜。他们按门铃，把蔬菜放在门口后离开，工作量很大。小多妈小区的物业，十几个人轮班送菜。凌晨一点，恒鑫美生鲜的老板闻龙的工作还没有结束，他本来是个农庄和果园的老板。疫情发生后，他想把蔬果和食物运给被封闭在小区里的武汉人，开始尝试做蔬菜套餐配送。每天早上七点开始，他就在市场采购，协调发货。由于配送不及时，每天咨询和投诉的电话也很多，他顾及不了投诉，把手机开启了飞行模式。有些蔬菜不能达到需求也做了适当调整，大多数时候，人们都能理解。周晓静偶然在一个吃喝玩乐群里看到了酒精和 84 消毒液，她立马买了一千多块钱的消毒用品，自己只留了一桶五升的酒精，剩下的都留给了社区工作人员。最初的焦躁过去之后，三代人聚在老房子里，每天有一个固定的下午茶时间。姥爷写完书法后，会召集大家喝茶半个小时，菊花金银花甘草泡茶，孙女喜欢跳舞，教大人一起跳，学完后，她还会像小老师一样检查效果。姥爷就因为跳得不标准，被罚跳了三遍。这段日子，陈强遭遇过"断烟危机"。想抽烟的心情，"就像猫挠猫抓板的心情一样"。刚开始他想，这也是戒烟的好机会。但断烟一周后，他实在忍不住了，就下楼想让门卫通融一下，但还是没放他出去。特别难受的时候，他甚至想捡起楼道旮旯里的一个烟屁股。"太浪费了，剩那么一大截。"他说以后等好了，抽烟要抽到烫手才罢休。他垂头丧气往回走时，门卫给了他惊喜，不仅送了他一根烟，还给了他一个卖烟酒老板的电话。他回去加了老板微信，发红包和跑腿费，老板找人送过来。他一次性买了五条，还送了门卫一盒。困在四十多平方米的房子里，唯一的放风时间是取菜。小区按照楼号，错开时间。那天，他拎着一兜青菜回

142

家，看到一个头发花白、戴红手套的老太太，手里拽着一袋面粉。分发蔬菜的社区人员在后面喊："我们一会儿给您送去。"老太太摇头，自己走。

那是位独居老人，不敢坐电梯，怕有危险，非要自己爬楼。陈强主动拐进楼梯间，帮老太太扛面。老太太放下面袋子，上气不接下气地说了一句——"你得跟我保持一米。"面放在了三楼，临走，老太太主动问了他一句："你住几零几？"陈强说了房号，就又爬了两层到家。回到家把蔬菜放在门口通风，进屋设了闹铃，打算三小时后再拿进来。还没到时间，门铃响了，他有点奇怪。这时候来的，要么是物业，要么就是警察了，从猫眼里没看到人。推开门，蔬菜袋子旁边多了一个白色的塑料袋。捡起来，热乎乎的，是包子。他往楼下探头，看到了红手套，听到了气喘的声音。那晚，他给猫分了一半包子，吃着吃着有点热泪盈眶。

（文中人物均为化名，部分图片由受访者提供。）

湖北作协主席李修文：
真实的生活正在到来的路上

文 / 朱远祥　李修文

　　对上千万的武汉人来说，新冠肺炎疫情是一次前所未有的考验。自2020 年 1 月 23 日武汉"封城"以来，他们在"围城"里坚强地生存、抗争，湖北省作协主席、作家李修文也是亲历者中的一员。

　　随着武汉疫情的逐渐好转，在下沉社区的过程中，李修文有一些身临其境的感受、观察和思考。对于武汉这座城，他觉得"真实的生活正在到来的路上，我们必会再次真正拥有它"。

　　3 月 1 日，李修文接受澎湃新闻采访时介绍，疫情发生后，越来越多的写作者深入湖北投疫一线，进行采访和创作。他认为，在灾难文学的创作中，作家应该更致力于提高写作的品质，"唯有这样，才能使之与死难者、战斗者的尊严相匹配"。

"真实的生活正在到来的路上"

澎湃新闻: 从"封城"至今,您的个人生活和内心发生了什么变化? 到今天为止,您出门了吗?

李修文: 我和所有在家隔离的武汉人都没有区别,这些天来百感交集,各种复杂的情绪都感受到了。作为一个写作者,我不仅关注自己的内心,也尽力体会别人的内心。朋友们邻居们,那些认识和不认识的人,一个病人和一个非病人,他们的内心是不一样的,更不要说已经死去的人。我想,这也恰恰是作家这个职业的职责所在——感同身受、深思、理解,然后记住。

因为要去社区下沉,所以我已经出门了。目前,情况的确得到了根本性的好转。这几天,因为我们协会有作家要正式介入到这场战"疫"的采访中去,所以我还需要为了一些相关事务再出门。

澎湃新闻: 您下沉社区时看见人们的生活状态如何? 经历这场疫情,您觉得武汉人的精神和心理有哪些变化?

李修文: 目前,我觉得我们已经从一种茫乱中镇定了下来,我所认识的大多数人都在积极地盘算和谋划着如何度过接下来的隔离期。我想我们和全国各地被隔离的人其实是一样的:期待着春暖花开,期待着正常的生活。

但是,仍有为数不少的人陷落在他们的特殊困境中,必须看见他们、找到他们、帮助他们。比如那些家里有人去世的人,外地滞留于此却无家可归的人,本身就身患重病的人、长期停药的人,除了政府要尽责,其实很多人也强烈意识到,我们对他人也负有责任。

另外,以我自己所见,包括社区工作人员在内的抗疫一线人员,真的很辛苦。这么大的城市，这么高的管理难度，许多工作的落实，千头万绪地把担子压在了他们身上。都是人之父母，都是人之子女，这个时候，我们惟有继续撑住，继续管好自己，做好隔离和防护，才是真正的将心比心。

我就跟你说件小事吧。前几天下沉的时候，我看见两个老太太站在自己的阳台上，戴着口罩隔空吵架，先是争执萝卜怎么做才好吃，后来发展到互相挖苦对方的厨艺，标准的武汉嫂子语气，大嗓门，说着说着又哈哈大笑。

当时我站在楼底下，听得鼻子发酸。是啊，这就是最真实的生活，而真实的生活正在到来的路上，我们也必将再次真正地拥有它。

澎湃新闻： 可以谈谈您心目中的武汉人吗？

李修文： 武汉是一座充满了野气与蛮气的城市，武汉人身上独特而充沛的江湖气可以说是挥之不去，所谓"不服周"，其实不仅武汉人，整个湖北人，浓重的楚人气息仍然强烈地存在着。从屈原到列祖列宗、英灵先烈，他们的心神和魂魄，都还活在今天的武汉人身上。

在这次灾难中，不管是医护人员、政府公务员，还是作家和学者，都有不少人坚持说真话说实话。在这座城市里，永远都不会缺说真话说实话的人。

灾难写作要更真诚也更真实

澎湃新闻： 疫情过后，您会对这场疫情进行写作吗？

李修文： 事实上已经开始了，我原本以为自己这么快就动笔是不可能的。所谓修辞立其诚，可能是因为最真实的命运来到了身边，对着什么去"立其诚"已经成为了一种直觉吧，所以也就开始写了。不过依然很困难，比如我跟不少当初在各种新媒体平台上发出求救信的人联系过，看看有没有什么办法使他们尽早入院治疗，同时，下意识地想以此为线索写下他们，但后来一打听，有些人已经去世了，每次听到这类消息，真是感到伤痛。

另外，这一次的灾难，为什么极难书写？因为它不是一场突然到来又突然结束的灾难，而是在长时间内对人进行考验。如果你不进行深入的思考和提炼，那么，它就很有可能和你的写作互相抵消了。如果真是这样，死者的尊严何在？人与灾难进行对抗的尊严何在？写作的尊严何在？

我们的一些作品为什么被诟病？就是没有更加仔细地去辨认，没有更加深入地去倾听，其结果就是不分青红皂白，任由一堆感叹号大行其道，没有严正的态度，没有一颗一起承受的心，没有相匹配的伦理和美学，那么，实际上，你的职责就并没有帮你去做值得做的事。

澎湃新闻：您觉得，一个作家写灾难，或者说灾难里诞生的文学，其路径在哪里呢？

李修文：杜甫之所以伟大，其中之一的原因是他的作品能"以诗证史"。任何人都有写作的自由，但你应该面对自己的心、别人的心，更真诚也更真实地写作；你应该尽可能地增强你写作的有效性，尽可能地去触及灾难中人的精神境遇。

你看去年大家公认的两部最好的长篇小说，《云中记》和《人，或所有的士兵》，一部写汶川地震，一部写香港沦陷，文本与历史都相隔了很长时间，但是，历史却在文本里得到了复活，死去的亡灵又一次在地底挪动了他们的踝骨。对于灾难文学，我所理解的基本信条没有发生变化：写灾难的目的，就是要去反思灾难，从灾难中得到精神上的成长。当然，因作家自身气质相异，理解也会不同。

另外，此次灾难不同于抗震和抗洪，作家们其实极难深入现场。然而作家们尤其是非虚构作家，如果不深入进去，可能陷入写作的疑难。据我所知，情况得到好转之后，已经有好几个优秀的非虚构作家展开了采访，我和湖北省作协的诸位同事也正在为这些作家做着服务。

灾难文学要与死难者、战斗者的尊严相匹配

澎湃新闻："封城"之初，您的一篇口述，讲述了亲历武汉疫情的感受，经媒体发表后，引起了广泛关注和共情，您想到过吗？

李修文：我哪里想到什么反应啊，我就是想把自己看见的听见的说出来而已，顺便，也给关心着我们的人们报个信，告诉他们，我们好还是不好，如此而已；但是我想，它是真实的。那些天，我经常想起巴金的《随想录》，《随想录》为什么那么重要？因为巴金在说人话，说真话，说实话。我无限敬仰鲁迅先生，但我就真的能成为鲁迅先生那样的人吗？恐怕绝无可能。才华只有这么一点，见识只有这么一点。但有一条路我们至少是可以经常提醒自己做到的，就是去说人话，说真话，说实话。

文章就在那里，是非曲直，一目了然。我接受采访也不是什么深思熟虑，我要求我自己，我看到了听到了什么，我说出的就是什么，糟糕就是糟糕，好起来就是好起来，写不出就是写不出，能够写了就去写，如此而已。

澎湃新闻：也有人说，在此次抗疫中，"十万作家集体缺席"，您同意吗？

李修文：我当然不同意。别的省我不了解，湖北作家的情况我是了解的，我们的作家都是该坐着的时候坐着，该站起来的时候都站起来了，几代作家都写出了直面灾难、直面现实的好作品。因为身处疫区的中心，我们的会员中有个特殊情形，就是好多作家都是全职的身在一线的医护人

员、警察和社区工作者，所以，湖北省作协的自媒体每隔两天便会推出一批来自各领域、各地市州的作品；下属的《长江文艺》杂志和《长江丛刊》杂志更是定期推出精挑细选的诗歌作品，之所以精挑细选，是因为我们有足够多的优秀诗人，也有足够多的优秀作品。

作为一个作协主席，我想，在此期间，我的任务不是催促大家写作，因为命运正在驱使大家写作，这种时候，如何提高写作的品质，使之更与死难者、战斗者的尊严相匹配，才是更重要的。所以说，我不同意什么"十万作家集体缺席"的说法，相反，在我们的作家中，战斗的有之，写作的有之，写出了好作品的更有之，我为湖北作家深感骄傲。

冷静看待新生的艰难，写出蕴藏其中的希望

澎湃新闻： 除了作家深入现场的难度，您觉得写出您心目中的好作品还面临一些什么困难？

李修文： 不光是写灾难，写任何题材的作品，想要写好总是很难的，我也并不觉得写灾难就一定要写出最好的作品，在不违背基本常识和伦理的情况下，再简单的作品都是令人尊敬的。

事实上，之所以有一些写灾难的作品让人抵触，就是因为他们冒犯或违背了基本常识和伦理，大家绝不是在抵触一个创作者的热情，但难度也无处不在。这次灾难刚开始的时候，许多人都在重读《鼠疫》，我也重读了一遍。通过《鼠疫》，我们得到了两个很醒目的结论，第一，跟鼠疫斗争的唯一方式就是诚实；第二，人的内心里值得赞赏的东西总归应该比唾弃的多。当然，绝大多数作家终生都可能无法写出这样的书，可我们总应该知道，什么才是值得我们为之努力的。

澎湃新闻： 为什么您会觉得书写灾难的时候写作品质会尤其重要呢？

李修文：目前发生在武汉的事，是最新最典型的中国故事。我觉得现在的武汉人可以叫做"新武汉人"了，因为这次疫情，许多武汉人的体内流淌着他人的血，许多武汉人的热泪里也流淌着他人的热泪，某种程度上，这便是新人的诞生。新人诞生以后不哭泣吗？不嗷嗷待哺吗？如果我们不冷静地看待这个诞生的艰难，那么我们怎么可能写出蕴藏在其中的希望？

"要改变我们的语言，首先改变我们的生活"，很多人都认为这句老话是有道理的。现在，生活已经改变了，你就得有这个决心去随之改变你的语言，通过这种改变，文学的声音才得以更加有效、有力和正派，这也是听从了灾难本身带给我们的教训。

澎湃新闻：接下来，您将如何度过封闭期？对于现在的武汉，您想说些什么？

李修文：我正在帮省内的一家出版社主编一本《抗疫书简》，这段时间一直在看稿和准备序言。这本书的作者，既有在家隔离的普通人，也有奋战在抗疫一线上的医护人员和社区工作者。今后我还要继续下沉社区，尽可能做好力所能及的事情，也要和省作协的诸位同事一起，为那些深入现场的非虚构作家们做好服务。

对于现在的武汉，一如我此前所说——真实的生活正在到来的路上，我们也必将再次真正地拥有它！

辑二 ｜ 守望相助

谁夺走了你的微信运动榜冠军

文 / 徐竞然

"如果让我也去一线，你说我去吗？"大年三十，看着讲述抗击新冠肺炎疫情的春晚节目，杨璐（化名）问女儿。

"不去，你又不是医生、记者，去有什么用？"女儿说。这里是天津，距离武汉一千多公里。

杨璐是一名社区工作者，提起这个职业，人们的理解通常是"居委会的"。

1

一小时后，加班开始了。

杨璐的微信工作群"炸了"。上级部门在群里发了一份武汉返津人员名单，指示逐一排查。"上级"指街道，国家、省市、区县、街道……社区是网络的末梢。新闻里常提到的"逐人落实"和"逐户落实"，最后都要落实到社区。

放下正在擀的饺子皮，杨璐挑出名单内自己辖区的居民，挨个打了遍电话，得知目前还没有咳嗽发烧的才踏实下来。她不仅要掌握这些"重点保护对象"的户籍地、现住址、现联系方式、近期行动轨迹，还要逐人建档，一天两次地询问身体情况、记录体温并督促"自我隔离"十四天。

初一，杨璐和同事正式上班。

公交车上加司机一共四个人，马路空得"一眼从这头望见那头"。等杨璐想到要拍个小视频时，车都到站了。她工作的社区同样安静。往年春节，几个小卖部门口总是成箱地摞着礼盒，喇叭里循环着"六个核桃"广告歌，但今年没一家营业。

辖区内近两百个楼门，杨璐和同事挨个贴了宣传单，除了"戴口罩少聚集勤洗手"，还提示"武汉返津人员到居委会报到"。初二，杨璐和同事又挨个楼门转了一圈，用马克笔把"武汉返津人员到居委会报到"涂掉，补上"给居委会致电"。"尽量不让大家出门"，杨璐觉得"病毒在变化，自己的工作也得变化"。

工作"全面铺开"了。先是挨家挨户打电话，询问有无武汉返乡史、武汉人员接触史、发热史，叮嘱防疫事项。杨璐和同事十个人，分摊辖区内的三千多户居民。听见老人接电话，杨璐和同事们还要提醒"别轻易给人身份证号和银行卡号，小心诈骗"。全部打完要十个小时，"耳朵嗡嗡的"。

年轻人把感谢和拜年话挂在嘴边，中年人经常极不耐烦。总体上，杨璐觉得大家比平时更配合了，尤其是租户。不像之前，一问房间住了几个人，对方就很躲闪，甚至会直接挂掉电话。

初二晚上，杨璐又接到上级通知，从初三开始，挨家挨户上门。发现异常联系居委会，居委会帮忙叫120。

"这时候你们一户户上门？"家里有个一岁多的孩子，社区工作者小红的丈夫放出话来，"让你去，你就马上辞职"。

小红理解丈夫，"但姐妹们都在岗，必须和她们一起战斗"。

2

"等疫情结束，孩子长大，你可以告诉他，当初妈妈在一线。"杨璐说。

"一线"这个词，杨璐只在给自己人打气时说说，"不好意思和别人说，怕别人觉得居委会还好意思叫自己一线？"

她和同事负责约二十个楼门，楼上楼下跑一趟是四千级台阶。微信步数列表里，满屏的十位数和个位数，他们以五位数雄踞榜首。

爬完一趟，杨璐腿是抖的，手指关节敲门敲疼了。有的门要敲很多遍，里面电视声吵闹，听到门外自报居委会，马上陷入安静。爬完楼梯出了汗，让风一吹凉飕飕的，她也担心"会不会发烧"。

上级曾给社区工作者发过口罩，虽然不够一周的用量，也没再追加，但杨璐很感激，"口罩难买，上级真的尽力了"。

大年初一，她看药店口罩十八元一个，没舍得买，回家想了想，"入户刚需，必须得买"。初二再去，连着跑二十多家店，都买不到一个了。后来有自称是医院的人卖给她一沓"N95"，她回家一看，是普通的一次性口罩。花了多少钱，杨璐不想再提。

社区工作者的装备里还有近视镜、老花镜和平光镜。杨璐本打算入几户就给身上喷点酒精，但看到叼着烟开门的居民，她怕着火，放弃了。

很多居民问"居委会为什么不给我们发口罩、酒精、消毒液"，还有人说"肯定是你们自留了！虚伪！举报投诉你们"。被指着鼻子骂的时候，杨璐告诉自己"别上火，居民只是在撒气"。

"但不害怕是假的。病毒传染给社区工作者，他们就成了移动的传染源。"虽然上级通知社区志愿者协助他们下户，还有中共党员身份的居民想主动帮忙，但杨璐不敢接受，"万一大家因此生病了呢？"

很多人都质疑："打电话不行吗？非要面对面？"

"确实下户摸排会更全面。有时候打电话问有没有接触史、发热史，他说没有，多问几遍或上门问他，看见他本人了，他又说有了。"杨璐觉得，"人是很复杂的，隐瞒或告知、配合与否，很大程度上要仰仗居民的善意。"

3

但也不仅仅靠"善意"。

他们贴了宣传单，打过电话，下过户，还拖着跳广场舞用的大音箱满小区广播，加上居民个人也会获取疫情信息，杨璐本以为，"少聚会，戴口罩"执行起来不难。

但她发现，几乎没有居民戴上口罩再开门，常常是不戴口罩的居民和戴口罩的社区工作者倚着门边聊几句。"春节大家凑在一起，又比较闲，一栋楼里好几户在家里吵架"，有时上门还顺带调解家庭矛盾。

一位武汉返乡人员曾让杨璐觉得"觉悟很高"，他独自住在酒店。后来杨璐才知道，每到饭点他回家和父母同桌同吃。"这样的隔离有什么意义？"杨璐赶紧给他讲居家隔离知识。

一听到打乒乓球的声音，她就紧张。

小区楼下露天的乒乓球台，俩人打球，一群人围观，一个戴口罩的都没有。杨璐看得胆战心惊。有一次，她劝两位打球的大爷"没事别出门，出门戴口罩"。大爷摆摆手说："没事！越有病毒越要运动加强抵抗力，就在院里打安全得很。"她好说歹说把老人劝回家，没过一会儿又听见乒乒乓乓。

"明明从远处看，俩人打球又没戴口罩"，但大爷看到她靠近，一个提醒另一个，从兜里掏出口罩，戴上继续打。杨璐走远了再回头，发现一个大爷正在摘口罩，还说："戴着打太闷！"她被气笑了。

"我像求小学生写作业的班主任。"她给大爷点开一张科普图，"喷嚏可以打八米远，病毒可以悬浮二十四小时"。之后，她再没见过大爷打球。

有老人带小孩玩儿雪，杨璐过去制止，"专家说空气中的新冠病毒会被雪花带到地面"。

老人拉起小孩就往楼上跑，"回去洗手去！"转天，杨璐又看到"辟谣！雪花不会把病毒带到地面"。

"专家互相打架，"她不知道该相信谁，"但让居民回家待着肯定没坏处。"

有人给她发"特效药制成"的消息，她来不及打开，瞄一眼标题。"开始很激动，新冠肺炎马上就能治好了！"被女儿科普后，杨璐才知道"还在路上"。

"是谁说的，是哪个单位的人说的，是哪发布的，让年轻人验证"，是杨璐判断信息真伪的一组标准。

之前因为违章建筑，和社区工作者红过脸的居民这次塞给居委会几个口罩。有人在家门外贴上"自述家庭武汉返乡史、接触史和身体情况"的小纸条，减轻社区工作者入户压力，落款还备注"感谢居委会"。

"双黄连口服液"走红的晚上，有居民对杨璐说："我帮你买！"她很感动，"这时候人家想着你哪"。第二天她专门跑了趟辖区附近的药店，看看有没有排队，"如果有就把他们揪回去，这个哪能随便喝？"

"我的居民我得负责。"她说。

4

老同学在马路上碰见杨璐，喊她名字没反应，但喊一声"主任"，杨璐马上回头。

疫情之前，她更爱看电视剧，不怎么看新闻。现在回到家，她看各个省市的城市新闻，尤其是社区工作报道。"看看有什么能学的，这工作不爱操心的干不了，爱操心的干不完。"

春节，菜市场的摊贩大多没出摊，出摊的又卖得很贵。杨璐找来"菜美价廉"的菜贩，规范售菜现场的秩序：买菜的人必须戴口罩，排队的人与人要相隔一点五米。社区工作者们还要为出行不便的孤老户和隔离在家的武汉返津人员买菜送菜。他们排查了辖区内所有"鄂"牌车，不仅上报信息，还要告知附近住户。

疫情之下，人的情绪被放大了。

有一天，居民听说楼门内有人去世，致电居委会要求防疫站来消毒，要求医院对楼内逐人体检，尽管大家都知道，逝者不是感染者。

越接近复工，越多人担心被驱逐，问杨璐"能不能回小区"。还有人问："我的狗会被居委会抓走吗？"一位一直配合杨璐工作的武汉返津者突然开始躲着社区工作者，因为"网上看到其他人的经历，害怕信息也被泄露"。还有人举报："楼上经常传来洗澡的水声，是不是有异常？"

"要排查更要保护。"在杨璐看来，预防"对立气氛"形成和鼓励居民有情况及时报告同样重要。疫情像一场考试，考的不仅是临场应变，更是长期积累。

响应上级安排，杨璐和同事手持测温枪二十四小时把守入口，只有本小区内的居民（包括租户）可以进入，进入者测体温、登记，以户为单位发放出入卡。

难题可能出现在任何一个环节。

气温过低时，测温枪无法正常工作，社区工作者们就把测温枪揣在怀里。"站马路站得冻透了"，就先去贴宣传单，巡逻棋牌室、理发店，看有没有偷偷开张的，卖元宵的地方有没有排队的。跑完一趟热乎了再回来，大家轮流跑——"热循环"。

一些社区需要封住几个入口，引导居民走有人负责登记测温的大门。社区工作者遭遇过"堵门，居民踹门，再堵，居民再踹"。到了饭点，要注意骑着电动车强行闯入的外卖员。大家想过拉一条绳，强闯就挨摔，但"大家都很难，我们只想做好工作，不想和谁作对"。

有女孩开车几百公里来给男朋友送口罩。有附近饭馆的伙计抬来成筐蔬菜到测温点，让居民按需自取，每人可拿两样。菜是饭馆为春节囤的，赶上疫情没人去店里吃饭了。

"工作还比较顺利，穿制服的民警在时会更顺利。"杨璐感慨，鸡毛蒜皮里有很多智慧——怎么说服性格不同的居民？怎么发动群众的力量，让一部分人帮助说服一部分人？居民和社区工作者吵起来了，居民骂人了，同事哭了，怎么让居民冷静？怎么给同事做心理疏导……

因为找来几件军大衣，小李的丈夫是大家公认的"好家属"。如果没看到妻子"禽流感抓鸡，创文创卫捡垃圾，下暴雨清下水道"，小李的丈夫原本也以为"居委会工作就是坐在办公室里喝茶"。朋友以为小李抱上"铁饭碗"，实际上她并不在"体制内"。

小李本以为鼠年是她第一个可以放假的春节，在此前的那些年里，因为城市禁燃烟花爆竹，她们要巡逻社区直到后半夜才能回家。

5

事实上，体力活杨璐和同事们抢着分担，只需要坐在屋里打打字的"报表"却人人都怕。

"总是在报，但成功的没几份。"他们摸排出来的信息每天都要上报，报给不同的单位。相似的内容反复粘贴，一会儿用 word，一会儿用 excel，一边做一边搜索怎么调格式，很多时间都花在修改表格上。新表越来多，老表又在变动，一个表要反复填若干回。报表的人很忙，"但却好像没干什么，就是报了个表"。

每天，至少有一个人力被报表"绑住"。

最让杨璐崩溃的是，"好不容易快填完了，格式也调好了，却收到消息说体谅大家的工作，老表先不填了，等会儿填新发的表就可以了"。

天气逐渐转暖，一些企业开始复工，学生还未开学。杨璐曾撞见一伙孩子下楼玩耍，没人戴口罩，她在后面追着喊叫，没人理她。那一瞬间她感到巨大的失望：为什么还是有人不听？要是感染病毒咋办？十余个社区工作者怎么才能管住近万人的行动？

好在，从另一个方向追出来的杨璐同事及时堵住那群孩子。

上级明察暗访，城市热线收集群众意见，信息都反馈到社区。一位社区工作者表示曾听到过"改变公交车发车频率""让公交车站离小区近点"的要求。

杨璐听说有的社区用上了"很先进的监控、消毒或信息登记系统"，她期待并持观望态度，"技术并不能解决所有问题"。

一次深夜做完报表，电视还开着杨璐就睡着了，睡到一半突然惊醒。"恍惚间听到电视里播报，一位新冠肺炎确诊者行动轨迹和自己辖区内一位武汉返津人员轨迹有重合"。排查后发现是虚惊一场，但她已经睡不着了。她有时感觉肩负重大责任，要保护好一方居民，"医生在拆雷，我们在排雷"，有时又感觉"很渺小，处理的都是琐事，不值一提"。

不过她从未怀疑过自己工作的意义，最大的愿望是疫情快点过去，大家都健康。

"保持正能量充沛是居委会主任的职业素养。"杨璐在睡不着的时候安排了第二天的工作：早上调解一户吵架的母子，修好一盏不亮的楼道电灯，去小区门口给居民测温，接着排查外地返津人员并登记造册。

那些奋不顾身的善意，
在城市末梢生长

文 / 郝琪　露冷

　　健身教练辛野信奉"极简"生活规则。他三十岁，很少囤东西，喜欢的牌子总是那几个。比如，钟爱"辛拉面"，因为和他一样姓"辛"。与大多年轻人类似，他喜欢网购生活必需品，2019 年，他只进过两趟超市。

　　但 2020 年过了不到两个月，他已经闭着眼便能将附近一家超市的样子复原出来。刚进去是蔬菜区域，接着是水果，然后是肉，哪个货柜卖什么，他一清二楚。不光如此，他还知道，眼下去超市，不能像往日那样逛，在不同货柜前徘徊。目标要明确，手要快，一进门要直奔挂面区。其次是蔬菜。白菜最抢手，先拿上五六棵，再去拿土豆和番茄。

　　经验是辛野这些天跑出来的。1 月 23 日，武汉"封城"。2 月 1 日，辛野下载了骑手软件，注册、上传身份证，填写有无高烧疾病等调查问卷。他骑上那辆辨识度极高的电动车，粉色的，贴满他喜欢的动漫贴纸《海贼王》《七龙珠》《进击的巨人》，戴上口罩——黑色海绵的，常见的明星佩戴的那种，开始了骑手生涯。

做了七年健身教练，辛野自信身体素质好，免疫力强，一个人住，万一感染，不用担心将病毒传染给别人。他决定在这个时候成为一名被需要的骑手。

在武汉这个需要走出困境的庞大城市里，有一群像辛野这样的人，自发行动了起来。在整个社会进入紧急状态时，他们这些处于神经末梢的人，最敏锐地感受着情势冷暖，也成为维持这个社会运转的毛细血管——微小，但源源不绝地输送着血液、活力和温度。

"我不搞哪个搞"

武汉很大。若不做骑手，有些地方，辛野压根没去过。2月9日，住在后湖区的豆瓣网友向他求助——连续下了几天单都没有人接。辛野家在洪山区，两人距离将近四十公里路。那女孩又说，父亲感冒了，她不敢出门买菜，怕出去沾染了病毒。

辛野想了想，答应帮她。他推掉第二天的订单，只送这一趟。电动车电池坚持不了那么长的距离，他是骑共享单车去的。菜得提前买好，否则到后湖区就是下午了，超市该关门了。

上午十点，他就出门买菜。十二点多出发，菜挂在车把上，一路颠簸。武汉并非一马平川，有坡有桥，要过江，得上鹦鹉洲长江大桥。共享单车车头一重就不好骑，双腿发力不能过猛，否则膝盖就会顶着袋子里的西红柿。

接近四点，辛野才到达目的地。父女俩戴着口罩下来了。女孩端着碗蛋炒饭，上面点缀着些白菜、洋葱和鸡蛋——用家里仅剩的一点儿食材炒的。他脱下口罩，就地吃，女孩在一步之外看着。太阳还没落山，照在身上还很暖和。武汉的冬季，天一黑，气温就骤降，他得赶在太阳落山前往回骑。八点多，辛野终于回到家中，双腿抽筋，膝盖"特别疼"，"活雷锋也不这么做"，他这么调侃自己。

他说人类的悲欢各不相同，价值感也不相同。他厌倦"云忧国忧民"，认为大多数人比想象中更"懦弱"。"有人倒了就要有人站起来，如果每个人都抱着侥幸心理，这个社会是没法进步的，人类也没法进步，肯定要靠这些去牺牲的人。"他自知冲动、欠考虑，防护措施尚不到位就往人多的地方去，但他又觉得，"是你们考虑太多了"。

辛野出生在内蒙古，小时候扎扎实实穷过。要活下去，必须自己想办法。他偷过邻居地里的瓜，也见过凶猛的动物，靠的全是生存本能，练就了莽撞的英雄情结，横冲直撞，无所顾忌。

天门姑娘肖雅星也有一种浑然天成的热情。她说话声音又大又急，做事也是，明快麻利，擅用直觉。1 月 23 日，武汉全市公交、地铁、轮渡都停摆了，医护人员出行成了问题。有人当晚组建爱心车队，肖雅星没多想就加入其中。

与医护人员对接出行时间时，她问："通勤不方便，你们为什么不挑附近的酒店住呢？"对方告诉她："像我们这样的，别人也不敢接待呀。"

1 月 24 日，大年三十上午，肖雅星经营的一家酒店的员工打来电话说，"封城"了，要求放假回家。她去店里，把事情安排妥当，给员工全放了假。下午五点多，她打定主意，把酒店贡献出来，为医护人员提供免费住宿。她开始建群，鼓励更多酒店参与。很快，五百人的群满了，她又建了二群、三群……

过去，她一度不太喜欢武汉人，认为他们话多又暴躁，"老在骂人"。现在她想，他们不过是需要通过言语把情绪发泄掉，把日子过下去。她认识的志愿者多是武汉人，那些人总跟她说："我家在这里，我武汉的，我不搞哪个搞？"

不过，有热情不意味着事情就能顺利进行。因为缺乏专业消杀，又要承担运营成本，有一百多家酒店无力消受，中途退出了。肖雅星也查了查自己的银行卡，行，里头的钱还够再撑俩月。她是那种具备乐天精神的人。

奢侈的口罩

肖雅星把酒店改成临时仓库，每天都有几车物资送过来，口罩、手套、消毒液、蔬菜、方便面、测温仪……从世界各地汇集到她这儿。物资有给酒店的、有给医院的，都由她来安排。

而物资，一度是这里的人们所紧缺的。最缺的是口罩，这是有钱也买不到的奢侈品。辛野那只黑色海绵口罩用了很多天。薄薄一片，干得快，回去洗一洗，第二天接着用。他不知道这样的口罩没有防护功能，而即便是有防护功能的口罩，也不可水洗。后来，健身房一名会员看到他的朋友圈，给了他几只 N95，他一个戴三天，没舍得换。再后来，一位采访过他的记者在豆瓣上发帖，帮他要到几只口罩，他终于可以一天一换了。

徐一叉一家在三亚过春节。1 月 23 日，武汉"封城"的消息出来，一家人一早出门买口罩，抢到了药店的最后一盒。她还打算买些医用手套回去，跑到第五家药店依然没货。她正准备走，进来一个辗转买口罩的姑娘，徐一叉将身上揣着的几只口罩给了她。店员一看，把她叫了回去，将两盒自留的手套卖给她们。

居住在武汉的 Monki 年前进药店时，正赶上店里一次性医用外科口罩到货，她买了一百只。"封城"后，她在家待着，每半月出门采购一回。想到别人可能买不到口罩，她在豆瓣上发帖，说愿以原价匀出六十只，给那些住在她附近的网友。

口罩很快被抢空。Monki 将它们分批放在家门口的长凳上，让事先约好的网友取走。她不认为这个行为有什么值得称道的，觉得自己只是"大多数现在还在武汉，还安好能保命的一类人。有一部分人在经历着悲欢离合"。

同样将口罩分出去的，还有姜吉锋一家。母亲在小区业主群里看到邻居抱怨买不到口罩，立刻跟家人商量，想把家里的六百只医用外科口罩送给他们。她在群里通知大家，谁要口罩，可去二号门领。然后就和姜吉锋抱着十二盒口罩下了楼。

那天是阴天，母亲穿着黑色羽绒服站在楼门口，先把一些口罩给了保安和快递员，接着有业主来，就抓六七个给对方，一会儿工夫就发完了。那些来领口罩的，有的戴着布口罩，有的一看就是口罩反复戴，外层毛糙。他们拍下姜吉锋妈妈，发在网上，说这是中国好邻居。

送完这些，姜吉锋家也只剩下几只 N95 和十来只一次性口罩了。家中七个大人、一个孩子。他负责买菜，那些口罩，他觉得足够了。

以个人名义

嘎子在新西兰待了十年，这是第一次感受到口罩的稀罕。2 月回国前，他打算给家人带点回来，还设想过，可以多带些，假设进价十五元，回来可以卖到二十元。妈妈一听，斥责他："你不可以有这种想法，你这算发国难财。"

嘎子觉得很委屈，加五块钱怎么就是"国难财"了？那他在奥克兰各处开车寻口罩，油费怎么算？

妈妈又说，前线的人在拼命，你花点钱、花点时间没关系的。嘎子爸妈退休前都在疾控中心工作，2003 年"非典"暴发时，他们都在防控一线。被妈妈的话触动后，他开始想自己能做些什么。

口罩是买不到了，他惦记起防护服。他没少在微博上看到医护人员穿着雨衣或披挂塑料工作的场景。他去微博上找了武汉有需求的医院，跟对方沟通，把符合标准的防护服型号记下来，再在朋友圈筹措资金，最后发动大家各自到零售店采购，总共筹到两百一十二件防护服，分两批带回国。

嘎子在奥克兰从事旅游工作，华人是他的主要客户。往常，春节假期是生意旺季。今年，不少从中国飞往奥克兰的航班取消了。他接待的最后一拨客人1月28日回国了，紧跟着的那个订单，一共有九名客人，包括一位上海的医务工作者。对方告诉他，这次恐怕不能成行了。嘎子说，那行，你们就先待在国内吧，你可以救更多人。

身处杭州的未巍，则第一次意识到酒精是个稀罕物。在他经营的酒吧的微信群里，2月3日，有客人说起酒精难买。

这是他那家小型酿酒厂的常备物品。啤酒对卫生要求极高，设备常要消毒。他每月生产一吨左右精酿啤酒，厂里剩下的酒精存量，够他用上半年。他从未想过，如今它成了人人求而不得的东西。2月4日零点四十分，未巍在酒吧的公众号发文《东河抗疫互助会》，决定无偿提供75%的消毒酒精和0.2%的过氧乙酸消毒液，每罐五百毫升，由他专车配送。

他留下微信号，新增好友蜂拥而至。4日上午，他关闭酒吧，将搜集到的一百多位求助者信息一一列出，在地图上用星星标注位置，规划出配送路线。厂里三桶二十五公斤重、95%纯度的酒精，被稀释到75%，他与爱人一起，将它们封装进五百毫升的银色易拉罐里，女儿负责在罐子上贴黑底白字的"东河"贴纸。

"东河"是他酒吧的名字，也是杭州一条上接钱塘江、下连京杭大运河的河。结婚前，他和妻子常在东河边散步。它与西湖、钱塘江这样名声在外的江流、湖水都不一样，它是本土的，穿越杭州主城区，是只属于杭州人的地标。他觉得，这条河与他的精酿酒吧气质一脉相承，也启迪了他如今的行动，"一个本地的厂牌去做一些力所能及、能够帮助到本地社区的事"。

他们一家三口跑了三天，把一百多罐酒精都送了出去。

拥抱在一起

辛野总是挑选那些不被其他骑手注意的订单。钱少的、家里有老人的、被隔离的、有孩子的、有宠物的……这样的订单很好辨认，通过购买的东西或者备注就能看出。其实也不用仔细辨认，因为它们总会被剩下来。

他住的洪山区，有大量打工者和老年人。如今社区封闭，老人免疫力低下，不敢出门，子女又不与他们同住。辛野跟看门大爷商量，让他进去，尽量把菜送至家门口。

2月11日凌晨，武汉市新冠肺炎疫情防控指挥部发布第十一号和第十二号通告。武汉市所有小区实行封闭管理。多数小区开始办理通行证，一户一证，每三天可出入一次。一些社区物业组建了买菜群，解决业主的基本生活所需。

Monki 住的小区没有物业，住户多是老年人，像一座座孤岛，不得不设法自救。社区封闭的头几天，她觉得自己和这些老人一样被抛弃了。渐渐地，人们开始行动起来。有人买了喇叭，在小区内宣传跟新冠有关的知识。有人建了微信群，将二维码打印出来，张贴在各个楼栋中，大家在群里互相打气，一起想办法购买物资。还有人主动帮老人买菜、充燃气费。

城市当中无数散落的个体，就这样殊途同归地紧紧拥抱在一起。当张奇找到物业时，家中已经没有存粮了。他是外卖骑手，小区里的租户，外地人。原本，他打算过年留在武汉赚钱，虽然春节单子少，但能赚一点是一点。现在，他出不去了，这意味着赚不着钱，没有饭吃。

物业热情接待了他，把他拉进小区临时组建的买菜群中。他在群里一说自己的情况，对门的邻居立刻给他送来面条和蔬菜。一位女业主建议，既然他出不去，不妨在小区内有偿配送，把群里团购的物资从小区门口送到各家门口，每单收费十元。业主们一致同意，张奇当天下午就上岗了。

过去当骑手，他没少受过气。但这次，他密集地感受到善意。他常常在送单时发现对方在家门口给他留了东西，口罩、牙膏、食物、雨衣、推车……

1月底，在三亚的武汉人互助群里，徐一叉妈妈看到，有一家人酒店到期了，不允许续住。那家人在三亚找了很多地方，都不接待。徐一叉妈妈找了相熟的中介，帮他们租了房子。为了表达谢意，2月3日，这家人送来了一百只口罩，说让徐一叉的爸爸回武大上课用。

被忽略的

上海女孩梁钰想到女医护人员的需求，不过是出于女性最自然的疑问。她在新闻上看到，女医生为节省防护服，一天七八个小时不吃不喝，很快想到，她们来月经该怎么办。

最初，她想和朋友凑个十来万，购买安心裤和卫生巾送过去。一番调查才发现，缺口远比想象中大。数字是他们一个个电话问出来的。整个孝感市，女性医护人员一万六千六百。武汉同济，超五千。武汉协和总院，约五千七百。武汉金银潭，一千三百。汉口医院，六百。同济医院中法院院区，约一千。此外还有十三个方舱，火神山、雷神山，各大地级市。在他们联系过的医院中，女性医护占比60%以上，但没有一家医院获得卫生巾等生理用品的捐赠。

梁钰在微博呼吁关注一线女医护，发起"姐妹战疫安心行动"，为一线女性医护人员提供生理期帮助。截至2月26日晚十点，行动募捐到的安心裤四十二万三千六百五十七条、一次性内裤三十万三千九百三十九条、卫生巾八万零六百四十片、护手霜七百支，覆盖一百一十家（支）医院和医疗队，超六万四千人。更多的品牌和个人加入其中。

除了这些一开始被忽视的与生理有关的问题，心理问题也开始引发人们的重视。

"身体状态出现问题，心理状态也会受影响。"长期做残障公益的韩青说。尤其是残障人士，"其他人去照顾，因为疫情的原因，也会有芥蒂，很容易出问题"。

1月31日，韩青和几位同样做残障公益的朋友在群里讨论此事。第一天，有六十多人参与，后来迅速增加到近两百人。2月2日，他们在网上发布问卷，收集疫区残障人士的需求，再由志愿者一一打电话调研。

一位聋人的儿子向他们求助。他母亲外出时经常不戴口罩，多次被邻居举报。他不擅手语，无法与母亲沟通。韩青派出志愿者，用手语与她交流。韩青的理念是，公益是一种支持性决策，最重要的还是让残障人士发挥自身能动性。他们鼓励残障人士向社区工作人员求助，并优先使用网络工具，这是最有效的解决方式。如果都不奏效，他们再介入。

他们创建了微信公众号，发布让残障人士无障碍获取的疫情信息。这是他们做此事的初衷，抹平障碍，让残障人士与其他人地位平等。志愿者们多数有公益工作的背景。他们用长期在业内积累下的信任拉来一些捐赠。河南一位民宿老板提供了两百张代金券。他希望以柔软的方式表达心意，欢迎残障人士在疫情过后前来旅行。

这些在武汉内外、线上线下活跃的个体行动者，如涓涓细流，汇入大海后便不可辨认。

辛野见到了他从未见过的武汉，寂寥、空旷，松鼠从城市道路中穿行而过。他想起一部美剧，世界末日的纽约街头，道路上是长满了杂草的废弃汽车，枝枝蔓蔓从高楼里探出来，幸存者在荒凉的大地上寻找同伴。

他也遇到过这样强烈渴望寻找同伴的人。那是他从后湖骑行四十公里回洪山的夜晚，路上只有一位年纪挺大的男士，缓慢地骑着电动车。两人默契地并肩向前，对方先开口："这么晚还在外面？"他自我介绍说是在方舱医院搭隔离板房的，出来找小工，路上一个人都没有，好不容易碰上个年轻人，想拉他一起去干活。接着，他又开始滔滔不绝地描述建造隔离板房的经过。辛野想，他是憋得慌了。

　　未巍去杭州郊区送酒精那天，返程时已经半夜，路上安静得让他不适应。他见到一辆迎面驶来的公交车，空荡荡的，只有司机一人。路口会车时，两人对望了一眼，然后擦肩而过，奔向各自的目的地。

　　（文中徐一叉、嘎子、Monki、张奇为化名。）

我的第一次网课：
临老学绣花

文 / 陈平原

教了几十年书，课前从来没有这么紧张过。为什么？就因为"临老学绣花，困难还是挺大的"——这是我在《借"研究学术"来解决"思想苦闷"》结尾提及的。按照北大的课程安排，今天是我第一次上网课。

疫情远未结束，随时可能因返城人潮而重新蔓延开去，这个时候，隔离确实是最好的办法。企业亟须开工，学校相对灵活，于是，"延期不返校，延期不停教"便成了适时的指令。好在这学期我讲的是研究生专题课，所谓"线上教学"及"远程指导"，难度相对来说小多了。

在年轻教授是小菜一碟，可对于老眼昏花的我来说，学习新技术可不是一件容易的事。学校推荐了好几种线上教学软件，那么复杂，我一看就头晕。在助教的协助下，最终我选择了比较容易操作的"企业微信"。大前天下载相关软件，前天通知选课学生，昨天内部演示——还是不放心，在微信群里贴上我的三篇文章，告知万一网络不给力或我操作失误，你们就自己阅读算了。因为，昨天开学第一天，无数网课一拥而上，好多平台都崩盘了。看在我操作水平低下的分上，希望今天平安无事。

十点的课，八点我就开始忙碌，一会儿摆弄手机，调整角度；一会儿布置背景，温习讲稿。起起坐坐，茶都泡了三四遍，终于可以正式上线。好在事先排练过，而且人也不算太笨，熟记流程，没有按错一个键。先用"群直播"讲了一节课，再用"会议邀请"与四十位分散在世界各地的同学对话——除了一位网络状态不佳，一位麦克风发不出声，其他都表示没有问题。唯一的遗憾是，课后有学生希望重听，才晓得我本该按下"直播结束后可观看回放"。

虽然磕磕绊绊，课后还是很得意——不是新技术运用娴熟，也不是新课程设计精彩，而是远隔千山万水，在疫情如此严重的关键时刻，师生们用这种形式互相问候，温暖之外，也很励志——这或许正是有关部门要求"停课不停学"的深意所在。

2020 年 2 月 18 日

于京西圆明园花园

疫情来袭下的日常

文 / 夏晓虹

再次登机前，

他如实填报了曾有咳嗽症状，

立刻被带到一个小房间

今天是 2 月 20 日，回望一个月前的这个日子，恍如隔世。

1 月 20 日晚，因几家中意的淮扬餐馆都订不到包间，我们最后到离家较近的丹江渔村与学生聚餐。这是一家连锁的湖北菜馆，生意很好，当晚我们在隔壁延伸出来的包间里就座。其中 Z 女士因保姆回家过年，带上了一岁多的孩子，女娃说话的语气与饭后的跑动，增加了席间的欢乐。此时绝对料想不到，湖北以至全国的状况随即突变。钟南山院士在当晚接受采访时已确认，武汉的新型冠状病毒存在人传人现象。

2003 年"非典"蔓延的记忆犹新，次日城市的气氛已明显紧张。而每年照例要来北京和我们一起过春节的台湾朋友，也是我们的邻居 M 一家，除了先前到达的妹妹，姐姐和她的儿子 L 君今天也分别从台北与纽约飞来。偏偏美国今年流感格外严重，不知是否因为中招，L 君抵京后即出现感冒症状，咳嗽发烧。但到底是年轻人抵抗力强，第三日就已痊愈，还抓紧时间去吃了他最喜欢的羊肉汤。

与陈平原一道受邀参加 3 月下旬将在香港举行的一个文学大赛颁奖典礼，而我的往来港澳通行证已过期，需要重新申请。此事自然宜早不宜迟，于是和前晚同席的 W 君相约，22 日下午他打车过来，我们一起去阜成路的海淀区出入境接待大厅申办。那里算是公共场所，我特意戴上了口罩。W 君没准备，我多带了一个给他，他表示不需要。进入大厅，一反以前每次来时的人潮涌动，里面空空荡荡，无论照相还是柜台办理，都不必等候。当时预定 2 月 6 日通行证会快递到家，却至今没有消息，应该是由于香港已经封关了吧。当然，我们随后也得到了颁奖会延迟的通知。

22 日还可以记述的是，上午有两位已经工作多年的学生来家里，其中一位后来打电话说，她觉得很幸运，今年大概只有她们两人来拜过年。晚上，L 夫妇突然造访，并送来一盆巨大的蝴蝶兰，以祝贺我们捐出一百二十箱书，家里应当很整洁宽敞了。结果虽不免令他们失望，但盛开的紫色花瓣，确实让我们拥挤的客厅顿时春意融融。

23 日，上午得知武汉"封城"，形势显然越发严峻。台湾朋友的车可以上路了。她们要去中国银行办手续，我也恰好有一张支票未兑付，担心日后公共场所更不安全，于是赶快一同前往。营业厅里没有其他顾客，扑鼻而来的是浓烈的消毒水气味。应我的要求，朋友的车还专门开到中央财经大学，把一些年货送给我妹妹。起初门卫不放行，经说明关系并声称来过多次，才允许登记后进入。

当天，20 日晚参加聚餐的 Z 夫妇又带着孩子，送来一个可以降糖的电饭煲。Z 以前是平原的学生，湖北人，本来准备过年回家看望父母。我说：幸好没走，否则开学就回不来了。

24 日就是除夕。晚上在 M 家吃年夜饭，菜肴是合作准备的，也算丰盛，还开了大瓶的美国威士忌。但疫情当前，话题不免沉重。并且，手机中关于新冠肺炎的各种消息与传言，也让人忧心忡忡。

26 日即初二，原本约定中午到泰康之家燕园养老院，与 Q 君及 W、Z 夫妇聚餐，此前一直在联络、期待中。25 日中午接到 W 君的电话，通知院方已禁止非亲属探访，故明日的聚会只得取消。而从初二开始，那里也开始封园，人员只出不进。

当日下午又请台湾朋友开车，去学生 Z 那里取口罩等物。Z 未知先觉，竟然在不久前购买了一箱 N95 口罩，因此慷慨地分给我十个。其实从随后疫情的发展看，他们的口罩也并不算多。出门前，我们已凭往年的经验料定，春节期间，北京交通肯定顺畅。但这次街上的车量稀少，行人寥落，异常冷清，还是让我心寒。

每年初一例行的家庭聚餐被迫取消，初五在建国门悦府酒楼宴请朋友的订餐也提前解约。既然不能外出吃饭，一连几天，我们每晚都到 M 家就餐。

29 日是 L 君预定回纽约的日子。当天，美联航已宣布停飞往返中国的很多航班。L 君买的是东航的机票，不受影响，只是需要到上海转机。再次登机前，他如实填报了曾有咳嗽症状，立刻被带到一个小房间，由全副武装的医护工作者检查、询问了半天，差点误机。而他自己也一路戴着口罩，度过了难熬的十多个小时。最重要的是，2 月 1 日，美国政府宣布，暂时禁止十四天内到过中国的外国人入境。L 君很庆幸他及时回到了纽约。

原本打算 2 月 2 日返台的 M 家姐姐，也一直在担心航班取消问题。况且，在北京不能出门，已很无聊。28 日韩国首尔航空公司宣布停飞赴北京等地航线，更让这种忧虑逐渐变为现实。眼看着"中华航空"飞台北的班次在减少，她终于改签了机票。30 日回到台湾后，其所在大学立即通知她自主健康管理两周，不要来学校。

妹妹的迟走则是因仍想观望一下情况会否好转，却还是比原先预定的3月10日离京提前了一个多月。2月4日出发时，我去送行，看到她严阵以待，随身携带了酒精消毒液和干洗手（前者在机场安检时没通过），戴好了防护严密的N95口罩。事后得知，她乘坐的已经换为小机型的航班只有四十名旅客，后面一排排座位都空无一人，机舱里气氛压抑，一片沉寂。告别时，她问我："我们什么时候再见面呀？"我不知如何回答。她在冰箱里留下很多食物，甚至说，想吃一个煎荷包蛋，都觉得在物资艰困时期，应该省给我们而放弃。虽然并不情愿这么早归去，最终她还是觉得很幸运，因为2月6日之后从大陆回台的旅客，都要接受带有强制性的两周检疫或隔离，由里长或卫生主管机关每天打电话询问或用电子手机监控，这比她早两天回去的自主管理待遇差多了。

邻居间的彼此关心
让我对人性本善不致失去信心

说到物资艰困，为了遵守"不出门"的防疫要求，1月20日之后，我们已不再去超市购物。此前的积存，加上M家妹妹的网购补货，春节期间倒也不愁吃喝。只是，网购人数太多，很快便供不应求。而小区自27日起，也遵照上级指示，开始实行封闭式管理，所有外来人员一概不准入内。买菜于是成为难题。恰在此时，年前已经关闭的小菜店又重新开张，主人换成了一对带孩子的年轻夫妇，购物小票显示，这是生鲜超市总店下的门店。起初只供应蔬菜，后在住户不断的询问下，店主不但是有求必应，专门代为采购，而且日常经营的品种也越来越多，调料、肉蛋及冷冻食品已是应有尽有。对一些希望送货上门的住户也尽量满足要求，主人的辛苦可想而知。有了这家小店，确实保证了我们可以足不出小区。

除食品外，由于需求量骤然激增，防疫物资一直都处于短缺状态。如按照要求，出门必须戴口罩。学生 Z 赠送了第一批口罩。1 月 31 日，我们又接到原东京大学教授 TJ 君的电子邮件。他听说北京现在很难买到口罩，东京池袋那里也卖光了，他所住的东京市郊多摩的药店还有售，因而问我们是否需要。我借机清点了家里的口罩存货，虽然现有的五六十个大多已经过期，但感觉还可以继续使用，便回信感谢他的关心，请他暂时不用寄来。没想到，近来日本的疫情也在急剧扩大，又轮到我们为他们担心了。此外，M 走前，也留下了尽可能多的防护用品，包括她调制的小瓶干洗手与消毒酒精以及剩余的酒精棉片，还有非常宝贵的二十多只各种口罩。不料她回到台北后，台湾的口罩也开始推行每人每周两片的限购。按照健保卡的尾号，M 家姐妹要排在不同的两天购买四片口罩，算起来损失一半，实在不划算，所以至今未去排队。这也使我颇感负疚。尽管不愿意打扰学生与朋友，但此后还是陆续收到了他们寄送的口罩、手套、免洗消毒液等各种防护品，让我们在病毒肆虐的日子，始终感受到人间的温情。

而去年小区建立的微信业主群，在此期间也发挥了有效沟通的作用。虽则出现过年轻业主面对疫情，心理紧张，误信传言，在群中声称隔壁门道有人发病被隔离的不实信息，但更多的时候，这里还是交流有用资讯的平台。让我这个旁观者最感动的是，有位奶奶级的业主 W，平日热心公益，她在群中发信，说要去医院复查，没有口罩，希望借两个，立刻有四位邻居应声。她去了其中一家，一下拿到二十个口罩。随后，又有一位业主求助，也获得了邻居赠送的十只口罩。W 也感恩回报，在群中征询需求者，将购买的大瓶酒精分享多人。在疫情未了、防疫物资紧缺之际，这些我相信多半互不相识的芳邻能够彼此关心，守望相助，也让我对人性本善不致失去信心。

小区封闭后，我也遇到过一件烦心事。正月十五刚过，我家的燃气壁挂炉突然出现故障，放不出热水，也就意味着地暖将停烧。重启无效，第二天一早打服务热线，在对方的指导下，我下载了微信，播放维修视频，折腾了许久，仍然无计可施，只好要求派师傅上门。我担心地提醒："师傅会戴口罩吧？"对方保证口罩、鞋套一应俱全。而师傅快到时，也不放心地打电话问我："小区里没有感染的吧？"他的活儿很快干完，原来是水泵里水垢太多，堵住了出口。我全程佩戴口罩，他走后，我赶快用酒精棉片擦拭签单的饭桌一角、师傅接触过的门把手和壁挂炉表面。如此互相提防，这在我还真是少有的经历。

还该说到小区的封闭管理。物业经理在微信群中说过"我们是小区的最后一道防线"这样暖心的话，他们也努力在做。元宵节后，返京人员增加，门卫的检查除了核实身份、确认无发热症状，还要登记回来的业主或租户从何处返京等信息，工作量骤增，员工相当辛苦。我曾出东南门，在十米外取过几次快递，进来时仍挨过两"枪"，检测体温后才放行，足见执勤者的认真与负责。

<h2 style="text-align:center">清点这一个月来的文字工作
居然还小有可说</h2>

在家闲居一月，加之已退休三年，本可以安心做饭乱翻书。但清点这一个月来的文字工作，居然还小有可说。

所做约为四事：一是河南大学文学院主办了一份《汉语言文学研究》学术季刊，我从 2011 年起为其主持一个现定名为"近世文化研究"的专栏，每期组编两三篇论文。2 月 1 日，将两篇经过修改的定稿发给了编辑部。二是去年应商务印书馆上海分馆的邀约，编了一本学术随笔集《抵达晚清》，书稿 12 月已发去，尚缺一篇《小引》，此时正好写出。小文 2 月 5 日完稿。三是去年年底前定稿的论文《晚清戏曲中的"新女儿"》已交给《中华文史论丛》，当时没有写提要与关键词，现在也趁机补上；并应编辑的要求，将全文转为繁体，且因需辨识引文中所用的异体字，而费时甚多。此事分两次，于2月6日、18日完成。四是2月10日起，又重新捡起去年5月在哈佛开头的《晚清北京女学人物发覆》一文，终于完成其中关于陆嘉坤的一节。这位曾任北洋高等女学堂总教习的女性，履职未及一年，便患白喉病逝。联想晚清倡议设立上海女学会的吴孟班、参与《无锡白话报》编务与撰稿的裘毓芳，都因此疫过早谢世，前事今情，令人慨叹。

于是忍不住会想，这个月我们平安无事，但不知有多少家庭的生活就此改变。

2020年2月20日—21日

于京西圆明园花园

京城四学者疫期功课实录

文 / 王勉

赵珩：发愁无用，义拍谈戏编书忙

春节前，著名文史学者赵珩老师的日程安排很满，讲座、接待来访宾客，少有闲暇时间。新冠疫情突发，一切停摆，赵珩家的年夜饭都不得已而取消了。常年在家的阿姨年前回了安徽老家，正月十三才返京，返京后遵照街道嘱咐在家中隔离十四天，所以家中的采买基本靠儿媳网购，很是有些狼狈。

赵珩参加了两次网上义拍，一次是由山上学堂组织，赵珩书写的一幅《心经》拍出九千元的价格；另一次是通过松荫艺术和三联生活周刊委托匡时拍卖了一副小对子，落槌价五千四百元，两次义拍共计一万四千四百元，全部捐献。赵珩说，也算为武汉疫区"略尽绵薄之力"。

十几天来，赵珩一直在做一件事——和一位喜欢戏曲、懂戏的年轻朋友聊戏。这个想法来源于年前的一次来访。2021 年是著名戏曲表演艺术家马连良先生诞辰一百二十周年，首都博物馆为了纪念马先生诞辰双甲子将举办展览。年前首都博物馆的工作人员带着马连良的嫡孙马龙先生前来拜访赵珩，请他提建议，出主意。由此，本就对戏曲了解颇深的赵珩又集中看了不少戏曲方面的书籍，同时勾起了很多旧时回忆。

赵珩这位年轻朋友是南方人，也是位痴迷戏曲的青年。因为工作滞留在了北京，一个人愁闷无聊之际，便与赵珩聊起了戏曲，成为疫情期间二人每天必不可少的功课。

两个人以问答的形式，每天晚上通过微信笔谈，谈的都是戏曲旧事、花絮，包括赵珩五六十年代看过的戏、戏中的事，以及通过戏引发的一些轶事，比如提及梅兰芳先生、当时戏曲演出的情况、戏曲的行当、院团的变化等等。于是说到戏曲界共有三位王少楼，上海一位，北京两位，同名同姓。其中一位王少楼收集烟画，上世纪九十年代初中国历史博物馆曾找赵珩，请他看一看他们收藏的一批烟画，蔚为大观，全部是王少楼的。如此等等。两人一谈就是两三个小时。至今，年轻朋友整理出的文字记录已有两万多字，两人戏称为"疫中谈戏录"。

疫情期间，赵珩的两本自选集在筹备中。一是即将出版《一弯新月又如钩——赵珩自选集》，要请赵珩写自序，赵珩问："发行受不受疫情影响？"出版者认为不会，因为书的发售主要还是通过网络。广东人民出版社也将推出选自赵珩旧著《老饕漫笔》和《老饕续笔》的选集，定名为《个中味道》。

北京出版社一直也在催他，是为一部书稿，也是谈戏曲的，是赵珩多年前在超星名师讲坛的二十个小时讲座录音，已经由专业人士整理成文字，赵珩在做最后的统稿校稿工作。他把稿件分成两个部分，上篇是昆腔的衰落和皮黄的兴起，下篇为剧场与舞台的变迁，保持口语味道。

说到戏曲，赵珩一张口就是知识点。他愿意使用"皮黄"这个名词，不太爱用"京剧"这个名称。因为"京剧""京戏"的名字产生于清末，是上海戏院老板搞的噱头，老板在戏院门口立上一块牌子，写上："京班大戏"，由此才有了"京剧"和"京戏"的称谓，实际上最早"京戏"就叫"皮黄"，也就是西皮二黄的意思。

所以疫情期间赵珩一直很忙，所忙基本和戏曲有关。他说："发愁无用，能做点什么就做点什么，尤其是做自己喜欢的事。"

赵蘅：可惜我不是白衣天使

名画家赵蘅1月21日从上海回京前还没有太在意新冠疫情，回程买高铁票时却感到有些异样，无票，连一等座都售空。赵蘅无奈之下乘飞机降落北京大兴机场，从上海出发加上空中飞行至到达北京家中，共用了九个小时。行程中她注意到戴口罩的人还不多，大兴机场人很少，气氛冷清，气温寒冷，回想起来，像瘟疫降临的序幕一样。

和许多人家一样，赵蘅家的年夜饭也被迫取消了，起初这让她很是遗憾，因为与平时身在国外的儿子一家团圆不是一件容易之事，更何况还有她日思夜想的小孙孙。她本已采购了不少年货，准备做儿子爱吃的妈妈做的罗宋汤、小米饭，一家人一起品品红葡萄酒……1月23日，武汉"封城"后，儿子犹豫良久，还是商量取消聚餐，后知后觉尚不觉得疫情严重的赵蘅不太愿意接受，事后却感谢儿子，说他决断得对。但那个除夕夜，赵蘅独自度过，还是感到缕缕哀伤。

1月27日，北京出现首例因新冠病毒致死者——杨军，他的几位家人也因此被隔离治疗，最早蒙灾的这一家人就租住在赵蘅所在的小区。据说，杨军的家人后也被确诊为新冠肺炎，杨军一家的不幸染病和杨军的离世，小区居民最初均不知情。事情发生后，区政府领导和工作人员赶来检查，嘱咐居民尽量不要外出，之后小区封闭。赵蘅说，我们可能是北京首批实施封闭的小区。居民生活很快不便，小区想办法成立了服务社集中售货：建立微信群，居民接龙写下要订购的食品、常用物，由小区的小卖部采购，在小区门口分发。赵薇说："每家每户的饭食喜好都大暴露。"当接近"弹尽粮绝"的赵薇第一次领到订购食物、咬下苹果的那一刻，她说，觉得好幸福！

一直忙碌的赵薇也得到难得的闲暇，在关心疫情却无以为助的情况下，她给自己安排了好多项目。她在电脑上建了"疫情纪念"文件夹，分类安排并记下自己的疫情生活——每顿饭的样子、画的画、为疫情写下的诗等等，还捡起了幼时学过的钢琴技艺，要求自己每天练习。

她写下"致系列"多篇诗作，其中有《致我天上的邻居》，"不知你我是否曾擦肩而过，在进出小区的门边，或是在玉兰花盛开的春天……"那是写给杨军的。

赵薇养了一只小狗，疫情前小区养狗人遛狗时喜欢扎堆儿，人在一处聊天，小狗自由玩闹，现在不敢了。为了避免碰面，赵薇想那就晚些去，反正自己睡得也晚，干脆晚上十一点再下楼遛狗。谁知一天下得楼来，转弯就碰到了邻居，原来人家也是这样想的——晚点儿出来，避免相见。碰面时，人可以保持距离，小狗却不管，使劲要往一块儿凑，赵薇和邻居于是就势拍照，留下一张疫情期间遛狗照以作纪念。

见不到的儿孙想念非常，团圆的元宵佳节，赵薇一家三口想见面，脑中转了周边的几处空旷之地，选来选去选中了圆明园。一家三口各自开车，聚在园门口，儿子有心，带来了元宵便当，分装在小玻璃瓶中，三个人每人两粒，口罩摘掉半边挂在耳上，享用只保留下残余温度的元宵。一家人为这顿难得的年中一聚略觉开心。

从 2 月 5 日起，赵薇开始创作一幅油画，画的是疫情中的自己。这个选择有个缘由。春节期间，适逢赵薇的小孙孙两岁生日，为了准备给小朋友过生日，赵薇特意挑选了靓丽的橘红色毛衣，她觉得小孩子喜欢鲜艳的颜色。意想不到的疫情使一家人没有吃成年夜饭，也没有敢聚在一起给小孙孙过生日，儿子一家在元宵节过后便飞回了美国。赵蘅遗憾之余便想穿着这件橘色毛衣画一幅像。4月5日是赵蘅七十五岁的生日，她想用这幅画记录自己疫情中隔离在家的样子，是送给自己的礼物，同时也画给小孙孙，到时间问他："像不像奶奶？"

油画对光线要求高，赵蘅觉得客厅光线变化太快，便将画架支在了无窗的卫生间，对着镜子开画。卫生间空间狭小，调色板只好委屈在马桶盖上。采访时赵蘅说，这两天就快画完了，从开始画时就一直穿着这件橘色毛衣，画完可以换一换了。

赵蘅还有写作的打算，想写去年家中出现的一只老鼠，和老鼠斗争的过程会是一篇好玩的《老鼠记》。

正正经经给自己建立了"疫情纪念"文件夹的赵蘅，脑子里金点子不断，画画、写作都是持续有序进行，每天的时间安排充实饱满。她说，现在的文件夹是2月的，如果疫情结束不了，那就只好再建3月的，生活是要继续下去的。

赵蘅一百岁的妈妈、翻译家杨苡先生住在南京，本打算年初二回去看望母亲的赵蘅未能成行，母女俩便常常通过微信、电话聊天。赵蘅说妈妈不把当前的事当事，她毕竟经历的太多了。老人家状态好得很，说也想写诗，而且说这个时候写诗是最好的，她想好了题目，拟叫《我能做什么》。看到屋门口的芭蕉该修剪了，杨苡先生嘱咐赵蘅的姐姐去找花工来，姐姐着急："妈妈，现在是什么时候啊！怎么能找呢？"老妈妈很纳闷儿，她不太在乎，觉得应该该干什么干什么。老人家每天看新闻，关心时事，看过后说："我不管那么多，我觉得我们国家人民很了不起。"

赵蘅感叹最近意外拥有的大把时间，她在2月16日写下诗作《在害怕和希望之间摇摆》，读来令人唏嘘，意味深长：

每天醒来都想

今天应该怎样度过

才对得起这经历的非凡?

晴日也好，雨雪也罢，

连雾霾也不入我法眼

这都不算什么

我心里另有大事情

美伊危机，叙利亚灾难

蝗虫正肆虐万亩农田

这世界的纷乱都没我的大

我的事才人命关天

可惜我不是白衣天使

我只是个七旬的退休老人

老妈问她能做什么，我也一样

当我朝把手鞋面喷洒消毒水

当我隔着远远地和熟人寒暄

当我的药断顿了不敢去医院

当我思念亲人又怕见面冒险

我对自己说别怕，都会过去的

我希望多给自己打气多点希望

人在希望里才能获得动力

那就去做隔离中能做的

读书、画画、写诗、做饭

或是捐点力所能及的款

因为上天突然赐我大把的时间

止庵：闲读闲改，恰如其分

著名学者、作家止庵去年年底就做了今年的日本旅游计划，买好了2月15日的机票，订妥了温泉旅馆，并做了充分翔实、字数达七八千的游览攻略，这份攻略细到哪天参观博物馆、哪天去逛跳蚤市场。随着新冠疫情的消息越来越多，止庵犹豫再三，于2月初取消了行程。止庵说，不是日本不让去，是我实在不愿意给人家添麻烦。他了解日本人的隐忍性格，"他们一般不会明说，但是会小心地躲避，这样的情况下双方都不舒服，旅游心情也不会好"。

出不了门，止庵安心待在家里。没有了客人，也不出去做活动，有时候和朋友们通过微信聊聊天，但是觉得说的都是差不多的话，慢慢地连微信聊天也少了。止庵现在住的地方没有电视，电脑也只有小小的一个，看不了电影，他的时间，便基本上用来读书。

每天的主要功课，是读《论语》，并记下体会和心得，这是十几年来止庵一直在做的事。近几年忙着写别的东西，所以放下了，现在正好利用这段时间捡起来。

他的手边有十几部《论语》的注疏，每天摊开在书桌上，比对着看。他希望参照前人对《论语》的理解，得出自己的观点。他要写的不是注疏那类作品，当然更不会是"语译"，只是从某一处（很早就想好了）入手，说出自己的见解而已。也许"卑之无甚高论"，但希望都是网上查不到的。止庵近些天所做的功课加上之前累积的文字，这份笔记已有十几万字的规模。但是他说现在还不能着手正式写一本书，恐怕得等疫情结束后再踏实下来整理。

止庵说，每日读《论语》，遇到有一章历来解释都不清楚，有些甚至解释错了，而自己得到心满意足的解释时，真的是心满意足。虽然笔记只得两三行。"我去年写完那个酝酿了三十年的东西后，一辈子想干的事已干完了。关于《论语》的书乃是'暮年上娱'，此事不急。"止庵说出此语，令人不自禁地会心而笑。

新冠疫情发生之前，止庵曾答应与一家公司合作制作抖音短视频，当时的意向是讲日本旅游，公司有工作人员上门拍摄。如今情况变化，视频却还是照做，这也成为止庵闭关家中经常做的另一件功课。他自己用手机录制，再发送给对方制作，内容变为讲读书心得，讲卡夫卡、契诃夫，现在在做一个关于推理小说的系列短视频。他不知道反响如何，似乎也不太关心，但讲的过程舒心和开心。

其他的零碎时间，被止庵用于"闲改"和"闲读"。

去年止庵完成了一部十八万字的小说初稿，这是他继随笔集《画见》后的又一部作品。他在慢慢改，想起来哪句话不妥就改一改，"不占什么时间，觉得哪里不完善，就修改一下"。

止庵已读完的"闲书"，列一下书单，可见如下：《普汉先生》《海街日记》（七册）《柏林，亚历山大广场》《牛犊顶橡树》，现在正重读《群魔》，多为小说，还有漫画。止庵对读书的节奏安排是：读一本分量重的，再读一本分量轻的，搭着来。

《普汉先生》是张爱玲《半生缘》一定程度上的"母本"，《半生缘》的人物关系和地点关系都脱胎于此。止庵早前曾经翻过，这一回又仔仔细细地读了一遍。

《海街日记》是日本吉田秋生的漫画作品，有同名电影，漫画共九册，国内现出版七册。止庵盛赞是枝裕和导演的同名电影，他认为把这个世界上美的事说好比说坏要难得多。"举个不太恰当的例子，《寄生虫》里面的人都是有瑕疵的，说是坏人也不过分，这种拍起来其实不难。但是《海街日记》里活着的人都是好人，甚至连缺点都没有，这就很难拍，但是漫画和电影都处理得太好了。"止庵读得爱不释手。

《柏林，亚历山大广场》是德国德布林的长篇小说。1929 年出版，是德国文学史上一部划时代的作品。止庵曾看过根据小说改编的电影，有十个小时，给他留下深刻印象，但没有读过书，这次读来首先最直接的感受是作者恣意狂放的写作风格。

晚饭后，没有其他事情的情况下，止庵会选唐人某家诗数首为家人讲解，已经讲过杜牧、王维、李白、王昌龄、刘禹锡、岑参。还有杜甫、李商隐、李贺、贾岛等待讲，他说，这些自己特别喜爱的诗人，每位可能一个晚上不够。

止庵称自己现在的日子是幽居生活，恰如其分。

韦力：纳回正轨的心理波澜

著名学者、藏书家韦力是一个计划性极强的人，寻访和写作的安排往往规划到数年之后。这一场突如其来的瘟疫，使他今年春天的寻访计划几乎全部泡汤。最初的十几天，他的心绪都处在烦闷、无奈之极的纷乱状态。

无奈待在家中的韦力憋闷之余，给自己做了不少思想工作。

比如站到冷静的角度说，任何一个民族、国家都不愿意接受这样一个灾难。所以烦闷是无用的，作为社会中一个独立的人，在这种情况下，怎样做好自己才是最重要的。

比如对于个人来说，不是医务工作者，无法奔赴前线，在目前这种情况下，不给社会添麻烦，就是最重要的贡献了。

他还常常把新冠肺炎疫情与 2003 年的"非典"相比，北京当年是重灾区，北京人走到哪里都令人侧目，所以他感同身受着作为武汉以及湖北人的心理压力。而既然是同胞，就不应当在人家的创伤上再撒一把盐。

"非典"时韦力也没办法出门，但他觉得当时心态的恐慌程度不像现今这样强。当时他找到一个为他之后十几年的工作打下良好底子的事情，也是他之前一直想做而不得的，那就是在书库中整理书目。

"编目是一项很枯燥的工作，在此之前我曾经四次半途而废。但是因为'非典'时哪也去不了，我在书库中干了几个月，终于把自己的古籍藏书目录编完了，可以说'非典'期间的不能出门对于我完成这个事情'功不可没'。"

但这次不行，韦力书库的所在地也出现了新冠肺炎确诊病例，小区被临时封闭，韦力只好在家里看书，但明显感到看书的速度和质量比以往差了很多。

心里的无奈纠结，大约经过十天左右，慢慢平和下来，就想现在的环境非人力所堪，自己只是一个平头百姓，社会中的一粒微尘，不做事怎么成呢？于是他整理自己住处的书，开始做一些拾遗补缺的工作。

在慢慢翻阅书的过程中，韦力看到很多最初没有留意的东西。他以往的做法，是按寻访计划理好书目体系，待寻访完成，再系统读某一类相关的书。这样做主要是因为有读完书而找不到寻访目标的担心。以前韦力觉得没有寻访到而读了书等于白浪费了时间，如今现况弄人，韦力只好将程序倒转过来。

这一倒转使他对一些人和事有了新的认识，很多东西也更加清晰化。比如他计划中的《觅道记》，是他"觅系列"的倒数第二部书稿。而道家的寻访之旅，本是要放到三年后进行的。这类资料韦力在列寻访单之前已经买了不少，在家中堆了一堆。现在他开始系统地看，重新构思，在脑海中编织《觅道记》的框架。韦力感到自己的心态慢慢平和。

现在，韦力在工作室的写作已经"复工"。因为工作室所在小区也有新冠肺炎确诊病人，所以韦力每次前去都是全副武装，口罩、护目镜齐备，自己开车往返，不接触外人，尽量做到隔绝感染。韦力说以往自己是个很不在乎小节的人，但是在这种局面下，不只是自己在不在乎生命，而是不要无意中成为一个传播者而影响到更多的人，也就是通过自我约束来达到少给别人惹麻烦。

他的生活和工作慢慢纳回正轨。

韦力的微信公众号有一个师友赠书录栏目，广受欢迎。有人将它视为购书指南，有人把它当成书及书友间的交往故事。而韦力设置此栏目的最初想法只是答谢朋友厚谊。这个栏目已经坚持写了六七年，都是写别人赠予之书。这场疫情使得书的递送停摆，收不到书了，也就无法写。韦力说："这个月的还能写，因为我写的是上个月朋友赠送的书，下个月恐怕就难以为继，这是一个小烦恼。"

烦恼既小，解决起来就快，韦力在家理书的过程中，发现不少写作此栏目之前朋友赠予的书，这些书因为不是当月受赠，所以没有写过。韦力于是又灵机一动，"如果下个月没的写，就写前些年朋友所赠之书"。

自认为红尘中一粒微尘的韦力先生和我们大家一样，期盼着这一场疫情尽快结束。而结束之前，为了花开之后生活的继续，我们是否也做好了力所能及的准备？

曹可凡一夜间收到多位文艺界"大咖"的心里话

文 / 简工博

"我不知道你是谁，但我们知道你为了谁。谢谢你。"

1月30日晚上八时许，主持人曹可凡收到演员王凯传来的一张照片，是手写在纸上的一句话，以表达对奋战在抗击新型冠状病毒肺炎疫情一线的白衣战士们的敬意。这段话让曹可凡颇有感触："我们或许不能确切知道每一个医护人员的姓名，但我们深深地感恩他们为我们而战。"

在收到王凯照片前后几个小时里，曹可凡的手机几乎没有停过——这一切源于他下午五时许的"突发奇想"："医护人员在抗击疫情的第一线，我想请《可凡倾听》的嘉宾们，手写下对一线医护人员的祝福，为他们加油鼓劲，也助力舒缓社会焦虑氛围，万众一心抗击病毒。"

向来稳重的曹可凡这次说干就干，立马向"朋友圈"的文艺界艺术家、演艺明星等发出"英雄帖"，请他们以最朴素最直接的方式，向前方的白衣战士们写一句"心里话"。两小时内就有十二位文艺界人士传回信我不知道你是谁.

但我们知道你为了谁.

谢谢你.

2020.1.30

演员王凯为在自己家乡抗击新冠疫情的医护人员手写下祝福

息，此后一晚，还不断有人发来消息。

1 月 31 日上午十时，这些由文艺界人士亲笔写下的赤诚感悟与诚挚祝福，在《可凡倾听》微信公众号上发布。

"没想到这么多人响应"

"中国人活得有气势！"这是今年九十六岁高龄的画家黄永玉发给曹可凡的话。

30 日下午五时许，黄永玉是曹可凡联系的第一个人。两人在电话里聊起此次疫情，特别是谈及"刷屏"的张文宏医生，黄永玉激动了："听到医生说的那些话，我觉得我们中国人活得有气势！"曹可凡很认同："您就写这句话！"谁知黄永玉却说"不行"："你等我一下，我马上去准备，我还要画一幅画！"

两个多小时后，黄永玉给曹可凡传来照片——他站在沙发边，举着刚刚画好的作品：醒目的红十字旁，是象征胜利的"剪刀手"，配上"中国人活得有气势"。

"我听到主持人们在唱《非凡英勇》，心情很激动。等医护人员凯旋，我想跟他们同唱胜利歌，我来指挥！"这是九十五岁的指挥家曹鹏的心里话。

经典戏曲电影《智取威虎山》中的"杨子荣"童祥苓则对曹可凡说："等战胜疫情'痛饮庆功酒'时，我要为医护人员再唱'甘洒热血写春秋'！"

一呼百应。

对这群"拼着自己的性命去拯救他人的勇士、战士"，陈凯歌、陈红夫妇祈愿："让我们为他们加油、鼓

九十六岁高龄的画家黄永玉专门创作了
一幅《中国人活得有气势》

劲，喝令病魔不侵救命人，祝愿他们平安！"一代人心中的"孙悟空"六小龄童对医护人员"表示深深的敬意"。翻译家周克希写下"有你们，就有希望"。演员冯远征"致敬医者"："你们是最勇敢的人！你们是最可爱的人！"歌唱家雷佳的话如同她的歌声一般直抒胸臆："向负重前行的白衣天使们致敬！"凌晨一时五十八分，远在美国的陈冲发来手写的祝福："祝福你们平安、健康、顺利"。上午八时许，芭蕾舞演员谭元元在美国旧金山排练间隙写下海外华人的心声："记挂着每一位祖国的亲人"。

亲爱的白衣战士们：
　我是个年过九十的老兵。
　但仍与你们同在。
　　加油！
　等待你们平安归来。
　让我们共唱胜利之歌！
　　　　　曹鹏 95
　　　2020年1月30日

九十五岁高龄的指挥家曹鹏希望和医护人员同唱胜利曲

白衣战士是我们
这个时代最可爱
的人 期待你们平
安凯旋。
　　　　童祥苓
　　2020年一月卅日

童祥苓把医护人员称为"这个时代最可爱的人"

每次看到我们的医生、护士奋力救治新冠肺炎患者
的电视画面，都被深深感动、震撼！他们是战士、勇士，
拼着自己的性命去拯救他人，让我们为他们加油、鼓劲、
喝令病魔不侵救命人，祝愿他们平安！

向全国奋战在抗击疫情第一线的白衣天使致敬！

陈凯歌
陈 红
二〇二〇年一月三十日

陈凯歌、陈红夫妇写道，医护人员是"拼着自己的性命去拯救他人"

疫情无情人有情。

向奋战在抗击疫情
第一线的医务工作者
表示深深的敬意！

六小龄童

己亥年·腊月·北京

六小龄童对医护人员表示深深的敬意

你们是阻击疫情、挽救生命的英雄。有你们，说有希望，疫情防控不会顺利，但疫情必定全胜利！

写给奋战在抗击病毒疫情第一线的医务工作者 周克希

周克希对医护人员说："有你们，就有希望"

抗击疫情，共克时艰，致敬医者。

你们是最勇敢的人！

你们是最可爱的人！

二〇二〇年元月30日

演员冯远征写下"共克时艰"

武汉疫情的消息，牵动着每一位
海外华人的心，记挂着每一位祖国的
亲人，我要向日夜奋战在第一线的
医护人员致敬，您们是时代的英雄，
辛苦了！愿您们平安！天佑武汉，
天佑中国！

谭元元排练间隙写下祝福

向负重前行的白衣天使们

致敬！

雷佳

2020年1月30日

雷佳直抒对医护人员的敬意

战斗在疫情第一线的
医护工作者们，我向你
们致敬，并祝福你们
平安健康顺利，愿上苍
保佑你们。
　　　陈冲
　　　2020/1/30

陈冲从美国发来的祝福，她的父亲曾是华山医院的医生

纸短情长。

"曹老师，我的字太丑了……"相声演员岳云鹏担心写得"不够好"。曹可凡告诉他，"关键是表达咱们文化界面对灾难的态度、对白衣战士的真情实感。"于是他讲出了大众共同的愿望："愿你们早点回家。"

向所有奋战在一线的朋友致敬，
你们辛苦了，愿你们早点回家
　　　岳小鹏
　　　二月初六

岳云鹏的祝福讲出了大众共同的愿望

接到曹可凡电话时，演员刘涛正在看剧本。她停下手头工作，叮咛医护人员"请保护好自己"。听说要保留手稿，她才惊呼："哎呀，刚拿着

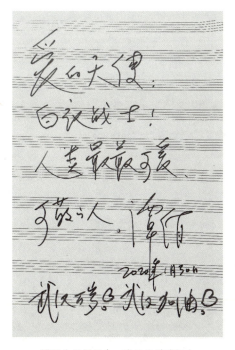

敬畏生命，敬畏职责，致敬冲在疫情前线的医务人员，也请保护好自己！等待们的好消息！期待平安归来！

刘涛
2020.1.30.

刘涛的祝福最早写在正在看的剧本背面

爱的天使，
白衣战士！
人类最最可爱
可敬的人。谭盾
2020年1月30日
武汉万岁！武汉加油！

谭盾的祝福写在一张五线谱稿纸上

剧本，就写在剧本后面了！"

"我现在还在开会。请你一定要等我！"等到晚上十时许，音乐家谭盾发来自己写下的一段话时，曹可凡明白了为何他再三要求"等一等"。这张写下"爱的天使，白衣战士"的纸，是谭盾特意找来的五线谱稿纸。

这样用心的细节在这些手稿里随处可见——足球教练徐根宝用足球术语表达祝福："广大医务工作者以'抢逼围'与病魔展开激烈战斗，你们一定能赢得最终的胜利。"演员万茜手绘了身着防护服、头戴护目镜的医护

广大医务工作者
以"抢逼围"与病魔展开
激烈战斗。你们一定能
赢得最终胜利。加油！

徐根宝

二0二0年元月三十日

徐根宝的祝福里使用了足球术语

致敬所有奋战在一线的医护人员，
你们是白衣天使，是最美逆行者，所以，
请一定平安归来。感谢所有的"留守"致
敬所有的"坚守"。

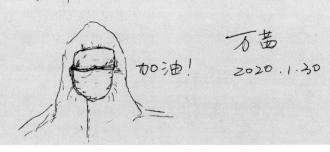

加油！

万茜

2020.1.30

万茜手绘了医护人员的形象

自衣战士是我们这个时代最可爱的人
期待你们平安凯旋
吉祥如意、   孙俪
2020.1.30

曾为疫情焦虑的孙俪，在祝福的手写稿里画了一个敬礼的小人

人员头像，在旁边写上"加油"，"感谢所有的'留守'，致敬所有的'坚守'"。而曾是军人的孙俪，则在留言最后画上了举手敬军礼的小人。

涓涓细流终汇大爱。曹可凡与多位文艺界人士沟通时，大家不约而同地提到了闻玉梅院士那句震动人心的话："历史上从来没有一个传染病把一个国家的人打倒。"大家的留言中，"加油"成了被提及最多的词。

演员王景春写下"加油中国"。晚上十时三十分，与他在电影《地久天长》里搭档演出并同获柏林电影节最佳演员奖的咏梅也发来自己的话：

自衣天使们辛苦了！
加油中国
王景春
2020年1.30

王景春："加油中国"

"很不好联系"的演员咏梅也发来了祝福

"武汉加油！中国加油！"咏梅曾在采访中提过自己"几乎不用手机"，就连有工作找她也是发短信，她看到后再回复。

收到这一张张手写的祝福，曹可凡坦言"真没想到这么多大咖会响应"。越剧迷心中永远的"林黛玉"王文娟，曹可凡一开始没联系上，便找到她女儿。对方人在海外，立即停下手中事帮忙联系。晚上七时刚过，王文娟女儿的越洋电话就来了："妈妈找到了！她正在构思如何表达，马上就发来！"

王文娟向"白衣战士"致敬

"灵光乍现"背后的"哆来咪"

"每一段话，都是大家艺术人生的感悟与祝福。"曹可凡很感动这么多文艺界人士参与进来，"每个人的话语里都有他们独特的标志，能感受到面对灾难每个人心中的颤动。一个人的力量有限，大家的力量集合起来就是无穷的。"

这样一项数十人参与、集合当今文艺界老中青三代艺术家与演艺人员的活动，竟然是曹可凡"晚饭前忽然想到"的。

这个新年注定不平静。大年夜，正在吃年夜饭的曹可凡和其他七名主持人被紧急召集，录制了东方卫视春晚上备受好评的节目——诗朗诵《因为有你》。这样的情况在曹可凡三十多年的主持生涯里还是头一遭。

1月27日大年初三，曹可凡和SMG三十多位主持人请缨，从四面八

曹可凡与王冠录制MV《非凡英勇》

方赶来录制MV《非凡英勇》。这首于2003年抗击"非典"时推出的歌曲，曹可凡十七年前就曾录过。如今再次唱响，更觉得意义非凡。

1月29日大年初五，廖昌永、黄豆豆、谷好好、茅善玉、史依弘等二十多位上海艺术家为抗击疫情拍摄了MV《手牵手》，艺术家们互不见面，"云"上合唱，同样让曹可凡颇有感触。

"这三件事，就像音符里的'哆来咪'，接连触动着我，才有了我在晚饭前的一次'突发奇想'。"这背后，其实是曹可凡面对疫情一直的思索。"我的朋友圈里，有位从事餐饮业的朋友，他在为医护人员准备饼干、食品。作为文艺界媒体界一员，我能为医护人员、为面对疫情的社会提供点什么呢？"

前天，孙俪转发了上海市民自发为瑞金医院医护人员送上美食的消息，让曹可凡会心一笑。和许多年轻父母一样，身为两个孩子母亲的孙俪曾因满屏疫情消息而紧张焦虑，她对曹可凡说："我一晚上都没睡着！"

与2003年抗击"非典"相比，此次曹可凡明显感觉到"自媒体发达了，网络的声音多了，但是也有了两种不好的趋向"。

其中之一是"假消息满天飞"。1月26日，曹可凡看到网上流传甚广的消息，说白岩松当晚将对话钟南山院士，观众们翘首以待。他特地向白岩松本人求证，却得到否定的答复。"白岩松没有社交媒体，我就替他在网上发了声。现在是特殊时期，到时节目没有播出，会有各种猜测，所以谣言必须终止！"

另一种趋向则是"焦虑情绪蔓延"。不只孙俪如此，曹可凡的妻子同样"焦虑得不得了"。他不断安抚妻子"正确对待，不要紧张"。放眼社会，从口罩脱销到没必要的"囤菜"，无不是海量信息流冲刷下的"焦虑感"。

"越是困难复杂，越不能自乱阵脚。"曹可凡感到，医护人员冲在第一线，文化界、媒体界要在后方提供"精神力量"，为他们加油鼓劲："也许他们没时间看没时间听，但他们的家人、同事、朋友会看到，会让身在一线的医护人员感到有一股强大的力量作为他们的坚强后盾。"

而信息时代，文化界、媒体界可以用自身的影响力，做好政策措施的宣传解读与防疫知识的科学普及，动员更多人从自己做起，从身边做起，共同防控，"推动整个社会健康、有序、稳定地发展"。

亲历几十年前上海甲肝所感悟的"医者仁心"

提高警惕，减少恐惧——无论是 2003 年遭遇"非典"，还是当前面对"新冠"，曹可凡一以贯之的态度与他的经历有关：熟悉他的人都知道，身为主持人的他其实是学医出身——1991 年毕业于上海第二医科大学（现上海交通大学医学院）。

上世纪八十年代末，曹可凡实习时赶上上海甲肝大暴发，当时他正好被分在瑞金医院肝炎病房，严重时医院走廊两侧都睡满了病人。虽然读书时上过流行病学课程，但穿行病房间，看着因黄疸而周身异色的病人们，当时不过二十多岁的曹可凡要说不怕，那是假话。出了病房，他似乎"得了强迫症"，"一天要洗好几十次手"。

但他跟随带教的医生们查房时却发现，他们会主动和病人握手、拍肩安抚，同时进出病房前后一定会彻底清洁手部。"流行病有其特征和对应的防护措施，只要按照规范操作，不必太过担心安全问题。"医生们告诫这批年轻的实习生，在科学的防护下，"特别是面对流行病大家普遍恐慌时，医生这样的行为就能减轻大家的心理压力"。

那时社会上还没有"人文关怀"这样的说法，但这些医生的实际行动让曹可凡看到了"医者仁心"更丰富的一面。从此每天在医生们查房之前，他们这些实习医生会提前查一次，与病人沟通交流，查房完毕彻底清洁："学会抑制恐惧的本能，用科学常识来保护自己。"

科学态度与人文情怀，本就是一体两面。通过文艺界人士的影响力，曹可凡希望传递这样的"中国气势"。作为人物访谈节目的主持人，曹可凡也已紧急联系节目编导，准备将节目中这些嘉宾提及的感悟片段与此次这些手稿上的话对应，推出特别的节目，"名字就叫《中国人活得有气势》！"

电影频道《战疫故事》背后的故事

文 / 张嘉

疫情当前，一张张请战书，一个个逆行的身影，给人们信心与力量。而明星们除了捐款捐物外，也纷纷通过直播连线的互动方式，致敬正在与疫情作斗争的病患、志愿者和医护人员，给他们带去"看得见"的祝福与拥抱。

电影频道"电影人和你在一起"融媒体系列直播《战疫故事》从2月21日开始，迄今举办了五期，实时连线武汉、荆州、襄阳、孝感等疫情前线，王蒙、周星驰、黄渤、彭于晏、黄晓明、李现、邓超、林允、井柏然等众多名人参与其中。他们向这些最美英雄送出真心祝福，并表达由衷的敬意，就像周星驰所说："你们为挽救生命全副武装，你们是我心中的盖世英雄。"

"所有的日子都去吧，都去吧，在生活中我快乐地向前，多沉重的担子我不会发软，多严峻的战斗我不会丢脸……"这段王蒙写在《青春万岁》中的诗句，正在扛起抗疫重任的90后身上闪耀出新时代的光亮。

周星驰：你们是我心中的盖世英雄

四川医疗队是首批驰援武汉的医疗队之一，第一批一百三十八人团队对口支援的是距离华南海鲜市场仅一点二公里的协和武汉红十字会医院。《战疫故事·武汉》连线的第一位，是在武汉已奋战二十余天的西南医科大学附属中医院第一批援助湖北救援队队长雷波。

四川医疗队除夕接到出发命令，大年初一就飞抵武汉，对于医生来说在医院度过春节是常态。雷波说第一天见到协和武汉红十字会医院的医生时，他们很疲惫，"很想给他们一个拥抱，但是不能够，大家都是远远地给彼此一个眼神。看得出来，我们来了，给他们很大的鼓舞"。

援助医疗队的到来对于病人也是希望，雷波说："疾病带来的恐慌，比疾病本身的伤害还大。"雷波在直播中直言治疗同时重视心理疏导的作用，"一定要让能够下床的病人做操恢复，病人信任医生，会认为医生让他下床是因为病情有所好转，增强信心积极配合对于治疗和康复有很大帮助"。

雷波有着四川人的乐观豁达，"我喜欢电影《大话西游》，我们这个年龄段的人，多数都熟悉这部电影，所以每天全副武装，戴上护目镜的那一刻我会突然感觉像戴上了金箍。工作状态很紧张，一天下来，像被念了紧箍咒，头痛得很"。于是，他在微信朋友圈写下这样的话来鼓励自己和"战友"："你们说为了防护，每天上班头都被勒得疼痛欲裂，就像被念了紧箍咒一般。可是戴上金箍你就再也不是凡人，等全面胜利的一天，头上的金箍就自然没有了！"

雷波发的这个朋友圈，被《战疫故事》节目组看到，他们迅速联系到了《大话西游》主演周星驰，周星驰第一时间发来了问候："看到你们为了挽救生命全副武装的'紧箍咒'，我非常感动。你们确实是普度众生的'如来佛祖',更是我心中的盖世英雄,请让我亲你们一下,mua!你们一定要保重,一定要平安归来!祝你们一切都好,加油!"

于是,当在直播中听到"星爷"说:"这段时间,你和你的同事都辛苦了!"雷波医生脸上显露出欣喜。对于星爷所说的"盖世英雄",雷波说他们只是医生,这个时刻,就应该站出来:"人这一辈子能有几次被国家需要?"雷波和医疗队的队员们还保留着从成都飞往武汉的机票,机票上没有名字,"我们保留着,这个有纪念意义"。

王蒙、井柏然为阿念送出祝福

"最近有点累,最大问题是睡不好,睡眠时间太少。"面对《战疫故事》第三期的直播镜头,1993 年出生的武汉女孩吴尚哲分享着她在火神山医院病房的住院生活。

2 月 12 日,吴尚哲一家四口都出现了新冠肺炎疑似症状,先后被隔离。其中,病情较重的外婆住进火神山医院。为了照顾外婆,起初住进方舱医院的她主动申请转到火神山。"外婆一天至少要打六瓶针,经常打到凌晨一两点,必须得提醒护士封针,"面对网友善意的早睡提醒,她的无奈却透着点欣然,"有的时候真的没法睡,外婆虽然不像一个月前能蹦能跳,但大家都说好多了。"

小吴更为网友熟知的名字,是"阿念"。住进火神山医院后,阿念开始在网上分享这里看似神秘甚至"可怕"的生活,以《武汉女孩的火神山日记》等影像拉近了网友与一线患者的距离。对于不完美生活的积极记录,令阿念在网络收获了很多关爱她的"粉丝"。

直播中,活泼开朗的阿念利用影像为全网观众揭秘着火神山的病房环境。"到吃饭时间了,我们的饭菜就通过这个口送进来,等工作人员把另一侧关闭后就可以开门取出了。这里饮食还挺丰盛的,中午的我们都没吃完。"同屋病患不小心摔了一下，阿念则和大家表示这没什么，因为"在这里能走路状况就还挺好的"。

作家王蒙特别录制了一段献给阿念的语音："你那么孝顺、那么勇敢、那么乐观，祝愿你全家平安康复。我相信你不但有美好的品质，同时也有着足够的智慧，一定能够既照顾好外婆又照顾好自己，等待疫情过去后，我们还可以切磋文学，交流阅读和写东西的经验。"

曾与阿念有过业务合作的电影人井柏然也为她同时留下纸面及语音信息。"阿念妹妹，大家仍然在关注、关心着你。"透过语音，井柏然向阿念分享了电影《肖申克的救赎》中的台词："希望是最美好的，而美好的事情永不消逝。等你康复归来，春暖花开。"

李现：我猜，摘掉口罩的你一定更帅！

进驻荆州市中心医院的佛山市中医院重症医学主治医师张兴钦，最近因为颜值意外引发网络热议。在一张病房合影中，这位戴着口罩的年轻医生眉眼间与"现男友"李现颇为相似。

在《战疫故事·荆州》直播镜头中，张兴钦害羞地表示，身边的同事，现在也和网友一样叫他"佛山李现"。

虽然张兴钦说这么叫他有些过誉，但是"佛山李现"却得到了李现本人的认可。在直播中，正牌李现的声音响起："你好，'佛山李现'张兴钦医生，我是荆州李现。有人说我们的眉眼很像，我猜摘掉口罩的你一定更帅。感谢这段时间以来你们在前方的努力与付出，我为你和你的同事们加油，也请你们一定保重。"

三十二岁的张兴钦是广东医疗队进驻荆州市中心医院的医生中最年轻的一位，在驰援荆州前，他长期在贵州从事医疗下乡扶贫工作，此番主动申请加入援荆医疗队。对于"佛山李现"的称号，张兴钦说："荆州是现哥的家乡，我就暂时打着他的旗号，替他守护家乡。"

从佛山到荆州，语言、饮食、气候上的诸多差异令初来乍到的张兴钦一度非常不适。在荆州，他第一次看见雪，并在车窗的积雪上用手指写出"荆州加油"四个字。"第一次看见雪很兴奋，但写完那几个字整个手指都冻透了。"

为了和本地病患建立更有效的联系，张兴钦拉着荆州同事组建了一个湖北话学习群。"最开始不明白'过早'是'吃早饭'的意思，还以为是'洗澡'。"现在，他已经学会了"七饭（吃饭）"等日常用语，而和一些沟通较困难的老年病患间也建立了独特的沟通方式。

"我们会在防护服上画上象棋等文字图案，避免他们把我们当成'外星人'。"据张医生介绍，每次查房时，一位不会讲普通话的老婆婆都会和他紧紧握手。"阿婆之前特别不配合治疗，但现在有了很强的信心。"

五个月的可爱女儿，是身在荆州的张兴钦内心最大牵挂，每每提起女儿，他的笑意便无法被口罩阻隔："这是每天的必修课，在前线也能这样'充充电'，下班看到了就会很放松。"

《战疫故事·荆州》直播后，这段互动在网络引发热议，"荆州李现鼓励'佛山李现'"话题三小时内阅读讨论量已突破七百万。为向驰援家乡的医护英雄致敬，李现特地委托电影频道《战疫故事》直播组向张兴钦医生及他的同事们献上签名照等心意。"今生荆世，天涯海角，粤来越好。"在专门送给张医生的照片上，李现写下了这样的文字。

而这，也是荆州人民对于英雄的情谊与敬意。

彭于晏鼓励"迷妹"

作为浙江驰援湖北医疗队中的一员，衢州市人民医院护士赵凯旋已经在武汉抗疫一线奋战了三十余天。面对《战疫故事》直播镜头，轮休中的她笑容满面，对于自己的乐观精神，凯旋笑说："因为我在家里平时都是嘻嘻哈哈的，特别欢乐。"

"（援鄂报名）通知来得很临时，只有半个小时的时间考虑。"为了让科室里有家庭牵挂的同事们安心在家，"单身、顾虑小"的凯旋在下班路上拨通了领导电话，主动报名参加这次风险极大的重大任务。"来之前已经考虑到武汉疫情的严重性，当时其实是抱着赴死决心来的。"

这个重大的决定，凯旋只和无话不谈的妹妹打了"预防针"，"当时骗爸妈说自己要进单位隔离病房工作，时间太紧就只拿了一个行李箱，随手抓了几件衣服"。

几乎全天"窒息"在防护服里的高强度工作，常常令凯旋和同事们喘不过气。不过，一些病人不经意间表达的善意还是时时鼓舞着她，尤其一位八十多岁的老爷子因为她的随手帮助而向她鞠躬的举动，给了凯旋极大触动。"工作再难，压力再大，没有关系，只要有人理解我们就好。"

这几天，同事替凯旋写在防护服上的"彭于晏老婆"五个字，令凯旋"火出了圈"，凯旋有些羞涩地说："为了低调我现在已经改成写'男神彭于晏'了。"凯旋说彭于晏阳光、正直的形象给了自己很多能量。

而得知此事的彭于晏，也在第一时间透过《战疫故事》直播向凯旋给出温暖问候："我必须要说，你的视频给了我更多的力量。在里面你充满爱心、有勇气，乐观的你非常可爱。"隔着连线影像，彭于晏以男"彭"友视角给了凯旋一个大大的拥抱，"这个拥抱可能不够真实，但是希望能够给你很多很多的力量。希望你一切平安，等你平安归来，请你看电影，再给你一个真实的拥抱"。

邓超：为一线医护人员清唱《奔跑》

南方医科大学第五附属医院重症医学科主治医师陈毅飞，2月13日起作为带队队长进驻荆州市中心医院。在直播连线中，陈医生讲述在救治过程中，确实会遇到很多危急、危险情况。一位危重病人的两次惊心抢救，至今令陈毅飞记忆犹新："有天发现患者插管漏气，口腔分泌物不停外散，我们整个组都被喷了一身，幸好都穿着严密的防护服。"在第二次为其做心肺复苏抢救时，患者再度出现分泌物大量外泄现象。不过吸取了上次经验的陈毅飞，将防护措施进一步升级，极大降低了医护们的感染风险。

"害怕倒不是，担心多少有一点，但我们防护工作都做得很好，"两次惊魂时刻，没有吓倒陈毅飞的这支队伍，"我们干 ICU 的心比较大，没有太大心理负担，心理素质都挺好、挺乐观。"

身为带队队长，陈毅飞在保持全队积极心态之余，也对医生职业有了全新的认识。"我们做医生的有这么一句话：怀非凡之心，做平凡之事。医者仁心，经历疫情，更能体会到生命的宝贵、生活的宝贵。"他在直播中透露自己的偶像是同样在荧屏上有着"队长"身份的演员邓超。

邓超也在第一时间与电影频道《战疫故事》直播组取得了联系，并透过连线为陈医生及他的同事们清唱了能量满满的《奔跑》。"这些天来你们辛苦了，"歌曲唱罢，邓超也向这些白衣战士致以电影人的敬意，"我知道每位医务工作者都很辛苦，都很不容易，尤其是听到你不顾自身安危抢救危重病人的经历，我真的被深深地震撼到了，要向你们学习。"

黄晓明：帮助小楼的善心事业

大年初一，在得知武汉紧缺口罩的第一时间，身处浙江的楼威辰带着家乡四处采买的四千只口罩，义无反顾地驱车八小时前往武汉。

"我第一次到离家这么远的地方，本来想放下口罩就走，可是看到武汉的实际情况，我太震惊了。"就这样，这位逆行七百里的 95 后小伙在武汉开启了人生全新的"事业"——志愿者:"(来武汉)第一个晚上我睡在车里,之后就找到了志愿者组织。"

《战疫故事》直播信号连通之时,小楼正在超市采买,在自己组建的志愿者小团队中,小楼主要帮助行动不便的独居、贫困家庭老人及因被隔离而无法照顾自己的家庭。根据这些特殊"客户"的要求,每天几次的采买令他对超市的货架位置及结账流程极为熟稔。

采购完毕,《战疫故事》直播镜头下的他开启了晚班"送货之旅"。每次"派货"前,楼威辰都会依照自己的"惯例"随着蔬果、药品附上一张爱心便笺。在给父亲离世、母亲住院、与弟弟分开隔离的一个女孩的必需品包裹里,他放了一束鲜花及一张纸条:"别害怕孤单,全世界都在爱你,希望下一次见到的花,是你出院后一起去看武汉的樱花。"

而在给独居婆婆的笺纸上,小楼写的则都是最平实的白话:"奶奶,您要的东西都买到了,都是我们志愿者给你买的,不用担心,还需要什么再联系我们。"

帮助这些老人的过程,总让楼威辰想到与自己相依为命的奶奶。这次出发前,怕老人担心,他只说是公司外派出差。"说不害怕那是不可能的,但救助一个人的迫切心情,能掩盖所有恐惧。"出发前,小楼把所有重要密码都留给了朋友,甚至还给自己写了墓志铭。"把所有事情都交代好了,就没有什么遗憾。"

多数时候,小楼的爱心物资都是自掏腰包。闻得此讯,电影人黄晓明的"真心英雄"公益项目组透过《战疫故事》直播组表示,愿意资助并帮助小楼的善心事业。谈及这笔资助的用途,小楼明确表示:"应该还是会用在(帮助)老人这件事上,其他事先全都抛在脑后。要坚持住,再坚持一会会儿,武汉一定会在不久之后春暖花开的。"小楼的笑里,有着坚定。

隔离在黄冈老家四十天，
我与父母关系变好了

文 / 邓安庆　袁琳　金赫

青年作家邓安庆是湖北黄冈人。北漂多年，夹在城市与农村之间，与父母的价值观越来越远。因为疫情，他工作后第一次与父母相处了四十多天。通过一件又一件小事，他终于逐渐体谅了父母的思维方式和行为模式。他不是个例。像这次这样与父辈朝夕相处的机会，对大多数成年人来说，都是少有的体验。意外的长时间相处，让两代人有了了解对方的机会，只有看到了彼此脸上的表情，互相理解才真正成为可能。

邓安庆母亲站在窗边

以下为邓安庆的讲述：

1

又一次，我陪父亲去买药。父亲拿着医生开好的单子，让我进来付钱。他看了一眼价格，大声感慨："怎么这么贵？我在药房买就没这么贵！"收费的人说："医院的价格是这样的。"在场的其他人都看了过来。我觉得很尴尬，不想继续说下去。

特殊时期，能顺利买到药已是不容易，十几二十块钱能算什么呢？我不太理解，有些不耐烦。

这是我从北京回到老家四十多天来第一次到镇上。从家到镇医院关卡重重。我们先到卫生所开了证明——"患者邓某某，男，六十九岁，体温 36.5℃，某村某垸人。主诉：患者糖尿病史十年，建议到某镇某医院复查。陪伴人其子，邓安庆，男，三十六岁，体温 36.2℃，某村某垸人。"下面是医生的签字、日期和卫生所盖章。我们拿着证明又到隔壁的村委会，村长在下面补写了一句话："邓安庆非隔离人员。情况属实，请予放行。"然后盖上村委会的章。

开着电动三轮车，载上父亲，我们沿着国道往镇的方向开。1 月 24 日黄冈"封城"后，我的家乡武穴（属黄冈下辖的县级市）也随之"封城"，公共交通都停了，前后一辆车都没有。半个小时后，到了镇口，几个人坐在那里，负责检查进入车辆。镇上的主路又一个临时检查站，我再一次拿出证明，他们看了一眼，让我们过去。这才顺利到了镇医院。

五个全身穿着防护服的工作人员站在大门口，我跟父亲先去左手边的一个登记桌那里量体温，没有问题后，父亲进去买药。我冲父亲喊："你多买一点儿！免得又要再买。"父亲点头，熟门熟路地往里面走。工作人员说："不是你想多买就能多买的，这个是有固定量的。"

这已经是我第三次帮父亲买药了。前两次费尽周折，好在这次顺利。我们要买的药是精蛋白生物合成人胰岛素注射液，父亲有十年糖尿病史，每天都要注射这种药物。如果断药过久，会引起高血糖，引发恶心、呕吐、嗜睡、食欲不振等症状。这样的后果，让我们一家人不敢掉以轻心。

但结完账后，拿了药，父亲又问，付了多少钱，我说一百五十八元。他点头："嗯，还好。报销了二十多块钱。"我开动车子后，坐在后车厢的父亲又说："其实这个药不是顶贵的，医保还能报销。你说是啵？"我点头说是。

父亲强调药不贵的事情，让我想起多年前的一件事情。那次我去额济纳，正巧家里电话打了过来，父亲问我在做什么，我说我在内蒙古，正想说我在旅游时，他紧张地追问了一句："是单位报销吗？"这句话提醒了我，我便接着他说："是啊，来回都是单位报销。"父亲松了一口气："那就好。"过后的几次电话，父亲还要问："你的钱单位报销了吗？"我回："报了报了。"一个月后，父亲突然想起又问："上次你去内蒙古那个钱……"我有些不耐烦了："报了呀。都报了。"

我们从未了解过对方。过去每一年，我在家里都只能待上一两周，就得匆匆返回北京。我就像是客人一样，连行李箱的衣服都不会放进衣柜，反正很快就要走了。但是，今年不一样了。从 1 月 19 日离开北京算起，我在家待了四十多天了。因为"封城"滞留在家，时间起到了作用，它给了我和父母充分了解对方的机会。

2

　　说实话，过去我是厌烦父亲的。我想最根本的原因在于：我们太像了，如同照镜子一般，一眼就能看出身上让人不适的地方。只要我跟父亲在一起，没有人说我们不像的。我就是年轻版的父亲，母亲说连我的性情其实都跟父亲如出一辙。母亲老说："莫像你爸那样说话不过脑子。"就像刚才在医院里发生的那一幕，父亲大声嚷嚷说药贵，那种熟悉的感觉又一次冒出来。他太不会掩饰自己的情绪了，他天真幼稚，还有点儿懦弱，同时又冲动敏感。反观我自己，的确是能处处看见来自父亲这方面的遗传。这种性情的，都是小孩子一般，本性良善，却很自我，又很难体察到别人的情绪。

　　父亲是穷怕了。每一笔钱，他都不敢乱花。每一笔钱，都得有实际的用处。而在我的生活中，旅行是非常重要的经历。但我在旅行中得到的快乐和满足，无法跟他分享。他没有办法理解我。尝试过几次交流后，他都一再强调："莫乱花钱，旅游能看个么子嘞？又不能当饭吃。"自此之后，我再也没有跟他讲过我的生活了。

　　父亲的这个担心，产生了一个副作用：我明明是花自己的钱，却莫名地有羞愧感。比如我会想："我去旅游的这些钱，完全可以给父母买点儿营养品，还可以带他们去体检……"总之，钱花在自己身上，让我觉得自私，只会考虑自己享受。吃到好的东西了，心里会想："我父母一辈子都没有吃到这些食物，而我却吃到腻。"这种愧疚感像是一个无底洞一般，怎么都填不满。这种感受在以往过年期间尤为明显。每次过年回到家，我就给他们添置新衣服，塞给他们钱，陪他们看电视说说话……这样能稍微缓解我的焦虑感。但一旦离开后，我又会重新涌起深深的亏欠感。相处时间太短，离别太长。这些年来，每一年我都会给家里一些钱，用于父母亲的日常开销和治病花费。父亲因为长期患病，没有赚钱的能力。母亲日常靠打一些小工补贴家用，她有时候去坝脚下割草，有时候去厂里跟着婶娘一起灌水泥，有时候去船厂里刮漆……这次回来，我给母亲算了一笔账，算上家里一亩地种的芝麻卖的一千块，零零碎碎打小工的钱加起来，年收入一万多一点，再减去父亲的医疗费用，家里一整年是没有进账的。可以说，他们只能依赖我寄来的钱生活。

我不是没有埋怨过。以前在北京，每回听到手机里传来父亲的声音："我有个事儿想跟你商量……"我脑子里立马跳出两个字——要钱。父亲果然说起欠债的事情，让我给家里打几万块钱。后来母亲又打电话过来说商量事情，说家里上半年送礼钱都没有了，也没有收入，钱都去还债了……我又打几千块回家。我觉得一点一点靠着我自己的劳动积攒下来的钱，只要家里一个电话，就立马化为乌有。这种感觉非常糟糕。不知道什么时候是个头。能怎么办呢？我完全能理解他们的处境，只有我可以帮他们走出困境。所以他们第一个电话都是打给我的。我心里翻搅着一种委屈的情绪，没法跟家里说。他们会特别内疚，特别惶恐，每回都小心翼翼："你要是没有钱的话……"但我不能看到他们陷入那种泥淖不管，哪怕再委屈再抗拒，也只是内心的一番不舒服，终究还是要给他们的，而且不会在他们面前露出这些情绪来。他们很脆弱很无助，我没法不管。

3

直到这次疫情，我帮父亲第一次买药时，这种幽怨的情绪突然消散了。

那是在 2 月 7 日，父亲的胰岛素打完了。市区没办法去，我们只好去镇上买药，电动车开了一半，遇到了路障，车子开不过去。父亲让我留下看车，他走到镇上去买药。我等了快三个小时，才看到父亲从长江大堤下面的小路上慢慢地磨过来。一看到他迟缓无力的步伐，我就知道没有买到药。

上坡时，他气都快喘不上了，脚踩在烂泥里，腿弓着使不上劲，我赶紧过去扶他，他衣服的腋下都湿了。我问他如何，他摇摇头："所有药店都关门咯，打电话也没得人接。大街上都没得人，到处喇叭都在喊着要防疫情。"

我永远也忘不了他走路的样子，那种痛楚的感觉久久不去。我此时才深深地意识到：父亲，还有母亲，衰老的速度远超过我想象，脆弱无助的程度也远超过我想象。

过去，他们在电话里提到的事情，我都没怎么放在心上。反正你们缺钱，我就打给你们。你们自己拿着钱，去解决事情就好了。这其实是特别自私的，你不能感受到父母亲的感受。他们对于自己晚年生活的担忧，对于疾病的担忧，对于人情世故的担忧，你远在北京，都可以觉得无所谓。但现在却不一样了，我亲眼看到了父亲蹒跚的步伐，看到了母亲受伤的脚跟，看到了他们为了一两块钱而各种纠结的神情……

他们并没有跟我说起这些，他们都抱着"不要麻烦孩子"的心态过活。我突然意识到，买药后父亲强调药费可以报销一

父亲佝偻走路的样子

母亲在门口吹风

部分的话，是觉得花了我的钱，心里过意不去，不自觉说出口的。平日里，我们双方都在各自的生活里，并不清楚对方真实的状况。再加上亲人之间有太多的情感纠葛，为了避免伤害对方，都选择了沉默和忍耐。

4

跟他们相处的这几十天来，我从一个只在家里住几天的"客人"，变成了真正与父母一起生活的人。

买药回到家，我把车停好，母亲走进来问我们去哪里了，我说了去买药的事情。母亲瞪了父亲一眼："你自家不晓得买咯！你把庆儿拉过去做么事嘞？"父亲笑了笑："我不叫我儿，叫我么人陪我去？"母亲撇撇嘴："你哦，就是想你儿子帮你出钱。我还不晓得你的算盘。"父亲又笑："我不靠我儿，靠么人嘞？"

晚上，父亲早早睡下了。我在二楼房间里看书，母亲照例来我房间聊天。她穿着新买的花棉袄，眯着眼睛，听我电脑里播放的一篇文章——母亲没念过书，不认识什么字，所以我的文章她肯定是看不懂的。这篇文章是我写我带母亲去九江看病的事情，由一个专业的主播录制的。

听着听着，她说："是的，那一年'非典'，你关在学校一个月出不来，我跟你婶娘骑了好远好远一段路，给你送东西。没想到你还记得。"我说："我记得非常清楚。隔着校门口，我在这头，你在那头，你把东西递过来。"

母亲笑笑，我知道她是高兴的，只是不知道如何表达。此时，我试探地问她："干脆我就留在屋里算咯。"母亲忙说："那么行？北京有你的生活。再说你工作也不错，你自家也开心，当然要回北京。"

我不是没想过留在家里的可能性，居家越久，就越想留在父母身边。过去我习惯东跑西闯，现在我只想多一点陪伴。但再住久呢？我能在老家做什么工作呢？我能靠写作养活自己和我的父母亲吗？没有人能给我答案。

那封证明信还放在我的口袋里，伸手就可以摸到："患者邓某某（我父亲名字），男，六十九岁……"父亲居然快七十岁了。不是说我不知道父亲的年龄，而是这次回家后，看到父亲苍老了很多。由于长期患病，他身形消瘦，脸色蜡黄，走路有气无力，时常看着电视就睡着了。岁月不饶人，父母正一步步走向衰老。而我陪伴他们的时间却是那样少。

又聊了一会儿，母亲起身说："不早了，你也早点睡。"我

从我家窗前看出去

说好。母亲走了两步，笑着回头问："你听到你爸爸打呼噜的声音啵？"我侧耳倾听，果然有。母亲说："他都睡着了，你赶紧睡吧。"我又一次说好。母亲走了，一步，一步，每一步下楼的声音我都听得见。

这次取药，我和父亲从医院回去的路上，依旧是空空荡荡的。父亲感慨："真是一辈子也没有见到过这样的场景。"他又说："你从来没有在家里待这么长时间。恐怕以后也不会有这样的机会咯。"我开玩笑地反问他："你是不是嫌我烦咯？"父亲拍了一下我的背："哪里哟，你能住这么久，我不晓得几高兴哩！"他又问我："你待烦了吧？乡下又没得城市这么好玩。"我说："我也几高兴哩！"

从北京回来之前，我就已经知道有疫情了。那时候疫情还没有大范围地暴发，还算安全。哪怕回来了，也有很多人趁着"封城"前的几个小时离开湖北，我一个好友就是这样，走之前他专门问过我要不要一起离开，我拒绝了。丢下父母亲，一个人逃走，我做不到。我也庆幸我没有走，否则像买药这样的事情，没有我，父亲该会多焦虑。

（本文图片由受访者提供。）

流落海外武汉人：
我只想回家

文 / 夕迟　露冷

1月31日，外交部发言人华春莹表示，考虑到近日湖北特别是武汉中国公民在海外遇到的实际困难，中国政府决定尽快派民航包机把他们直接接回武汉。

毫无疑问，这是很多身在海外的湖北人极其期待的。毕竟，只有经历过的人，才知道这一趟回国和归家的路，有多么不容易。

"你们为什么会让武汉乘客在伊斯坦布尔上飞机，就不应该让他们坐这个飞机。"座位不远处，愤怒的中年男子的嚷嚷声，闯进吴念和飞机上三十多人的耳里。这是从伊斯坦布尔飞往成都的航班。1月26日凌晨四点二十，飞机穿过厚厚的大气层，停到中国西部城市——成都。这是吴念此次旅行计划外的地点。按照行程，两天前，这次旅行就该结束了。1月23日凌晨两点，武汉市政府宣布自十时起"封城"。从土耳其番红花城颠簸在去伊斯坦布尔的大巴上，吴念刷到了这个消息，回武汉航班很快被取消，他们不得不在伊斯坦布尔多住一宿，改签成都。飞机上的争吵还在继续。"我是记者,我会对你们这样不负责任的服务报道。"男子手指着空乘,依然愤怒。被指责的另一方——飞机上的"武汉人"并没有人争辩。他们在过去这几天里已经学会了"尽量减少张嘴说话"——每当他们的口音被识别出来,就会引发周边人紧张。同机的武汉人在微信群里进行了一些交流:"很想和他理论。"有人说。"争执没意义,除了耽误时间、上个热搜外。"吴念压着火,在群里进行劝说。

连续被两家酒店要求退房后,从欧洲返程的武汉人陈梦琪,不得不栖息在上海一间不足十平方米的游戏室。游戏室是商用办公室,原则上不许住人。陈梦琪住得躲躲闪闪,她形容那种恐惧是"社会身份被瓦解的恐慌"。

武汉和武汉人,从地理名词迅速变成一种隐喻,成为舆论上被讨论的故事。而作为一个地理位置,疫情开始后,这个浸透了江水味的城市,像一个等待救援的孤岛,里面的人没法出去,外边的人很难回来。跨距离和国籍的远,有时会加剧某种复杂。"封城"带来的航班取消,让人们意识到自己对现代交通工具的依赖,困惑是有具体轮廓的:语言不通、随时到期的签证、回国被迫转机带来的不确定,以及被距离和异国他乡拖拽而加重的孤独。而现在,这些很具体的问题,有望在一些人那里结束。

只想解决问题

听说在越南参加雅思考试,可以避开国内激烈的竞争,李博和朋友一起报了名,顺便来玩。本来大年初一想回去,武汉的事忽然闯进来,伴随着航班取消,是一天天逼近的签证到期日,怎么合法"待着",变成了被迫要"发挥主观能动性"的事。她们联系办来时签证的淘宝店家,得到他们"不能办续签"的回答。续签要去大使馆,大使馆在胡志明市,她们不想去。疫情暴发、航班取消,很多滞留在海外的武汉人,开始在大使馆、移民局之间来回跑，不同的部门对应不同的续签数字，移民局只给七天，大使馆有时可以延期一个月，但一直在放假。不同国家规定不同，每天都要斤斤计较，逾期意味着罚款、拘留以及一连串的麻烦。也有人有"小道消息"，说花钱可以解决续签问题，"但不知道哪里有这个途径"。李博一边急速地表达，一边感慨这里应该成为媒体报道的重点。她很烦躁，不想谈把自己带到这个鬼地方的考试、不想谈在芽庄的行程、不想谈细节，只想解决问题。她压制着随时想发火的情绪，保持着某种嘲讽性的彬彬有礼，每个问题的回答都很简短，"做什么都没有心情"。

和疫情有关的数字一天天往上跳，第一例、第二例、第 N 例……硬邦邦的数字占据着各国新闻头条，很多在海外武汉人的处境，随着疫情蔓延，也变得越来越微妙。在一个拥有四百九十四人的海外同胞武汉密友群里，璐璐说起在尼泊尔旅行时，和一个女孩聊了两小时，后来女孩流鼻血了，"怪到我头上"。类似的故事哪个武汉人没碰到过几桩？也是在尼泊尔，大凯在餐厅吃中午饭时，一个外国人进来了，或许是印度人，或许是尼泊尔人，大凯不知道，外国人眼睛不时地瞟向大凯这桌所在的方向。大凯听到了几个"Chinese"，看到了含有否定意味的摇头，外国人没等点餐，走了。他不是第一次碰到类似的事情。1 月 28 日，在巴德冈——在尼泊尔语中，被称为"虔诚者之城"的地方，大凯请了一个尼泊尔导游。遇到一个中国人，问他们导游从哪儿请的，出于友好，大凯表示愿意和对方共享。走在路上，男生问他从哪里来，大凯陷入纠结。按照之前的话术，武汉来的他，本想说自己是恩施或者宜昌，犹豫了几秒，缓缓吐出："我是从不受欢迎的地方来的。"男生走了，离开了大凯和一起共享的导游。"我们宁愿自己回去，回武汉自己隔离，不愿意在外面受这种气。"大凯的语气中，糅合着伤感、气愤和无奈。他自认是个爱面子的武汉人，愿意在"武汉"前加"我们"，宣誓归属感。他向谷雨实验室讲了武汉此前是如何争取全国文明城市的，"武汉是一个多难成为文明城市的地方，因为闷热，我们常常夏天不穿上衣，为争取荣誉，我们上街发衣服，免费发"。大凯的语气中充满骄傲，和作为这个城市命运共同体的认同。大凯迫切想回家，火速买了从加德满都到昆明的票。没有直飞武汉的，随便找了中转：昆明，一个不得不产生关联的陌生城市。在这里会遇到什么，大凯不知道，"很迷茫"，他说了四遍。

想方设法回武汉

回国后，不同武汉人的命运，因为不同城市隔离政策而又有些许差别。它们汇总成黎鸿手中不同省份城市接待武汉人的名单，在他每天管理的二十多个滞留外地武汉人群里滚动，给他们带来信息、希望或者失望。前两天，在朋友圈，他看到群主雯子发的消息，主动请缨，贡献了按不同省份分流大群的管理方法，晋升为群管理员。大年三十，从事旅游业的雯子，在朋友圈刷到，很多被隔离的武汉人回不去家，她发了帖子，向全国征集有酒店资源的人，接了一二百个电话，他们中有带着两个七十岁老人和十多个月的婴儿、找了许多酒店被拒收的人，也有在雨夜湿透流离失所的人，雯子陆续把他们汇聚在微信群，收纳这些流浪在外地的武汉人。"云南、广东、贵州、广西"是黎鸿口中情况好的隔离接纳武汉人的省份。作为管理员，他努力控制大家在群里"只谈吃住行，不谈别的事儿"。"别的事"主要指那些敏感的、情绪激动的话。出事后，吴念眼里的城市被分成两种，拥有完美隔离政策的城市，以及没有的。成都——吴念停靠的城市，幸运地属于前者。飞机落地成都，武汉人被留下来。两个测温的工作人员，双手拿着测温枪，一个额头接着一个额头测过去，然后公布温度。像考试分数出来前的那一刻，细密的汗珠爬满吴念的额头。

36.8℃，"正常"，吴念松了一口气。坐着单独的摆渡车，吴念他们被拉到海关登记。折腾了三四个小时，差不多早晨七点多，他们被集体带到了政府统一安排的酒店。不到九点，在宾馆睡得迷迷糊糊的吴念，睁开眼睛时吓了一跳，两三个穿防护服的医生出现在她的房间。是测温度的。每天两次的测温，成了吴念这些天的日常。1月15日离开武汉后，她一直漂在外边，被疫病推到了另一个离家乡一千多公里的地方——成都，开始了漫长的被隔离生活。吴念想家。前两天，朋友圈有人号召：隔离在武汉的人，统一在晚八点，打开窗户，唱国歌，唱完一起大喊三声武汉加油。吴念看得想哭，那是自己熟悉的乐观的武汉人啊，那是家的感觉。她用"脚落在地上"形容这种感觉，"东南西北我知道怎么走，出了问题我知道找谁"。从新加坡回来的林广，则被临时安置到了福州。从宾馆窗户往外眺，能看到东海的白沙滩，但距离海岸线还有五十多米。每天，早中晚三餐会被准时送到门口，林广这个吃惯了重口味的武汉人觉得太清淡，反映给宾馆工作人员，一瓶老干妈被塞过来。但这并不能满足林广的重口味，回不去的家乡在他的舌尖上，悬着，挂着，等着。而看多了武汉的故事，陈梦琪常常觉得侥幸。她从罗马坐飞机到上海，一个人拖着大行李箱，拐了很久，来到南站附近的一家酒店。按照酒店必须量体温的规定，第一次：37℃，一个危险的、不受欢迎的数字。陈梦琪努力调整心态，觉得自己应该争气一些，辅之以"开暖气发汗"的方法，终于在第三次，恢复了正常。

结果此处只住了一晚。第二天早晨八点，短促的通知就从天而降：酒店被征用为隔离发热湖北人酒店，所有人都得离开，包括酒店的工作人员。这一天是大年三十。陈梦琪在一家东北饺子馆点了份芹菜饺子，然后继续寻找住处。她又找到一家酒店，只有她一位客人，也仍然需要检测两次体温。住在这里，她不敢点外卖，也不敢出去，她用"老鼠"形容自己最开始的阶段。而随着政策收紧，她对猫鼠游戏感到疲惫，开始主动和酒店沟通自己情况，得知全上海都在集中搜罗湖北籍人口，所有酒店入住信息都会被监控，酒店建议她去附近的人民医院开一个身体证明，证明离汉天数已够，身体健康，拿着这个，说不定上面来检查时，能网开一面。

回到房间，陈梦琪翻来覆去琢磨这个事，去医院过程也有遭遇感染的可能，让她觉得"风险太大"。

她放弃最后一搏，转战社交网络，求助朋友。硬着头皮联系了在上海工作的湖北朋友，陈梦琪想让她把上海房子的钥匙寄过来，春节期间，快递都停了，钥匙的位移和人的位移面临着相似的困境：黄冈的钥匙到不了上海。上海各个酒店、小区都在排查外来湖北人口，不安的气氛搅动着人们，陈梦琪没敢再接着联系朋友，住他们家，怕被"街坊邻居举报"，也给朋友添麻烦。朋友提供的一间十平方米游戏室成为她—— 一个自嘲为"湖北难民"的人的庇护所。为了躲避晃荡在楼里随时用眼睛扫射的保安和保洁，晚上，陈梦琪没敢开灯。为了减少去卫生间频率，她不敢喝水。她开始想方设法回武汉。

重新温柔地去面对自己的城市

1月30日晚上八点，吴念兴奋地告诉谷雨工作室，她的隔离期结束了。此时，她正在从成都回武汉的路上。她对成都双流区政府安排专车送到火车站十分满意，"还送了小礼物"，她兴奋地补充。在粉色带着花瓣的袋子里，挤着一沓口罩和毛绒玩具熊猫。她发来六张照片，其中一张合影，一群人戴着口罩，竖起大拇指。"那个女的就是副区长。"吴念强调，"超感动，很贴心。"她调动着脑海里的形容词，一遍一遍重复着。

那些没在统一隔离政策省份的武汉人，在群里讨论最多的话题就是回家攻略。多买一站或少买一站，成为常被用来实践的方法。实践成果在各个群里二十四小时滚动直播，甚至在车开到武汉站前，大家像观看赛事一样聚集在群里，守着见证到武汉那站，直播的人是否能下车。一些方法论甚至细致到对车里广播"武汉已经封锁"通知的解读。"越到武汉播得越频繁"，大家总结出这个规律，"这是提醒你可以下车，但不便明说。如果不能下车，根本就不会播，就直接关门走了，播是提醒，不要主动问"。受到群里案例的鼓舞，陈梦琪决定买票回家，从上海买到岳阳北。1月30日，在去虹桥火车站的路上，陈梦琪问朋友有没有咽喉片，朋友问怎么了，她说喉咙痛，有点儿紧张。上车前，她被问了一次去哪儿。沉默了两秒，"岳阳"，陈梦琪故作镇定地说。

也是1月30日，快中午十二点时，易易从北京西，那个她口中"充满医院味道"的火车站，踏上了回武汉的归程。她是21日从武汉飞到赫尔辛基的，在外边漂了近十天后，她买了途经武汉的绿皮车软卧，回家。在武昌站，她被乘务人员拒绝，"除非有政府文件才能下"。"我现在不在武汉，怎么拿到政府文件？"易易说自己后来被锁到车厢，一直哭，哭到虚脱，"我都给他跪了"。她在群里发出求救，有人在下面感叹，"这不是疾病大暴发，是人性大暴发"，配了三个哭的表情，人们七嘴八舌给出建议，有人建议她找列车长，也有人让她录音，保留证据，去投诉他们。五分钟后，易易更新了进展：她被同意下车。她把原因归结为："自己一直哭，列车员没办法。""不是每个武汉人都携带病毒。"易易很难过，说自己"真的会有心理创伤"。

而陈梦琪想得更多一些。她坐在火车上，脑子里乱乱地开始琢磨人和自然、能量守恒的关系。文明向来都是人把动物关进笼子，这次，大自然通过细菌制衡人类，把以亿计的人关进笼子。火车开始经过麻城北，下一站就是武汉。陈梦琪开始做演练，观察车门开是什么状态，大概停多久，她把自己箱子拽过来，在门口等着。她即将迎来武汉。过去，陈梦琪一直也不觉得它多好——冬天太冷，夏天又太热，天气总是很极端。它曾是辛亥革命的发源地，是九省通衢，有独特的骄傲和传统，在历史发展过程中，迷失在城市发展的节奏中，逐渐丢掉自己，让它成为一个——用陈梦琪的话说——陷入"浮躁的内陆型焦虑"城市。如今，这次疫灾后，在外边漂了十几天的陈梦琪，正在重新建构自己和这座城市的关系，它是一个"即使经历困难重重，即使沦为重灾区，也要回去的地方"，她感受到这座自己出生和生活的城市的"召唤"，想"重新温柔地去面对它"……

（文中吴念、李博、大凯、林广、易易为化名。）

去留两难湖北人：
我也不愿意连累任何人

文 / 姜思羽　张亚利　金赫

过去几天，武汉从事旅游业的雯子建了几十个互助群，她每天只睡三小时，接一百多个电话，免费帮助在外的老乡找酒店。厦门鼓浪屿家庭旅馆商家协会会长董先生也呼吁帮助流落街头的武汉人。

1 月 23 日"封城"之后，武汉这个城市名提升了锐度。对疫情的担忧，从"武汉来的"逐渐扩散为"湖北来的"，电话号码、身份证号、车牌号。因为春节和疫情的影响，已有五百多万人离开了武汉。这五百多万人中，有的在官方公布疫情消息之前外出探亲、旅游。有的则出于自保的本能，在"封城"之前离开了湖北。

一些流落在外的湖北人经历了终生难忘的新年。在"难友"争取、民间互助之下，部分人找到了庇护所。接着，昆明、厦门等地，也发布了安置疫区滞留游客的通知。27 日后，武汉市文化和旅游局公布了全国指定接待武汉游客酒店名单。还有人仍在焦灼之中，等待更具体的方案，或期盼早日回家。

以下是他们中的五个旅行者的自述：

A: "只希望疫情快点好起来，我能够回家"

今年春节，我和几个闺蜜约好去吉林滑雪，酒店两个月前就订好了。22 日到了吉林，滑了两小时的雪，我就接到酒店老板电话，说我是武汉的不能住了，其他的旅客有意见。

接下来，我经历了二十七年来做梦都想不到的经历：一家接一家旅馆不能入住，自己有家却不能回。从东北流浪到西安，最后住在西安一家愿意收留的小旅馆里，随时担心再次流落街头。

我加了很多"湖北人流落在外面"这种群，大家都在互相想办法，提意见。

在东北被第一家旅馆拒绝时，我还没有意识到问题的严重性。我跟旅馆沟通，虽然我是武汉来的，但身体非常健康，但是没用。后来，我赶到山顶的景区找了个更贵的酒店，然而刚住了一晚，第二天老板也跟我说，不能住了。

那会儿武汉已经"封城"了，我想回家也回不去。有个朋友在湖北十堰，我决定投奔朋友。于是，我把二十公斤的滑雪工具和包寄回老家，准备去西安转机，再去十堰。

我以为一切就结束了。没想到重头戏和打击还在后面。到西安没多久，十堰也"封城"了，朋友家也去不了。

我开始在西安找酒店，但也都不能入住。我打市长热线12345反映，他们让我找公安局反映，我跟公安局反映，他们说这不是他们的片区。我至少找了三四个片区，到最后都说自己管不了。

　　我一个人提着行李箱到处跑，全身都是汗，衣服也全部湿了。我怕感冒，不敢脱衣服，一直折腾到大年三十的凌晨，没吃东西也没地方住，像个流浪狗。

　　最后，我只好去机场，想住机场酒店。我甚至产生了极端想法，不管是把我关到拘留所去，还是把我当病人去隔离都好，我只是希望有个地方住。

　　机场警察让我先检查一下身体，我跑来跑去浑身发热，第一次查体温 37.5℃，后来都在 37℃ 以内，但他们已经把我的体温报上去了。我被救护车送到医院，自费。但我被告知，即使检查结果 OK，我也不能住机场酒店。

　　到了医院，他们让我先观察到第二天早上八点。除夕夜里，我在医院一个房间里待了一晚上，坐一会儿站一会儿，特别煎熬。我想哭，但也不敢哭，因为担心免疫力会下降，眼泪在眼

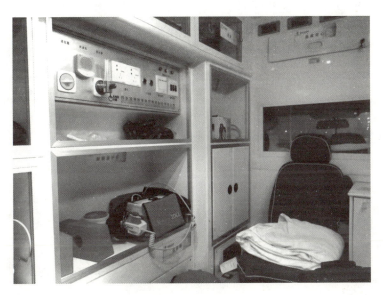

被救护车送去医院的路上

眶里不敢流出来。我把所有的衣服都穿在身上了，还套了两三件外套在身上，滑雪服也穿在外面，我很害怕感冒。

我没敢跟爸妈说真实情况，跟他们说有朋友在旁边非常安全。他们在武汉平安，就是我最大的安慰。

第二天早上八点，我体温正常，身体也没有异常，签下一个"拒绝检查后果自负"的条子，准备离开。我听到医生在跟领导报告说，和我一起待在一个房间的男的发烧39℃了，从头到尾医生都没有告诉过我这个信息，我知道后整个人的身体是发寒的。

出了医院，朋友们帮我找酒店，好不容易找到一个，我进去后就想赶紧好好洗个澡，全面消毒一下。但我裤子都脱了，酒店的人打电话说因为他们酒店被打电话投诉了，要全面消毒，住不了。

我求他，能不能让我先睡一觉，我真的太累了。哪怕洗个澡也行，他说不行，实在是没有办法，你再找个酒店吧。

我拖着大包小包又出来找酒店，有个老板看我太可怜了，把我带到了另外一个酒店，他嘱咐我，不要说是从武汉出来的。到了酒店后，我开始自我隔离，买了84、酒精之类的东西。

每两个小时，我就把房间消毒一次。订外卖，我也不敢用自己的手机号订，都是朋友帮我订。下楼取的时候，我戴两层口罩，也怕别人担心。我每天早上和晚上主动给前台发我的体温照片，生怕他们赶我走。我也知道大家对这个病都有害怕的情绪在里面，包括我自己也会害怕，所以我也想让他们放心。在酒店我每天会接三四个电话，都是各种查信息的。

我很担心，如果武汉要封一两个月，想回回不去，长期住酒店也住不起。

　　我不知道接下来怎么办。听到外面有脚步声，我就会惊醒，然后浑身麥毛一样，一两个小时都停不下来。我觉得我得看心理医生，无时无刻不在害怕担心有人突然敲门说，你不能住了。

　　酒店房间的空调效果不太好，我也不敢去说，也不敢让人来修，我怕别人觉得我是畏寒，病了。冷了就躲在被子里面。睡觉也是断断续续的。实在困得不行了，睡一两个小时，然后再醒，然后再继续睡。

　　后来我被安置到了指定的酒店，一起安排到酒店的还有一百多人。每个房间配了体温计，每天要把自己的体温上报给防疫站。这个酒店不需要花钱，三餐也都有人专门给每个房间送。看到工作人员也挺忙的，跑上跑下给我们消毒、送餐、送快递和做记录，我有时候不想麻烦他们，之前朋友送火锅的时候给我买了一个锅，我就自己在房间里煮点面，放些青菜和肉。

　　作为湖北人，我们其实也是受害者，根本都不知道武汉会："封城"，也不知道这个病会这么严重，也不知道自己为什么会沦落到这个地步。只希望疫情快点好起来，我能够回家。

B: "宁愿待在武汉，也不愿意连累任何人"

　　我是武汉人，这次一家老小七口人到绵阳的亲戚家过年，提前半年就计划好了。绵阳是我母亲的老家，她嫁到武汉后很少回家，回趟老家是她多年夙愿。武汉到这里一千多公里，我们想着到绵阳待几天，然后自驾到成都，再去云南。

　　我们是 1 月 19 日早上六点从武汉一脚油门出发，十八个小时，开到绵阳，全程是我自己开车。父母都用老人机，没有关注新闻动向。

　　1月20日凌晨抵达绵阳，开始的两天没有异常，我们住在宾馆里，半夜两点有医护人员来敲门，给我们七个人量了体温，此后我们每天上报体温，也没什么事。23日早上六点，我们看到武汉"封城"的消息，变得有些害怕，觉得这个事情肯定很严重。

　　当地人看我们的眼光立刻不一样了。你想想，一个偏僻的小山村里，来了七个武汉的人，像丢了颗"定时炸弹"。

　　我的鄂A车牌尤其显眼。车先是停在亲戚家门口，我担心大家都看得到会造成恐慌，主动去派出所跟民警沟通，想把车挪一下，民警建议挪到交警大队。停好之后，不到一个小时，我就接到私人号码打来的电话，说是交警队的，你的车不能停在这里。我去挪车的时候，民警告诉我，每天都有人打电话举

到绵阳游玩准备的无人机

报我的鄂 A 车牌。

我又把车挪到消防大队，电话还是不断。我又挪到镇政府门口，让人们看到我们没有到处乱跑。我还打算把车开到荒无人烟的深山里去停。

想想我高高兴兴出来过个年，怎么会知道这个情况。我给父母买好初四回武汉的机票，第二天短信过来，说航班取消了。又听说去武汉的国道省道村道都封闭了，走也走不了。

当地让我们一直在亲戚家里待着，镇长专门打电话，让我们不要出去。我打电话给当地卫生院，主动要求照 CT，如果有问题，尽早隔离，如果没问题，让我们"居家隔离"十四天后，回武汉去。但当地没有条件，照不了 CT。

我努力奋斗这么多年，也算事业小成，家庭幸福，感觉自己也算是个体面人，但这几天，我的自尊心被彻底碾碎了，体会到了斯文扫地的感觉。我宁愿待在武汉，哪怕物资短缺，也不愿意连累任何人。

我要感谢亲戚的收留，如果没有亲戚，宾馆不让住，又走不出去，就很惨了。舅舅每天给我们做一日三餐。这两天一大家子人渐渐习惯了不能出门，苦中作乐。我每天陪着两个孩子在楼上楼下爬来爬去锻炼身体，还跟他们一起跟着短视频胡乱跳舞，以前工作忙，很少陪他们，现在也算是苦中作乐。

亲戚家阳台上的风景很不错，远处有雪山，楼下能看到小溪。我们盼着，还有三天过了十四天的隔离期（我们一家是 19 号到的），能到外面放放风。

前两天一家人都急着回武汉，现在冷静下来觉得，暂时不回去也好，武汉目前物资和医疗条件都很紧张，我们跑回去也怕添乱。安安心心再待段时间，好不容易出来了一趟，就当静下心来，呼吸一下山里的新鲜空气。

C:"看到视频里快饿死的猫，第一次哭了"

去昆明是早就规划好的行程，我很喜欢旅游，父母过世后，家里没人，一个人孤独，每年过年我都会出来自驾一周。我从1月20日出来自驾，当时没发现啥异常，也知道那些肺炎的消息，但那时候说不人传人，也没觉得多危险。

没想到出来就当了一回"过街老鼠"。武汉"封城"消息后，我连续被八个酒店拒绝，唯一接待了我的小旅店同意我入住了，但是不让我刷身份证，说给他微信发照片就行。我听互助群的群友说，这是为了不和湖北人有接触。这个小旅店环境挺差的，二十多平方米，床单都是发黄的，屋子里有很大的烟味儿，老板管我要四百元一天，但我觉得，能让我入住，我已经是谢天谢地了，是那种特别感恩的心情。

没想到从入住到退房，全程都不到两个小时的时间。旅馆老板给我发微信语音，说旅馆1:30就停业关闭了，让我赶紧走。我又请求了半天，说愿意加钱。因为我已经两天没洗澡了，我太想洗个澡躺床上睡一觉了。但求了半天没结果，老板说你也别为难我，我上有老下有小的，大家都不容易。这话说得我没法接了，我就走了。退房也没人来拿钥匙，他就让我把钥匙放在脚垫底下。

幸好还有辆车，我就住在了车里，吃住都在车里。我把车开到了一个很偏僻的地方，这个地方三公里内都没有任何小卖铺或超市，半夜静得只听得到狗叫。我步行四十分钟，去最近的城乡接合部买吃的，主要是买烟，买了四条。

　　我太焦虑了，以前好几天抽一根，现在一天三四根。我去哪儿都戴着口罩，虽然我目前身体健康，体温正常，不咳嗽也不胸闷，没有任何一点异常，但也一直戴口罩，不想给别人带来恐慌。我每天不停洗手，买了矿泉水倒在手上，一天洗十几次，不停地擦拭方向盘。其实多数湖北人都是很自觉的，没有想给其他人找麻烦。

　　我是武汉人，我不吃野味。但没人会相信你说的话，你的户籍所在地是疫情中心，谁看见你都跟怪物一样。我现在总觉得，路上的人都用异样的眼光看我。

　　本来想去爬玉龙雪山，也没有旅游的心情了，只想赶紧回家。我父母都不在了，武汉的家里只有一只猫。粮食我放了十天的，我算着吃完的时候，我也就到家了。但现在不知道啥时候能回去，在家里的视频监控里看猫，它跳上跳下的，打翻了很多东西。自动喂食器没电了，它可能不知道，自己没准要饿死了。

　　我跟我姨说，我想回去。我姨说，你回不了，小区不能让我进，而且又会有人举报我。我姨还说，我要是回去，她和姨夫第一个去举报我。因为他们觉得我在外面，接触的人多，也危险。我听完心里特难受，平时也都是和和气气的，逢年过节也去送礼物，怎么出了事儿不仅不帮忙，还落井下石了呢？我也没微信上和她吵架，就想让她去给我家猫加个粮食，因为我们住在同一个小区。她老长时间没回我，后来跟我说，怕你家也有病毒。

　　后来在"武汉人流落在南京"的群里，我找到了一个成功回武汉的，拜托他帮我去给猫加了猫粮，他给我发了猫的视频，我一下子没忍住哭了。事儿发生以后，我都没哭过，那真是我

第一回。我觉得那猫是无辜的，我也是无辜的啊。我心想，等我回去，我家猫还能认识我吗？

我联系了一个昆明的朋友，想去投靠他。他说社区不让租房子给武汉人，我也放弃了。后来我看他朋友圈，发现原来他老婆怀孕了。我还有点自责，理解他也不容易。

我只好踏上未知的路，自驾回去。一路上，异样眼光随时都是。我去加油的时候，工作人员本来没戴口罩，但看到我车牌后，跑回加油站里半天没出来，戴着口罩又跑出来给我加油。我躲在车里，也不敢下去。大年三十那天，我步行去肯德基吃了个新奥尔良鸡腿套餐，算是年夜饭吧。车没敢停附近。

沿途我被拦截了好多次。量体温，盘查，拉到医院做检查。我现在就想能安全开到家，回家好好洗个澡，刮刮胡子，再给我的猫开一盒罐头。

D："我跟朋友说，你放心，我不会去祸害北京人民的"

我是 1 月 20 日从北京到汉口，再从汉口转车回到孝感老家的。到汉口火车站的时候，已经知道武汉的情况比较严重，所以一直戴着口罩。那会儿有工作人员在做消毒，但是候车的人几乎没怎么戴口罩，这让我挺震惊的。

之前在北京，好友群里和老家群里就是两个世界。虽然离湖北那么远，北京的朋友们已经提高了警惕，开始买口罩，甚至有朋友在"封城"之前就果断退票，选择留在北京，不回家过年。

回到孝感后，家人的不重视让我震惊。因为我一直戴着口罩，睡觉也戴，他们觉得我搞得像土匪，就连小孩也不让我抱。

总之，除了挖苦就是嘲笑。我爸是出租车司机，我妈在酒店工作。我让他们戴口罩，他们也不当事儿，我为此和他们吵过很多次。

我家还有个高危因素，我哥在武汉工作，回来前两天还在华南海鲜市场吃了海鲜。我让他和其他人戴口罩，他们都不戴，还到处跑，笑我大惊小怪。我担惊受怕，从回家那天起，我的火车票改了很多次。从初七到初六，从初六改到初四，从初四改到初二，从初二改到初一，从初一改到大年三十。

官方消息越来越紧张，武汉"封城"之后，黄冈、鄂州等七城相继"封城"。

大年三十那天，孝感"封城"的消息传出来，我第一反应立马站起来，决定要坐最近的一趟车走。我妈还想让我吃了年夜饭再走：你真要走啊，你不是喜欢吃那个天麻炖鸡吗？那是我最喜欢吃的一个菜。

我爸开车送我到孝感火车站，回家的时候就"封城"了。

除夕的火车站从来没这么多人。很多人在取票窗口吵架，有的老人不会退票，有的人的票是买在了"封城"后。候车的时候，我越想越害怕，就给我爸打电话，让他和妈妈都来，我支付所有的开销。但他们不愿意走。

火车上的人基本上都是拖家带口，很多带小孩出来的。我一直不敢摘下口罩，连饭都不敢吃。那天我除了早上六七点吃了早饭，中午赶火车，一天都没吃饭。凌晨一点，我实在太饿了，车上的人也越来越少了，我开始摘下口罩吃饭。一碗泡面我吃了两站地，一有人上车，我就哆嗦一下，赶紧把泡面的盖子给盖上。等他们都安顿好我才拿出来吃。

躺在车上我五味杂陈，从内心深处，我还是有点心虚，我觉得逃跑是一个不那么对的事情。我跟朋友说，你放心，我不会去祸害北京人民的，该检测检测，该登记登记，该观察自我观察，该隔离做隔离，没事就待家。

然后我默默地整理了所有的信息，往家族群里发了很长三条消息，向大家道歉，说我走了，嘱咐他们怎么去预防，家里要囤一些物资，千万不要出门。

睡觉我也戴着口罩，觉得实在胸闷得不行，就把口罩摘下后呼吸一会儿，然后再戴上。还有时候，我觉得好热或者是发热，就一直和下铺姐姐核实，是不是空调温度过高。心里始终慌得不行。

到了北京，出火车站、进地铁站的时候我都特别紧张，生怕被遣返或者出什么岔子。没想到小哥哥都挺好的，很温柔地给你测体温，出火车站测了额头，进地铁站测了掌心。

天很蓝，我长舒了一口气，从来没觉得北京给人的安全感会那么强。我听说北京年前就开始在公共场合消毒了，警惕性比我老家高了很多。火车上的姐姐也说，她儿子的老师也问过她是不是湖北人，提前做了登记。

我主动打电话给居委会报备，但是居委会休息了，就给派出所打电话。我说了我胸闷和有点微微咳嗽，警察就安慰说别怕没事，他说都到北京了，就先自己观测身体状况，有问题的话，你打120或者999。心里的石头这些天终于落下来了。第二天居委会主动联系我，让我登记。

最近大家都宅在家里。香港的朋友专门买了两大包医用外科口罩，跑到深圳给我寄过来。我把这些口罩分成几份，给我们孝感本地医院寄了十几个，给其他几个在北京的朋友每人分了十个到三十个。其中一个朋友怀孕了，过几天老公还要出门上班，我给她分了三十个，他们都劝我多给自己留点。

可能有的人会指责我们这些"封城"前"逃"出来的人，我只能说，我的选择，是一种求生本能。在湖北被吓过的状态一直还没缓过劲来，我还会怕见人，在外边接触过所有的东西，都要洗一遍才肯放心，回到北京租来的小"家"，第一件事就是把所有东西都清洗了一遍。

E："局长在群里发直播视频，让我们看大象洗澡"

我和儿子1月19号从武汉出来，先到了云南，25号跟团的里程走完，所有景点都关了。本打算回武汉，发现回不了，因为提前订好了西双版纳的酒店，就还是到了西双版纳。

一到酒店，我就说明情况，我们是武汉来的，之前都在跟团，每天有专门的医护人员量体温，经过检查我们身体没问题。这家酒店就让我们住了。不过28号，当地接到通知，游客要接受统一安排，我给安置点打了电话，心想与其在外面不知道去哪儿，不如听从安排。

刚来安置点的时候肯定还是有顾虑的，这么多人聚在一起，大家又都是武汉、湖北来的，很担心会交叉感染。但逐渐心就安下来了。进酒店的地方有医护人员在门口检查，酒店也每天都进行全面消毒。

住了两天，没有硬性要求不下楼，但我想尽量不要添麻烦，就自觉隔离。我看服务人员有限，大家都挺辛苦，但我到前台要一双拖鞋，立刻就送到了，即使平常住酒店，也没有这么高效的。

酒店统一安排了一日三餐，送到门口。早上有面包牛奶水

安置点窗外的风景

果，中午配送盒饭和汤。想想武汉的家人，有的还在吃方便面呢。别人冒着生命危险出去采购，提供这么周到的餐饮，已经很努力了。

景洪市文旅局局长天天守在酒店外面，特别特别贴心，给小朋友准备了零食，给有需要的人送小浣熊多用蒸煮小火锅，还有女生用的卫生巾。知道我们好大一部分人，本来都想去野象谷，局长就在群里发直播视频，让我们看看大象洗澡。

两百多个人住在一起，矛盾、情绪肯定是有的。有人在群里反映，饭菜送到房间的时候已经是冰凉的，老人孩子吃不了。工作人员就安排，着急的先送餐。

之前老有人想回去，我们群主就一直安慰、安抚，劝说大家静下来在这里隔离。群主也是武汉人，感觉年纪不大。有时候看到有人在群里发有点负面的信息，她就会挺着急的，用

酒店安排的餐饮

"正能量"刷屏。有的人反感，但我想别人图啥，大家都是陌路相逢，相互帮忙，相互鼓励，多一点体谅，多一点理解，大家都安全才是真的安全。

我也会在群里说，现在走到哪里都不安全。咱们出去，别人都怕死了，万一满大街乱晃，双方矛盾激化，也挺麻烦。还有人想不守规矩，坐上火车，到武汉说服工作人员让他们中途下车，我觉得这种事是不对的，会扰乱秩序。

我也经常在群里说，在家里隔离，跟在西双版纳隔离，没有差别。武汉是疫区，万一我们在回去的路上感染，或者感染别人，都很麻烦。

后来，群里的氛围明显平静多了。有人说，等疫情过了，以后还想来云南。

我家有两个亲人在抗击新冠肺炎的一线，一个在中南医院急诊科，另一个在武汉市第八人民医院上班，我经常跟他们交流，交流得多了，我反而很淡定。

我能理解别人的态度。在来安置点之前住的酒店，我们下楼的时候，服务员赶紧戴上口罩，看到我上去就把口罩拿下来。这种时候，别人感到害怕、担忧甚至反感，是可以理解的。

安置点周围的风景挺美的，我每天和儿子看剧看电影看小说，玩游戏。我们都觉得，少发点牢骚，安静待一下挺好的。等到暴发的高峰期过了，应该就能出门回家了。

（本文部分图片由受访者提供。）

河南硬核防疫下的武汉归乡人

文／崔一凡　金赫

从武汉离开的五百万人里，流入外省人数最多的就是河南。与武汉密切的联系，使劳力输出大省河南面临巨大考验。基层工作者和群众动员了起来，力度空前。各种各样硬核封路法和隔离手段，在网上流传。而从武汉回来的河南人，也度过了一个不一样的假日。

1

从 1 月 23 日开始的隔离，让陈方宇丧失了一些时间感。他独自待在这座乡间阁楼的二层卧室，房门关着，说不出的憋闷。从武汉回到南阳的乡下没多久，他就在手机上看到武汉"封城"的消息了。那天晚上吃饭的时候，家里人还开玩笑，"幸亏回来得早"。陈方宇笑笑，感觉有点不对，但又说不清楚。很快，父亲的手机响了，是村支书打来的。陈方宇不清楚村支书说了什么，大概是要他登记报备。他担心父亲多想，就接过电话。

村支书是一位五十多岁的男人，跟他父亲是一拨长大的。"娃儿，你啥时候回来咧？""21 号。"他说。之后的谈话关于隔离。村支书要求他在家进行自我隔离，不准出门。陈方宇察觉到了一丝不信任，随即直截了当告诉对方："叔，你放心，我是党员，我不会乱跑的。"此后，他就把自己关在二楼卧室里，每天给村支书打一通电话，汇报自己的体温。进村的路已经封了，村口永远有两个戴红袖标的男人值班，遇见脸生的就劝返。前两天，陈方宇的姑姑想来看看生病的奶奶，在村口被拦下了。

"他家有武汉来的人！你还敢去？"红袖标说。姑姑后来转述，她绕了条小路进村。

在村子里，信息传播的速度比想象中要快得多。邻居马上就知道了，这家人里有个"武汉回来的"。母亲偶尔跟他抱怨："自从你回家了，她们晚上打麻将都不叫我了。"

村里有人试探，想知道陈方宇是不是在武汉"封城"之前"逃出来"的那批人。疫情传播的范围越来越广，每个人都怕跟武汉沾上关系。"他是坐高铁堂堂正正回来的。"母亲说。陈方宇所在的南阳市已经确诊 19 例新冠肺炎病例，全省唯一的死亡病例也发生在这里。南阳毗邻湖北，是人口大市，也是劳务输出大市。这里的经济并不发达，人均 GDP 低于全国平均水平，外出打工者要么北上郑州，要么南下武汉。疫情发生后，从武汉离开的五百万人里，除湖北本省其他城市，流入人数最多的省份就是河南。而南阳市与湖北交界，占武汉流入人数的 1.13%，也就是至少五万五千人。这意味着巨大的风险。除夕那天，南阳疫情防控指挥部连发三个公告。启动了重大突发公共卫生事件一级响应，公布了全部疫情防控相关工作机构的联系电话；第三个公告直接出台了五项规定，包括关闭所有公共文化娱乐场所，关闭活禽市场，各交通点全面检疫，以及高危人群"主动接受管理"。陈方宇就是"高危人群"中的一员。他在武汉从事文化传媒行业。今年本来家里人说好去广东过年，但前段时间，八十多岁的奶奶摔了一跤，所有人就重新聚回老家。这是一个四五十口人的大家族，陈方宇是唯一一个从武汉回来的。

2

在河南，基层工作者和群众成为应对疫情的关键力量。李涵 21 号回到中牟县家中，她在武汉某国企部门工作。两天之后，她一口气接到了村支书、乡政府、防疫站、派出所和村医的数通电话。基层工作者的工作效率高得令人震惊，李涵甚至不知道他们怎么联系到自己的。事实上，她家早已搬进县城，而联系她的是户口所在地业王村的工作人员。之后每天早上七点到八点，一位叫王学来的乡村医生都会准时喊她测体温，并且拍照报备。在王学来的指示下，李涵去当地医院做了 CT 和血常规，十四天内做三次，如情况正常，则可以排除传染的风险。为确保万无一失，业王村防疫站还让她去中牟县定点医院的发热门诊做排查。门诊医生很奇怪，说你不发烧来什么发烧门诊，她又被劝回去了。

几乎同一时间，在距离中牟县不远的开封市，从武汉回家的周鹏也被隔离了。他不只需要每天报备体温，还有社区人员上门消毒。情况变化很快。1 月 26 日早晨九点，开封市发现第一例新冠肺炎患者。当天下午，市政府发布公告，要求从 26 日二十四点起，市内所有公共交通停运。街面上已经很难见到行人，一位景区工作人员发布了一条短视频，龙亭公园里空空荡荡，商贩们正在收拾货品，准备回家。紧张弥漫在大街小巷。虽然河南多数市县的确诊病例不到两位数，但地方电视台滚动播出的疫情消息，和村镇大喇叭的防疫顺口溜，不断绷紧河南人的神经。这些天，"发烧"和"武汉"都是人群里的关键词。前几天陈方宇姑姑的公公发烧了，往常吃了药在家休息就好，这次全家人凌晨出动，把他送到医院里打了一针。1 月 25 日零时，南阳开始实行交通管制，关闭前往湖北省和湖北省来宛方向高速公路出入口。与此同时，其下辖各村镇逐渐完成封路。在微博上，可以看到各种各样的硬核封路法，有的堆土，有的挖沟。还有人背着药筒，在村子里消毒。隔离期间，陈方宇从不下楼和家人一起吃饭，每次都把饭菜盛到一个碗里，自己窝在一边吃；他让弟弟买来84消毒液给家里消毒，别人一天测两次体温，他测五次；他把洗手液摆得到处都是，没事就洗手，按照微博上的七步洗手法，一天洗三十次。

回乡后，他本想再给家里人购置些口罩，但不管是村里还是县城，口罩全部脱销。他联系了一位在当地医院工作的发小，想问问他能不能帮忙买一些。发小告诉他，现在医生护士的口罩也不够用。医院已经下了命令，口罩、防护服一律不准外流。情况越来越严重。那位医生发小本想着春节能放五六天假，还和陈方宇约了去看《唐人街探案3》，没想到全河南的医生一天假也没放，连春节档的电影都不上映了。发小的女朋友是一位专门做血液检测的医师，她已经做好了临战准备。为了免除自己成为传染源的风险，只要有一例疑似患者来她这里做检测，她就不再回家了，自己在医院附近租房住。

3

李涵在武汉工作的地方离华南海鲜市场不远，最早爆出这里有人染上肺炎的消息时，没人当回事，大家只记得新闻里说了，"不会人传人"。她记得同事们还在办公室里开玩笑，说谁谁谁昨天还去了海鲜市场呢，大家得远离他。当时没人在乎。后来李涵越想越后怕，她听说那个去海鲜市场的同事发烧了，又听说不是肺炎。谁知道呢，如果自己真的不幸染病，大概率就是被对方传了。自从疫情紧张，她总是怀疑自己是不是也得病了。大年三十晚上，她洗完澡量体温，37.1℃，吓得赶紧问她爸怎么办，爸安慰她，说是洗澡水太热了。过了一会儿再量，体温终于恢复正常。疫情暴发后，河南的反应相当迅捷。1月21日禁止活禽销售，高速公路卡点设防，地铁站连夜消毒。

陈方宇是最早对疫情产生警觉的那批人，还在武汉的时候，他宁愿转三趟地铁，也要绕过金银潭医院那一站。他给家里人打电话，嘱咐他们严肃对待。但像大多数这个年龄的父母长辈一样，家里人觉得有什么大惊小怪的，口罩不戴，麻将照打。

1月21号，陈方宇打车去汉口火车站，因为没买到直达南阳的票，他先乘高铁到郑州，再从郑州转车。他戴了两层口罩，里面N95，外面是一次性医用外科口罩，闷得不行。回河南的列车上，他看见不少人戴着口罩，心想河南的宣传确实到位，不过越往小地方走，戴口罩的人越少。到站之后，久未碰面的表哥表姐开了两台车去迎接他。看见他脸上包得严实，还笑他小题大做。但谁都没有想到，疫情变化的速度会这么快。自从白岩松在新闻上连线了钟南山，没人再敢不当回事了。本来年前在县城订了五桌酒席，前天酒店专门来电话，劝他们退了。年夜饭也比之前冷清，陈方宇戴着口罩坐了一会儿，开席的时候自己就到一边吃去了。家人们意识到危机正在爆发，没人敢出去了，家里的娱乐只剩下打牌，大人打麻将，小孩打干瞪眼。没人关心正在上小学的弟弟妹妹写不写寒假作业了，之前催过一次，小孩子嘴快，反驳他们，"我活着就挺好了"。在陈方宇隔离的几天时间里，确诊人数增速越来越快，27号已增至128例。疫情暴发正逢春运，郑州作为国际综合交通枢纽，拥有两座航站楼，两条铁路干线，六条高铁线和十一条高速公路。去年12月，有机构预测2020年春运，郑州节前铁路客流量将位列全国第一。如果河南疫情失控，后果将不堪设想。防控的力度体现在很多细节上。1月26号，郑州开始建设河南版"小汤山医院"。这座医院在原郑州第一人民医院港区医院老院区上进行改造，同时在旁边新建隔离病房。要求工期不超过十天。所有人里，只有八十多岁的奶奶依然乐观。陈方宇在二楼隔离后，她还责怪孙子一年没见了也不下楼陪陪她。陈方宇包了一千块钱红包，戴好口罩下楼跟她解释："这个病传染性强，中老年人更容易感染。""哦，"奶奶说，"那你去玩吧。"

4

在那间十几平方米的卧室里，陈方宇时刻保持紧张。他每天量体温，温度在 36.5℃—36.7℃ 之间，他才会觉得安心。太低了不行，有一次 36.3℃，他怕是肺炎造成的，赶快百度了一下，发现是自己想多了。还有一次，他眼睁睁看着夹在胳肢窝里的体温计逐渐上升到 36.9℃，水银柱还在继续往上走。他心里咯噔一下，吓坏了，然后突然反应过来，自己手边放着电暖气。其实他不是什么胆小的人，甚至觉得就算被传染了，靠自己的抵抗力也能扛过去。他怕的是自己成了传染源，影响了家人朋友。如果提前知道冠状病毒有潜伏期这回事，他肯定不会回家过年。更重要的是，乡村生活有它残酷的一面，一旦他被传染，很难想到别人会用怎样的眼光看待他的家人。前几天，村里传说有两个开鄂 A 车的人去镇上买牛肉，被人举报了。这种消息让陈方宇很不开心，他理解这么做的必要性，但总觉得对人有点不尊重。更何况，现在全村都知道他是从武汉回来的，他也能猜到会有些闲言碎语。父亲护着他，有谁提到从武汉回来的人被抓的传言，父亲就板起脸批评："不要造谣！"陈方宇有个在武汉某大学里工作的朋友，今年春节第一次去信阳看望未来公婆。但在大年初一，当地社区工作人员去到公婆家，表示从武汉来的人暂时不能留在这里。她被从自己家驱赶了。而当她在酒店前台掏出自己的武汉身份证，每一位服务员都只能无奈地表达歉意。

27 号早上，李涵去医院做第三次血常规检查。进入医院大厅之后，每个人都要量体温。医生们戴着口罩和护目镜，仔细询问病人最近有没有去过武汉。李涵感觉医生们"挺紧张的"，只要言辞中涉及"武汉"，就免不了一通登记问询。她住的小区门口贴了张街道办公告，去过武汉或者见过从武汉来的人，立即上报。疫情把人的情感绷得紧紧的。说不清为什么，回村之后，陈方宇总会带着一种愧疚的心情面对亲朋。他会跟每个见面的人解释自己是"封城"之前回来的，自己也没有发烧。

一天晚上，陈方宇一度怀疑自己发病了。他感到昏昏沉沉的，四肢无力，想到新型冠状病毒肺炎的感染特征，心突然就提上来，但体温显示一切正常。他关掉了屋里的空调，开窗透气。"把思绪放下来就好了，"他说，"只要把手机放下来就好了。"他整天待在床上，想做点别的什么，比如看本书，看个电影什么的，但根本不现实。他无法克制自己拿起手机的冲动，每天打开手机上百次，亮屏时间在十二小时以上，微信占到一半。他必须不断获取关于武汉的消息。他加了很多的微信群，每天看有什么新情况发生。有一次看到在武汉采访的记者缺少冲锋衣，他还发动朋友一起找货源。

从大学到工作，他已经在武汉待了九年。他热爱这座城市，没有什么理由能让他离开。他宁愿自己依然在城中，即便帮不上什么忙，至少可以拍拍照片或者视频，把更多信息传递出去。26 号那天，他看到微博上流传一段视频，一位武汉本地记者在空荡荡的街头直播，背景音是他的哽咽声，"武汉快点好起来，快点好起来"。陈方宇看着这段视频，止不住地流泪。"我希望我还是在武汉，跟所有人一起战斗。"他说。

（文中陈方宇、李涵、周鹏为化名，刘心雨对本文亦有贡献。）

武汉一家四口滞留厦门，
房车里抗疫三十五天

文 / 武冰聪

武汉人张琦 1 月 20 号开着"鄂 A"车牌号的房车从家里出发去旅行的时候，绝没想到自己和母亲、妻子、女儿能在厦门的沙坡尾停车场里住上三十五天。

疫情暴发，张琦一家的旅行计划搁置，在房车上开始隔离防疫。出发时带的物资不多，缺水缺电、缺药缺菜，防护用品也不够，隔离初期频出的小麻烦，让一家人焦躁不已。好在当地的社工很给力，帮他们解决着生活上的困难。

陆续地，邻近的街坊也不时伸出援手，送书、送饭，还有热心的邻居怕张琦妈妈闷得慌，每天都来聊聊天。张琦申请成为了一名社区志愿者，为当地的防疫工作做贡献。

现在一家人顺利返回武汉，却和沙坡尾结下了深厚的情谊，不时在微信群里和那里的亲人们相互问候。

疫情 "封城"
附近企业帮忙
接了电源延长线和水管

沙坡尾星鲨停车场建在厦门岛内的西南方向，2016 年年末投入使用，和著名的旅游景区鼓浪屿遥遥相对。今年年初，新冠肺炎疫情暴发，从武汉到厦门旅行的张琦一家四口，就是把房车停在这个停车场上，度过了三十五天的抗疫生活。

张琦一家 1 月 25 号在鼓浪屿游玩后，到停车场准备取车，门口的保安就把他们拦下，不让走了。张琦这才知道，两天前的凌晨，家乡武汉已经 "封" 了城，厦门也紧接着启动防疫计划，排查湖北籍车辆。他们这辆 "鄂 A" 是无论如何也走不了了，只能就地等待防疫检查。

一家四口体温全部过关，也没有任何呼吸道症状，健康状况良好，但既然是来自武汉，十四天的隔离还是免不了。厦门市针对有湖北旅居史的人士提供了几个专门的隔离点保障防疫，但张琦琢磨着，隔离点的承载力有限，而且自己一家都是常住武汉的，万一真的处在潜伏期，再去把别人传染了就不好了。既然房车能保障基本的生活需求，张琦就和社区商量能不能就在停车场就地隔离。

沙坡尾星鲨停车场落成新、面积大，整体呈一个 "7" 字形。张琦把车停在 "7" 的拐角，社区给他专门划出一片隔离区，与其他停放的车辆分隔出安全距离，一家四口的隔离生活正式开始。社区派专人每天给他们测量体温、检查健康状况，也陆续送来了口罩、食物等生活必需品。但刚开始隔离，大家都没有经验，小麻烦接踵而至。

没水没电是带给张琦一家的第一道考验。房车一停下，张琦只能靠油箱里储备的油发电，做饭、洗澡哪样少不了水电，一天过去张琦的一整箱油就下去了半箱。眼见着生活没法保障，张琦赶紧联络了社区，让他们帮忙给想想办法。好在社工速度够快，找到了附近的企业帮忙供水供电，外接的电源延长线和水管，让一家四口的基本生活有了保障。

之后的几天，由于饮食和气候上水土不服，张琦的母亲开始闹肚子，体温在临界值附近徘徊，这可把一家人急坏了。赶来帮忙的还是社工，及时送到的药品和赶来诊治的医务人员，让张琦母亲的病情得到缓解，大家才逐渐放心下来。

回忆起刚开始隔离的不适应，张琦已经能打趣地讲出来。"查天气预报说厦门17℃—18℃，我们带的都是秋装，谁想到一来就赶上降温了，我就身上这一件羽绒服，连着穿了三十多天。"张琦边说，还自己笑了起来。

特殊时期，共克时艰，对张琦一家来说也是办法总比困难多。张琦的房车属于紧凑型，一家四口同时生活在里面，超过了人员合理容量。每到吃饭的时候，他们只能把桌椅搬下车，才能转得开身。要命的是停车场靠海近，一到下午五六点钟海风就刮起来，饭桌和遮阳棚根本没办法往下放。一家人就商量着把晚饭提前，每天五点前就吃完饭回车上休息。

隔离期顺利度过，虽然还是没能找到酒店住，但张琦一家的生活恢复了正常。他能每天早上去附近的市场买菜了，女儿还借助共享单车在停车场的大空地上练会了骑自行车。前来探访问候的街坊邻居也逐渐多了，小小的房车据点热闹起来。

回想起刚开始隔离的时候，一家人忧心不已，但正是当时的焦灼与担忧，才显得后来与沙坡尾的街坊邻居成为朋友、产生感情，是多么幸运与珍贵的体验。

厦门隔离
当地社工说"不能总是吃方便面"

张琦 2014 年就买了房车，平时赶上假期，喜欢开车带家人短途旅行，这几年陆续去过内蒙古、北京、上海、福建、宁夏好几个省份。今年过年，赶上家里大人孩子都有假，借着高速公路免费的优惠，张琦就想带女儿去看看她一直向往的厦大芙蓉隧道。"女儿喜欢画画，想去感受一下芙蓉隧道那边的文艺气质。"张琦说。

1 月 20 号，农历腊月二十六，张琦一家四口开车出发的时候，疫情的风声还不紧，武汉的市民生活有序进行。他们计划着出来玩个三四天，大年初一就能返回武汉串亲戚、吃年饭了，什么都不耽误。

因为设计的是短途旅行，张琦一家便轻装简行。三床薄薄的空调被、每人两套换洗衣服、一只能下面条的小电锅、十来个鲜鸡蛋、几包方便面还有一棵大白菜，就是他们最主要的行李。张琦没想着在收拾东西上费心，唯独惦记着带上一棵大白菜，路上下面条的时候放点菜，老人孩子吃着顺口。

到了厦门，家人都很喜欢这座干净、美丽的海滨城市，他们先后去逛了曾厝垵、环岛路、鼓浪屿，还去了海边沙滩玩水，品尝了几样当地小吃，到了晚上就住进订好的酒店，一切都很顺利。直到 1 月 25 号从鼓浪屿坐船回来，去沙坡尾取车准备回武汉的时候，他们才发现情况变了。"疫情严重了，武汉'封城'回不去，厦门这边我们也不知道能不能待下去，进退两难。"

突发状况让张琦有点措手不及，因为没考虑到在厦门常住，他们带的被子不够厚。"刚好厦门那几天降温，当时那个温度，在家是要盖棉被的，但我们就带了空调被。"张琦怕老人受寒，撤出一条褥子给母亲盖，自己就化身"人体热水袋"帮妻女升温。

隔离初期，他们没办法采买，只能紧着车上有的东西吃，一个小电锅连着几天煮了五六包家庭装的方便面。还是来考察的社工发现他们缺食物，说"不能总是吃方便面"，赶紧送来新鲜的蔬菜。

住在房车上，生活规律被打乱了，母亲也埋怨过张琦，干吗非要出来旅行过年。但随着物资有了保障，每天感受到当地社工和邻居的温暖，张琦一家也真正地喜欢上了这个海滨，将沙坡尾亲切地称为"娘家"。

结束隔离
穿上红马甲成了沙坡尾的防疫志愿者

现在，已经回到汉阳区家里的张琦还没有正式上班，正忙着剪辑一个名叫"厦港志愿者手记"的小视频，里面讲述了他在厦门社区做了一周多防疫志愿者的所见所闻。

在沙坡尾的这段时间，总是受到社工关照，张琦一家和居委会的工作人员都熟络起来，还互相加了微信方便联络。2月2号张琦出了隔离期，3号他就看到社区的许长忠书记在朋友圈里发布招募志愿者的信息。正处在防疫最要紧的当口，张琦觉得自己在沙坡尾住了快一个月，也算是半个居民，全国这么大的疫情，人力上有短缺，自己也应该尽一份力。况且在社区的帮助下，自己家里已经安顿好了，也有余力帮帮别人。"这也就是我们平时学习的，党员要发挥先锋模范作用嘛。"张琦说。

他立刻发了微信跟书记申请，表达自己想去防疫测温驻点工作的意愿，但社区考虑到他一家有湖北旅居史，又刚出隔离期，最终没批准他入选这批志愿者。之后，到了2月18号，第二批志愿者招募时，张琦再次向书记报名。这一回经过党支部的讨论，这名武汉来的临时志愿者终于如愿穿上红马甲，正式加入了沙坡尾的防疫工作队伍。

头一批志愿者没入选时，张琦心里挺失落。成功入选第二批志愿者后，武汉人的特殊身份让张琦成为了志愿者里的"宣传员"，社区安排他走访各个防疫点和商铺进行拍照，跟随书记考察防疫工作并做记录。

张琦对沙坡尾的防疫工作部署可以说是门儿清，"防疫点是由派出所、税务局、海防大队等单位，还有一些企业承包下来的，里面也会有居民志愿者，他们每三四个小时换班一次"。哪个防疫点是"党员先锋队""巾帼建功队"，他都会到现场拍照记录下来。张琦觉得当地的市民都很自觉，对防疫工作特别配合，他当时的工作也完成得很顺利。

原本一家人在房车里的生活并不丰富，张琦形容就是"蜗居"。在紧凑的空间里，他们除了完成做饭洗碗等日常生活琐事，也就是看看手机，和不时来访的邻居聊几句天。张琦每天还负责去买菜，空闲时候按照单位要求在 APP 上进行党员的学习强国活动，定时收看新闻和答题。

在陌生的地方、狭小的环境里做着有数的几件事，初来乍到的一家老小难免觉得不安。但是慢慢地，大家都找到了自己的位置，生活就变得生动起来。过了正月十五，女儿的学校开学了，每天上午通过视频学习课程，下午的时间用来读书和完成作业。附近的小伙伴还给她送来了两本课外书，女儿很喜欢。母亲和妻子也在和街坊的日常相处中收获了自己的朋友，沙坡尾工作坊的梁允熹还带他们到附近参观，介绍这个海港的独特历史。

自从当上了志愿者，张琦的生活更忙碌起来，除了一大早去菜市场买好全家一天的食材，大多数时间就是去防疫点上班。由于社区书记交给了张琦一项特殊的工作——拍照记录，这也让张琦从一个武汉人的视角，更加了解厦门社区里防疫工作的开展与进行。返回武汉后，他用当时保留下来的素材剪辑视频，还整理成画册的形式，描述厦门留给他的印象——热情、美丽、有爱。

沙坡尾邻里情
一碗有大海味道的热干面

张琦的房车在沙坡尾一停就是半个月，住在四周的居民也很好奇，他们究竟是谁？度过了隔离期，渐渐地就有街坊四邻来看望他们，问问有没有什么能帮上忙的。这些邻居成为张琦一家旅居厦门时最大的收获与最温馨的回忆。

说起沙坡尾热心的朋友们，张琦打开话匣子，讲出好多人名和故事。和母亲年龄相仿的张阿姨，怕张琦妈妈闷得慌，每天傍晚在家看完新闻，一准散步到停车场找他们聊天。在附近开餐厅的威哥，知道张琦一家在房车里吃不好，就亲手做了一桌子西式大餐，给他们改善生活。沙坡尾工作坊的梁允熹，在得知张琦一家要返回武汉的时候，专门送来介绍当地历史的书《口述历史：厦门港记忆》，并在扉页上亲手写下祝福："我们是新认识的家人，可这辈子不会再变。欢送你们回家，也欢迎你们再回来。还没讲完的故事，请慢慢看吧。"

让张琦印象最深刻的是回武汉之前，邻居威哥给他们做的一份"带有大海味道"的热干面。热干面是武汉人过早最常吃的食物，出来三十多天，一家人好久没吃上这一口了。威哥问好了张琦一家是不是吃辣，就地取材选用厦门的辣椒，按照网上的调料配方，做了一碗厦门版热干面。在大海边的停车场上，海风吹过，带来湿润的感觉，张琦觉得这碗面"味道好得很呢"！

经过申请，张琦一家终于获得了返回武汉的许可，与停留了近四十天的沙坡尾依依惜别。

街坊邻居和社工听说他们要走，赶忙带着"祝福"来为他们送行。干燥花平安符、口罩、饺子、粥、酒精、消毒水、蔬菜，还有厦门的特产馅饼，从吃的到用的，把来时空空的车厢装得满满当当。

武汉市的小区封闭，食品都要线上订购，靠着这些厦门特产，张琦一家不仅路上的物资有了保障，刚回到家也不至于来不及准备，马上能有的吃、有的用。

张琦的女儿月月，也在这段时间体会到了分享与感恩的快乐。临走前，月月亲手画了画，送给总是记挂着他们一家的沙坡尾工作坊。

邻近的礼品店，终于在他们出发的当天早上开了门，月月高兴地拉着爸爸去选了几只健康猫，送给关照他们一家的威哥、许书记、梁姐姐，把身体健康的祝福赠予厦门的好朋友们。

顺利返乡后，月月主动把在沙坡尾认识的朋友们拉了个微信群，给他们报平安，分享自己回家之后的生活。张琦一家就想等着疫情结束，再开着这辆装满温馨与感动的"鄂 A"房车，回到沙坡尾去串串亲戚，吹吹海风。

在家办公半个月后，
我发现自己其实离不开公司

文 / 崔一凡　金赫

1

东经 86.8 度，北纬 41.4 度，身处一片戈壁中的吴洱举着手机，寻找 4G 信号。一望无际的戈壁滩上，零星散落着低矮的植被，北风刮得人睁不开眼。那是 2 月 10 号，北京互联网公司线上返工第一天。领导在群里布置了任务，需要他拿出几个视频策划方案。父亲告诉他，不远处一辆破旧的三轮车附近信号不错。好歹能对付工作了。

吴洱家住新疆，现在北京一家互联网公司从事影像类工作。春节前，他特意跟领导请了五天年假，希望能多陪家人几天。年前母亲接了个活儿，帮忙看管距离城市二十公里的一家工厂，一家三口就来到这片戈壁。

疫情暴发后，他们在线上返工，生活节奏突然紧张起来。这里白天的平均气温 5℃左右。每天早上吃完饭，他就裹上棉袄，站在那辆三轮车旁开始工作。他没带电脑，只能用手机打字。一边的铁链子上拴着五条半人高的藏獒，肥厚的舌头耷拉在嘴边，啪嗒啪嗒往下滴口水。几天前它们会疯了一样往人身上扑。

他所在的互联网公司是行业巨头之一。GoPro，无人机，这些有科技含量的装备他都玩儿过。但在一眼望不到头的戈壁滩上，4G 信号和水一样珍贵。

2 月 10 日，正式复工那天，同样在北京的互联网公司上班的高达，抱着电脑坐在书房，触手可及处是刚出锅的鸭舌和洗好的车厘子，上面挂着鲜亮的水珠。七十岁的奶奶就坐在身边。她紧紧盯着电脑屏幕，尽量不与奶奶目光相接。偶尔晃神，祖孙对视。奶奶便要问她："这个你会做吗？"

"会做，奶奶。"然后场景又恢复到十秒钟前。

高达过年回了温州老家——她家是一栋建在山顶的别墅。确诊感染的消息最初从其他乡镇传来，然后是山下，现在到了山腰。

她受不了了，想看看家里人都在干什么。结果并没能让她舒服一些：爸妈和叔叔们在院子里鼓捣烧烤；读高中的弟弟正捧着手机，一脸痴笑地跟小女友聊天。对她这样依赖创意的策划工作者来说，脱离了办公室之后，任何事情都可以打扰到她。

你永远不知道你的同事正在怎样的环境下工作。可能是茫茫戈壁，也可能是田间地头。在家上班的第一天，互联网大厂员工陈念所在的部门开了一次视频会议。她换上新买的 T 恤，抹了淡淡的口红。她分明看到同事身后背景中朴实无华的灶台和洗菜池，之后那位同事迅速虚化了背景，拉起了美颜，她们又变成了靓丽的都市丽人。

2

李婉瑜理所应当地享受着爸妈的伺候，衣来伸手，饭来张口，每日穿着花棉袄在家烤火。平时存下来没空看的二十多部电影，被她刷完了，突然有点空洞，她觉得生活没有了期待，迫切想要工作。

她在香港一家 4A 广告公司工作，年前回到桂林老家。从初八起，她在家线上办公。她一边烤火，一边嗑着瓜子，把这个好消息分享给家人。梦寐以求的生活就摆在眼前，她要做的只是在手边摆上零食和切好的水果，等待远在香港的同事发来即将开展的项目，"科技让生活更美好"。

但这次不一样了。广告行业看重创意，需要专注，李婉瑜曾花了快两个月构思一句四个字的广告词，那是一次次头脑风暴碰撞出来的。现在，她的工作降维成一通通漫长的电话，最多的一天，她打了五个电话，每次大概一个半小时。下午五点钟，天刚擦黑，父亲把啤酒鸭做好了，屋子里都是香味儿。

灵感是让人捉摸不透的东西，大部分时候它不会光临。长途电话时不时陷入沉默，这和面对面的沉默不是一回事。她盯着手机上不断跳动的通话时间，像是盯着遥控炸弹的倒计时，思绪从广告 idea 飘到"如何不让气氛更加尴尬"上。

在上海某家科技公司做运营的何安感到无比冗长的煎熬。一场会议三四个小时成为常态。她像一个迷茫的旁听生，努力从七嘴八舌中寻找涉及她运营工作的内容，然而一无所获。后来每次开会，她就把手机关静音，在一边忙自己的事。不知道是幸运还是不幸，她从没被拆穿过。

在家工作的大多数时候，大家看不见彼此的表情，听不见彼此的声音。那些职场生存中必备的可爱的语气词和热情的微笑所隐含的巨大信息量，在文字交流中损耗大半。

前些天，何安见证了一场莫名其妙的互怼。她的工作微信群里，同事一句没有表情包加持的"你明白吗？"换来了对方的"我不明白"，之后从"有没有必要"吵到双方到底谁更"偏激"。

"就像男女朋友吵架一样。"何安说。

后来，公司领导看不下去，在他们四个人的群里发了五十块钱红包缓解气氛。抢红包调动起了大家的积极性，吵架的二位手很快。第一个抢了一块多，第二个两块多，局外人何安抢到了四十五……这下彻底没人说话了，气氛过于尴尬。

3

在公司，人们默认你唯一能做的就是工作；但在家的可能性就太多了，床上躺着，沙发里窝着，或者跟爸妈打两把斗地主。领导们不知道你在写方案还是打游戏，而员工们也不知道领导知不知道自己真的在工作。距离拉远，让职场成了每个人需要确认自身位置并及时发出信号的幽暗森林。

尽管戈壁滩上的4G信号有延迟，每当领导在群里说话，吴洱还是力争第一个回复他。内容或许无关紧要，重要的是证明自己"在场"，如果能稍微多争取一些工作就更好了，这说明"我的存在还有意义"。他已经在祖国的边缘了，不能在当下特殊时期且未来形势不确定的情况下成为公司的边缘。以往的经历告诉他，这意味着危险。"公司这种东西是挺无情的，你知道吧？"

发信号的另一端也在尽力保持平衡。领导们就像教室后门的教导主任，想透过门缝观察有没有人在开小差，又不想引起学生的不信任。尤存欣在北京一家公关公司上班，并不认为她的领导是个多事的人，但这些天，每天早上九点，这位领导都会给她发一个小心翼翼的表情包，意思是："你该上班了不会还在睡觉吧？"尤存欣随便回些什么，当天上午的考勤就算完成了。

到了差不多下午三点，同样的剧情再来一遍。为了不错过这种谨慎的考核，她每天用手机定四个闹钟，防止自己卧床工作时倒头睡去。

这些因距离而必然存在的低效，延长了工作时间。每个人都告诉我，这些天他们至少要工作到晚上十点，忙到做饭吃饭的时候还在接电话回微信，回头一看，好像什么都没做。遍寻灵感而不得的李婉瑜更夸张一些，上午十点开始开会，凌晨三点多结束工作。她不知道这一天是怎么过去的，也不知道明天会怎样过。

每当奶奶问她工作会不会做，高达总有些无奈。她当然会做。这个家族从爷爷辈开始做生意，家底殷实，她是家族中唯一的女孩，只要她喜欢，可以选择任意一种生活方式。但大学毕业后，她以一个逆子的姿态奔赴北京，没人理解她在做什么，以及为什么要这么做。

她努力保持张弛有度的状态——不能显得太放松，这会让从小对她严格要求的爸妈觉得她工作不努力；更不能表现得太累，如果工作到很晚，第二天的饭桌上她将再次被"劝降"——"每天这么辛苦，还不如自己干！"

做生意太累了。父母更希望她回到浙江，结婚生子，找一份安稳的工作——比如公务员，当老师也不错。事实上，她每年回家都要经历这样一番痛苦的试炼。唯一的好消息是，因为疫情，今年的相亲活动取消了。

偶尔，高达也会跟妈妈吐槽工作中的难处。妈妈摆出一副历经沧桑的表情，输出一通正能量，"公司都是这样的"或者"做好自己就行了"。她保持沉默。理解万岁吧，毕竟眼前这个打扮精致的中年富太太，对工作的理解仅限于各种以谈恋爱为主的职场肥皂剧。

和所有报喜不报忧的年轻人一样，李婉瑜从没向家人透露过半句工作的辛苦。有时候爸妈晚上给她打电话："下班了吧？""下班了。"她躲在安静的会议室里。

只有一次露馅儿，她在凌晨三点发了条朋友圈，"我也见到了凌晨三点的旺角"。第二天爸妈就打来电话，提醒她："身体会垮掉的！你以后后悔来不及的！"李婉瑜学着父亲夸张的语气说。

现在，秘密无法隐藏了。这次春节开工前，她就给爸妈打好了预防针，自己可能会加班晚一些。但父母理解的"很晚"，大概是晚上七八点。所以当凌晨三点他们起床上厕所，看到李婉瑜还在电脑前干活的时候，震惊中夹杂着心疼："什么工作要这样子做！你不要做了！"

这次春节在家工作，原本对李婉瑜采取"放养"策略的父母，态度发生了一些微妙的变化。饭桌上，关于未来打算的话题越来越多，不过她觉得自己还年轻，这种事暂时与她无关。

4

陈念总强调自己的"中年人"身份，似乎这是一个不同的人种。这至少意味着她不能像小年轻一样窝在被子里工作，"这样的场景不太能建立得起来"。对她来说，会议软件里最重要的功能是"禁言"，当然是禁自己的言。七岁的女儿就在身边，随时准备好跟手机那头的叔叔阿姨聊上几句。

在小朋友的概念里，她就是世界之王，生活的每个部分都要严格按照她的意愿运行。与此同时，她还不太理解工作是什么。开工之后，她眼中的妈妈就变成了一个只会玩手机的女人。"你陪我的时间只有零分钟！"女儿在电话那头喊道。

工作时间直线拉长，晚上把女儿哄睡着之后，她再抱着电脑处理工作到十二点。为了能安心工作一会儿，她以尽可能多地消耗精力为原则，为女儿设计了各种游戏。她把家里的椅子、凳子、晾衣架全部摆到客厅里，类似于一个闯关游戏，从这头到那头，其间要钻、要爬、要蹦、要跳，最后还要来一套组合拳。虽然很短暂，但世界安静了。

前些天，她发了条朋友圈，图片的一边是她工作的电脑，另一边是正在做作业的女儿。两手都要抓，两手都要硬，中年人的愁苦呼之欲出。

一般情况下，父母对孩子的嫌弃和放假时间呈正相关。吴洱是个孝顺的孩子，为了跟父母更亲近些，他在家连卧室门都不会关。但这次没等爸妈烦他，吴洱反倒有点烦爸妈了。其实没什么，就是偶尔让他刷个碗；他去找三轮车办公的时候，爸妈就乖乖在家，两个人打斗地主。

那么问题出在哪儿呢？他二十七岁了，从小就没想过要回到新疆，只要不回头，前面就是广阔天地。但最近两年，他越来越喜欢跟爸妈一起玩。发自内心的，不是为了哄他们开心。但返工之后，他没这份心情了。

工作需要的是专注，家庭意味着琐碎。两种状态在同一个场景下交织，生出的噪点像细密的毛刺扎进他的内心。"其实也不是讨厌爸妈，是有点讨厌自己这种状态。"吴洱说。

5

"上班是为了下班"，这不只是一句废话。人们试图把工作和生活分开，从一种状态进入另一种状态，所以"下班"是一件有仪式感的事。每次遇上七点多钟下班，尤存欣就抑制不住地兴奋。她和同事住在一间出租房里，从上地铁就开始讨论晚上的安排。没什么特别的，仅仅是开几把《王者荣耀》，或者看几集不费脑子的偶像剧。

何安曾经在外企工作，习惯了下班时间不回复工作消息。进入现在这家公司后，没了这样的条件，但她还是会在出公司门那一刻就把手机关静音，视工作紧急程度回复消息。

但在家工作后，八小时工作制自动消失了。何安的领导是 PPT 爱好者，善于提高员工的工作饱和度，如果你的工作全部做完了，那就把它们全都写成 PPT；而何安是刚工作两年的职场新人，她的原则是"我尽快把我的工作做到最好，然后你就别来烦我了"——这实在不是一对合拍的组合。

她的朋友曾经传授她一些生存小窍门,包括"六点能做完的工作,做完了之后十点钟再发给他(领导)"。何安觉得很有道理,但她想辞职了。

上个周末,领导吩咐她核对了两个表单里总共六千多条数据。晚上九点半,领导的需求变了,这些数据要重新核对一遍。而这本来不是她的工作。过了十分钟,她在群里回复,"不好意思,我能力不够,做不来"。于是任务落在本该完成这项工作的同事头上。

同事显得很慷慨,"一起学习吧,只希望××(何安)对自己的能力不要妄自菲薄"。

关上手机,她大哭了一场。每个来到大城市的年轻人都不怕劳累,他们希望实现个人价值,怕累就不会来了。但同时,他们渴求界限感,希望努力工作之后也能努力地生活。

李婉瑜说,虽然在香港她没少加班,但下班之后发送工作相关的信息或邮件,会被视为无礼的行为,你也有权不做回复。她曾在休假中接到过一项工作任务,并不复杂,但向她推送工作的同事发来了一封真诚的长邮件表达歉意。回到公司之后,她看到自己的座位上放着一份同事送来的礼物,再次为对她的叨扰感到抱歉。

李婉瑜的公司有露天花园和吧台,看起来精致且温馨。这个故事里的主人公们的公司也类似,甚至更好。人们夸赞那些打扮得像家一样的公司,甚至上升到激发创造力的高度。但真像现在这样,回到家躺在床上办公,又会觉得创造力留在了公司。

"这个故事告诉我们,社畜还是更适合被关在笼子里。"高达说。

(文中人物均为化名,金翏对此文亦有贡献。)

健身教练转行送外卖：
我是一个父亲，困难时要站出来

文/崔一凡　柳宁馨　金赫

　　他们曾经是高收入群体，是都市精致生活的象征。为了维持身体和生活的精致，负债成为他们中一部分人的特征。但现在，健身教练们不得不谨小慎微，寻找新的生存方式。送外卖，开直播。经历过寒冬和看得见的颓丧之后，新的肌肉逐渐生长出来。

1

　　一个多月前，在广东顺德做健身教练的向罗勇成为一名兼职外卖骑手。这不是一个多么困难的决定，他已经两个月没有收入了。仗着身体素质好，他跟朋友借了一辆银色死飞，背上当兵时发的迷彩双肩包，开始了骑手生涯。他骑得飞快，有时候电动车也追不上。上班第一天，他冒雨送了五单，赚了五十块钱。可能因为骑得太猛，半路上"嘭"一声，车胎爆了，换副轮胎花了一百多。

今年是向罗勇进入健身行业的第三年，中间换过几座城市，兜兜转转，又回到最初的那家健身房。这里位于居民区和城市办公区之间，来锻炼的都是城市白领。几乎是一夜之间，这种生活的节奏被打断了。他欠着五六万外债，每月要还五千多的银行贷款。女朋友也是健身教练，两人同一时间失去收入。这次疫情让他意识到，负债生活无法抵御风险。他想着今年把债还了，运气好的话攒些钱，把死飞换成电动车。毕竟是生产力工具，以后下班了，也能跑上几趟补贴家用。他并不十分适应当骑手，甚至不知道送比萨的时候一定要平放。特殊时期，手机导航的线路走不通，只能骑得更快，"比在健身房锻炼都累"。债务让他稍稍降低了底线：以前他看不上那些在朋友圈卖运动补剂的教练，觉得这不专业。现在，他也冷不丁地在朋友圈发广告了，"都是生活所迫"。健身教练们正在遭遇挑战。这些天里，几乎每个人都在琢磨如何赚钱。在一个健身从业者组成的微信群里，有人发了张图片。图中是一位皮肤黝黑，剃着寸头的男人，穿着外卖小哥的工服，雄壮的肌肉把 T 恤撑得满满当当。他是健身培训行业里无人不知的大咖。

自救的方式多种多样。有些平时注重线上积累的教练，索性干起了直播。但这和面对面教学是两个完全不同的工种。刘晓羽是一位团操教练，她所在的公司仅在上海就有六十多家门店。疫情发生后，健身教学课全面转移到线上。最初，她在家里直播，录制健身操视频。她把手机摆在面前，对着摄像头尴尬地蹦蹦跳跳，强拉气氛。为了满足会员们的锻炼需求，她就地取材，家里的矿泉水瓶灌满水，当成哑铃或杠铃，做俯身划船和颈后臂屈伸。看到有些教练的直播间人数动辄几十万，向罗勇也琢磨着到线上试试水。他先咨询了一位经常玩抖音的会员，又刷了不少短视频红人的训练课，发现这些教练翻来覆去就几个动作。他表示理解，"现在人不都是求简单嘛，难的话练一两次就不练了"。于是他也依样画葫芦，录了两条视频，教些基础的波比跳、开合跳。视频发上去之后，只有几十个观看量，连条留言都没有。

2

　　在家待了一个多月，乌淦瘦了四公斤，衣服穿在身上都有点晃荡。或许是在家憋得太久，或许是远离健身行业，身体的退化伴随着情绪的动荡，他也说不清楚。乌淦年前回到湖北咸宁老家，决定暂时把健身的事放一放。"封城"期间，不好买菜，平时吃的水煮鸡胸肉都成了奢侈品。为了保持体能，他把家里养的鸡吃掉了五六只。但对于健身教练来说，这远远不够，目前的营养摄入只能支撑他三天锻炼一次。所有人都承认，健身教练是个低门槛的行业，至少现在是这样。我接触的几个健身教练，几乎都处于负债状态，这成了健身行业的特征之一。在襄阳做健身教练培训的文炜东说，这几年，来培训的人原先大多在工厂上班，健身行业给了他们一个向上攀升的机会。一般来讲，当三年教练，然后转型做销售，再两年，一部分吃得开的能开自己的工作室，再往后成为健身房老板。

　　这不是一份旱涝保收的工作，对于向罗勇来说尤其如此。五年前，他退伍回家，在健身学校培训了一段时间，就一头扎进这个行业。直到现在，他也不理解为什么有的教练卖课能卖得那么好，话术一套一套的。他是个钢铁直男，不会说话，"反正你来学我就教你，不藏着掖着"。在那家开了七年的健身房，向罗勇每月收入五千左右。但消费就多了：一桶蛋白粉市价三百九十九元，还有氨基酸、睾酮素之类的补剂，这是健身教练的必要花销。一年下来，一两个月工资就花出去了。就像健身房给会员们描画的塑形时间表一样，教练们也希望依靠培训，实现职业生涯的进阶。去年，向罗勇专门去泰国学泰拳课程，他觉得这种刚硬功夫适合自己性格，学了十来天，学费生活费加起来花了一万多。"他们（健身教练）对于存钱的意识特别弱。"在武汉开健身工作室的刘路说。健身最火的那几年，大城市的教练月入三五万也不困难。丁伟曾经承包过一片场馆，还没来得及装修，只拿出了几个器材展示，三天卖卡就卖了六百万。2017 年，健身房大量扩张，导致竞争白热化，"找教练都看你长得帅不帅"。他让我随便打开个地图 APP，"一条街上就有几家健身房"。

突如其来的疫情，给健身房带来了新的冲击。在苏州，Owen 和朋友经营一家两百平方米左右的工作室。这里每月一万多元的房租虽然不算太贵，但小本生意肯定架不住几个月不开张。工作室有五位教练，两个月前，他们还沉浸在即将过年的氛围中。Owen 盘算着明年赚钱了换台车，后来发现自己想多了。刘路在武汉的工作室至今还没开门，今年元宵节，他们推出了"一周线上课程"，售价九十九元——相比一节几百块的私教课，已经是保底良心价了。工作室保证，复工后这九十九块钱可以兑换成三节私教课。但最终，买课的只有五六人。

3

丁伟曾经是个"自信满满，谁都不惧"的人，认识他的朋友都这么说。但今年不同，从过年开始，他一直待在乡下岳父家。这里是个农家院，岳父包了两个山头，种苹果树和桃树。一个多月的时间，他每天只吃一顿饭，灌下去一瓶白酒，晚上只要不吃安眠药就做噩梦。醒着的时候，他就跑到山上拉二胡，净是些悲伤的曲子。有时候想想，"也不全是钱的问题，总感觉太那个啥了"。网贷公司经常打来电话，他也不躲避，老老实实讲了自己的情况，然后反问对方："如果是你的话，你选择活着，还是选择还钱？"对方沉默了一会儿，说"我选择活着"。他已经没有能周转的资金，身边的亲戚朋友，能借的都借了一遍。现在，网贷公司的电话照常打来，只不过那头问完"是丁伟先生吗？"接着就挂了，每日如此，像个荒诞的仪式。前几天，丁伟的朋友找到他，准备跟他一起在网上卖课。模式很简单，他们整理一些健身"干货"，拉人进群，"干货"按照不同价位卖给客户，一点九九到九十九元不等。朋友给他发来了两个 G 的资料，他至少得花半个月时间整理成 PPT。其实对于丁伟来说，这些内容价值不大，意思就是告诉别人"开水烧烫了不能直接喝"，然后举两个例子，让人一听，"我靠，实话!"丁伟想通了，他可以从头开始，哪怕去工地上扛钢筋水泥呢，也一定能把钱还上。他重新开始跑步，这是以前坚持多年的习惯。早上七点，他跑到两座种着果树的山头上，果树还是赤条条的，没有开花的迹象。不过不用担心，它们已经结了四五茬果子了，今年也会一样。大概半个月前，乌淦开始恢复训练。家附近的瓦棚成了他临时的健身房，拿木架子当单杠做引体向上。二十五公斤的木桩子成了哑铃，上举，深蹲，刚开始练猛了还有点吃不消。他上山砍柴，一天跑几趟，就当是有氧训练。下地收菜，一手一只菜篮子，边走边用菜篮子做弯举动作，锻炼肱二头肌，就像反方向扳手腕。

疫情期间，Owen 去过几次工作室，在满是消毒水味儿的健身房里做了几组深蹲。这是他热爱且熟悉的地方。他原先做过婚庆旅拍之类的生意，不累，还能赚钱。但生活总不能没有意义吧，他说。于是他投奔健身行业，折腾了几年后开了这家工作室。

他和朋友们没少琢磨怎么赚钱，比如做微商卖器材，或者做直播当网红，但这些都需要长久积累，解不了燃眉之急。上个月的某天晚上，十一点半了，合伙人给他发来消息："要不我们去送外卖吧?"他一口答应下来，当即注册了账号。他甚至有点开心，穿着拖鞋开车去六公里外送了第一单，挣了六块钱。"我这个动作（送外卖）的原因不是为了一定要挣多少钱，而是'我什么都可以做'。我是一个父亲，在困难的时候我要站出来。"Owen 说。骑手账号里的钱他没取出来过，准备有空了把这些钱换成纸币，装裱起来挂在墙上，作为这个特殊人生阶段的纪念。

那些与疫情狭路相逢的爱情

文 / 裴晨昕　向荣

如果说爱情的特性是让人彼此靠近，那么传染病则截然相反：让人心生戒备，疏远。突如其来的疫情，让人们缩回能够实现的最小社会单位，相会的方式从三次元退守到二次元。无法相见的情侣，每天用无数通视频电话搭配着绵绵情话维系关系热度。

考验从天而降了，人们用不同的方式表达爱情。有程序员担心女友闷，狂敲代码设计出专属聊天机器人；有人武装森严，每天到暗恋的女孩家楼下，只为看着她家的灯火一如既往地亮起。若是伴侣冲在抗击疫情的第一线，留在家里的那个人更没有心情伤春悲秋，他们过着一个人的日子，操着两个人的心。

两个人的口罩

爱情无价，却免不了被有价的物品衡量，有时是钻石，有时是房产证。2020 年的初春，衡量爱情的基本单位可以是 N95 口罩。

有人在朋友圈秀口罩库存，被异性调侃"大户人家，求交往"；还有人看到前任跨越大半个城市送来的几只 N95 口罩后怅然若失，"这个人还是爱我的"。

疫情之下，口罩象征着最质朴的呵护。

春节前的最后几天，二十二岁的兰州姑娘李欣媛跑遍北京通州附近的药房，只买到一只 N95 口罩。她男友是互联网公司程序员，下班已是深夜，连买口罩的机会都没有。

离京前的最后一晚，李欣媛和男友为口罩给谁戴吵了起来，开始是相互谦让，很快上升到争执，最后爆发了争吵。李欣媛情绪崩溃，痛哭流涕。她的父母都是铁路职工，"非典"暴发那年，她还没上小学，却已经对当年的情景有了深刻的记忆。男友邋遢惯了，不理解女友为何强迫自己戴口罩。冷战的气氛越来越浓，她脱口而出："你戴吧，你刚拿到年终奖，你活着的价值可能比较高。"男友愣住了，抱住李欣媛，两人破涕为笑。

相恋两年，李欣媛时常觉得男友不体贴，不浪漫。尽管已经见过家长，但对婚姻心存犹豫。这次疫情让她第一次意识到，"真的会有一个人，让你觉得他的安全高于一切，甚至是自己的生命"。

分隔两地的假期，李欣媛经常一个人盯着小区里的灯火，想象着每个亮着的橘色方块后面都有一个幸福的家庭。她和男友商量好，"等疫情过去，我们就结婚"。

幸运的新婚

老黄历上，2020 年 2 月 2 日不是个适宜嫁娶的日子。但现代人有不同的解析，20 谐音"爱你"，正月初九寓意长长久久，更何况还是难得一遇的对称日，这一天成了许多新人计划中的领证日。

　　这天是周末，民政局不受理业务，但多地民政局本打算顺应民意"为爱加班"。1月上旬，央视主持人白岩松也在节目里呼吁，"拜托民政部门实现新人的梦想"。

　　但随着疫情蔓延，从1月底开始，各地民政局陆续通知取消婚姻登记办理。

　　安琪算是幸运儿，2月1日在西安成功领证。当天，婚姻登记处铁门紧闭，安保大爷拎着喷农药的塑料箱驻守关卡，里面装满了消毒液。少数几对来登记的情侣，排队时彼此隔得很远，"如临大敌"。十几位工作人员服务一对情侣，省去了一切仪式，没有宣誓，没有合影。领证三分钟，前后量了两次体温，洗了三次手。

　　领证第二天，当地民政局就暂停了婚姻登记业务。

　　民政部社会事务司副巡视员杨宗涛公开宽慰新人，"健康和生命是第一位的，只要两个人感情深厚，身体健康，哪天登记都是好日子，都值得纪念"。

　　为了筹备一场理想的婚礼，二十八岁的小朱和老公前后忙活了十个月。2019年4月，他们跑去云南拍婚纱照，8月领证，9月开始通知亲朋好友，10月回老家选定婚庆公司。2020年1月16日，回到常德老家时，他们还在为最后的宴席准备烟酒菜品。

　　但随着疫情加剧，人员聚集的婚礼宴席成了高危场所。按照农村习俗选定的良辰吉日，一般不宜更改，大年三十晚上，两人决定取消婚庆，办一场只有家人参加的婚礼。

　　初六是个大晴天，很适合办婚礼。一大早，丈夫独自开车来接亲，没有鲜花装饰，银灰色的小轿车擦得干干净净。夫妻俩在堂屋向父母行礼，喊口号的是小朱正在读大学的弟弟。没有婚纱也没有妆发，小朱就穿着一件日常的红色大衣出嫁了。

　　从娘家到婆家的路上，几乎没有车辆和行人。往年正月，村里小道上总是熙熙攘攘，但这一天连小野猫小土狗都没看到一只。村头喇叭在不间断地广播着疫情防控信息。小朱不免有些落寞。

她连上蓝牙，车里响起了钢琴曲《梦中的婚礼》，是结婚的感觉，还是开心的。她将婚礼当天的照片分享给没能到现场的朋友看。朋友问她，觉得委屈吗，她说，"不会"。

婚姻的本质不仅在于仪式，更在于生活。疫情蔓延之际，新家庭的组建更令人安心。新婚第一天，小朱去屋后的菜园摘菜，雨后菜畦泥泞，一双短靴溅满泥点。回家后小朱把换下的鞋子随手丢在一边，没过一会儿，丈夫端来了一盆水，默默地将鞋子擦洗干净。

分手短信

疫情可以是爱情的催化剂，也可以是分手的导火索。距离和隔阂被放大，沟通变得困难，紧绷的神经一触即发，分手的体验似乎更加伤痛。

理由五花八门，有人发现异地的男友频繁登录交友软件，有出轨迹象，分手。有人发现对方家长不明事理，怎么劝都不戴口罩，还照样出门聚餐，分手。

二十七岁的小马也在这个春节分手了。大年初一下午，得知女友口罩告急，他从县城跑到乡下，打听了五六个村子的医疗站，买到了几包口罩。初二一早，他胡乱扒拉了几口饭，就要给女友送过去，二百七十多公里的路程，先是下雪后是下雨，高速上一片空荡。他一路疾驰，口罩送到已是晚上十点。

第二天早晨，他在萧瑟的城区寻找消毒水和医用手套，忙到晚上八点，回家坐到沙发上才意识到，一天没有吃饭了。

初六，因为一些琐事，小马和女友吵了一架，心情郁闷，出门和朋友吃了顿饭。本想借着喝酒给女友打个电话道歉和好，没料到电话还没打，分手短信就先来了。

第二天，小马给女友的妈妈打了一通电话，挨了一顿数落。"嫌我出去和人接触，并建议我两个月之内和她女儿不要接触，害怕我给她女儿传染上。"小马赌气地说。

他想不通，自己雪天开车往返近六百公里送口罩，对方家长怎么能说出这样的话，没有一句关心，令人心寒。

如果放到一个月前，小马会哄女友求复合，但这次他觉得，"彻底失望了"。

生活的味道

坐在一起吃饭，对情侣来说，眼下是如此困难，却格外令人向往。

分隔两地的情侣拍下一日三餐，用拼图的方式，将两人的日常拼凑在一起；有女生一到吃饭时间就化好全妆，打开视频和男友云约会；还有情侣在微信聊天上脑补云点餐，"鸳鸯锅，毛肚一份、黄喉一份……""点太多啦吃不完"。

王薇也想和老公坐下好好吃顿饭。她今年二十九岁，结婚五年。老公是初中同桌，大学毕业后，王薇本想撮合他和小姐妹在一起，没想到最后把自己搭进去了。

两人都是土生土长的武汉人，老公在孝感做警察。孝感和武汉相距六十多公里，来回车程一个半小时，不出意外的情况下，两人每周相聚一次。最初的两三年里，他们经常因为距离争吵，也闹过几次分手。不过后来王薇看开了，"不管他在不在武汉工作，只要他选择了这个职业，就不可能顾得了这个家"。

1月23日，武汉宣布"封城"，王薇的老公收到上级通知要回孝感备勤。晚上九点多开车出门，由于严重拥堵，凌晨两点只好掉头回家。

第二天早上九点，他再次出发。王薇也回到了社区服务中心值班。

在基层工作，王薇有时会觉得很委屈，有些居民不理解，总觉得是因为社区工作没有做好，才导致小区里有人确诊。安排不了床位、找不到隔离点接收，不讲理的人也会拿王薇和同事撒气。这些委屈，她只能和老公倾诉。

除夕那天，王薇给社区确诊患者的家人送过消毒液和口罩后，回家接通了视频，夫妻俩隔着屏幕吃年夜饭。独自在家的王薇吃得很丰盛，烤肉、火锅丸子、水果、干碟，一应俱全。这些食材，都是老公走之前特地陪她去超市买的。看到手机屏幕里老公一个人在宿舍捧着泡面，极少在家开火的王薇突然很想下厨做饭。

这个特殊的时期，做饭成了一份特别有生活气息的回忆。王薇开始想认真经营自己的小家。她对着菜谱做老公爱吃的肉馅饼子、卤味，武汉人能吃辣，卤料包下锅后还要再抓上七八个辣椒，静静等待灶台上冒起蒸腾的白烟，锅里的食材开始咕嘟沸腾。

她拍了视频发给在前线执勤的老公，"就当你坐在旁边一起吃吧"。

不起眼的爱

然而，爱情并非只有恰到好处的关怀一种模式，有时故事的开端还伴着主角的迷糊与一点点温吞。像三十二岁的张万里，直到妻子动身出发前几个小时，才意识到她所说的"去前线"，不是去蚌埠本地医院的前线，而是去武汉前线。

大年初三早上接到妻子江芹的电话时，张万里还没有起床。妻子一大早就去医院开会了。她是呼吸重症监护病房的护士，总是很忙。尤其是在新型冠状病毒肺炎暴发后。

江芹在电话那头显得很焦急，要丈夫帮忙收拾行李。"去应急病房还要带那么多东西吗？"刚睡醒的张万里有些摸不着头脑。"我要去武汉"。张万里从被窝里探出身子，坐了起来："怎么突然间就要去武汉了呢？"

没时间多问，他慌忙起床采购日用品。"其实他也没买到点子上，给我准备了一点肥皂、牙膏、纸巾。"这些酒店都有。结婚六年来，江芹很少出差，"肯定需要准备一些护肤的呀，水啊，霜啊"。到了武汉后，江芹看着丈夫准备的物资，忍不住叹气。

突如其来的离别，打乱了夫妻二人的阵脚。从医院开动员会回家后，江芹开门就看到张万里直愣愣地站在面前。她抓起双肩包正要转身出发，张万里慌忙跟上，"我送你走"。

从家里到医院的步行距离不过五百米，一路上电话一直在响。主任打来电话催、护士长打来电话问，"快快快""快集合"。妻子在前面急步走着，张万里在后面低头跟着，"慢一点，不急这一会儿"。电话里还在催，江芹没有理他。张万里突然喊道："你停下来，你的裤脚还没有拽好。"

张万里是个害羞的人，情绪很少表露出来。隔着车窗，奔赴前线的医护人员向下面的同事、亲属挥手告别。江芹开始哽咽，一旁的领导过来安慰，对张万里说："你把我的手机号存下来，家里有事找我。"

江芹一路哭到了合肥，与大部队会合，成为安徽援鄂首批医疗队的一百八十七分之一，被分配到武汉的金银潭医院。

为了穿防护服方便，前线的医护人员都剪了短发。走得匆忙，江芹一头长发是到武汉之后才剪的。一开始她自己拿剪刀剪，剪得不好，就让一个医生帮忙。她开玩笑地和张万里说，之前那么贵的柔顺都白做了。张万里感受到了妻子淡淡的难过，却不知如何安慰她。

2月14日，是江芹离开家的第十八天。前线工作繁忙，护士们原定上四天班，休息两天。但突发情况总是很多，加班就成了常态。张万里一个人在后方，每天掐着手指算妻子的排班，定时打来视频通话。

对话总是从蚌埠增加的确诊病例数开始，江芹自己在前线，更担心的却是家人是否接触了新冠病人。在江芹眼里，张万里是个典型的理工男，没有多少浪漫的细胞，关心和鼓励她的方式总是很实在，督促她多吃饭，多吃水果，多休息。江芹也是报喜不报忧，吃得好时，会把餐盒拍照发给张万里，加班吃泡面则一概不提。

为了防止病毒传播，病房不开暖气，窗户却开着一直吹，病人盖着被子还好，医护人员容易着凉。有一天，她值夜班时，胃难受了几个小时，交完班忍不住呕吐，吐完一阵眩晕。她当时特别想念张万里，想告诉他，又怕他担心，晚上通话时，只是轻描淡写地说，胃有点不舒服。

最近一次通话中，张万里没有问妻子的归期，只是说："马上天暖了，没有衣服穿，我给你寄。"

在这个节骨眼上，那些平日里不起眼的，也成了传递爱的工具。

突然被延期开学击中的父母

文 / 郝琪　何可人　向荣

老张原以为，那只是短暂的别离，一切可以从容应对。

春节前，老张的母亲完成阶段性的带孩子任务，在 1 月 18 日趁孩子寒假返乡放风。岳父前来换班，一起留京过年。无奈老人不适，大年初二不得不提前离京。当天他看见朋友圈有朋友发"北京老母亲都要嚎啕大哭了"。仔细一看，因为新冠肺炎，北京的学校延期开学。无人帮忙带娃的老张，瞬间经历了一次情绪的崩溃。

意外从不商量，接踵而至。老张和妻子都在大年初一便取消假期，开始加班。母亲短期内是回不来了。更令老张手足无措的是，妻子过年期间必须得去武汉出差，相应地，一回京不回家得先隔离十四天。他在脑海中将男女双方里里外外的亲戚盘了一遍，忽然想起表姐正在成都，电话打过去，表姐说，自己一小时前刚到湖北老家，市里头的路都封了，她也出不来了。

总之，所有巧合都被他碰上了。照顾七岁的女儿的任务，落在需要天天加班的老父亲一个人身上。

老张年近四十岁，是一家互联网公司的基层。大年初二不仅白天没休息，晚上在家值夜班一口气工作到初三早上七点。七点半躺下，十点，女儿把他摇醒了，说，爸爸，我本来不想叫你的，但我实在饿得不行了。

睁开眼，工作便铺天盖地涌过来。但当务之急是先把女儿喂饱。上午，他让她喝了碗小米粥。中午，他做了萝卜炖牦牛肉。汤没喝完，晚上就用菜汤下面条。

冰箱是满的。妻子出发前特意叮嘱过，要每天给女儿煎枚鸡蛋。可他既没时间弄，也弄不好。他平常几乎不做饭。那天，他想起因冰箱过载而被发配到窗台的两只猪蹄，拎起来一看，臭了。一起臭掉的，还有两盒包装严谨的法国鳕鱼，标明了需要 $-18℃$ 冷藏，他根本无暇看这些，随手丢在了阳台上，心想北京这温度，总在零度以下吧。

他只好炒了盘四季豆，被女儿吐槽："你炒的四季豆只有四季豆的味。"

他努力维持老父亲的尊严，说："四季豆可不就是四季豆的味儿？"这顿饭之后，他开始接受叫外卖了，都是妻子给叫的，为了确定孩子饮食平衡。

"人到中年真的难"

老张在电话那头咳得厉害。跟新型冠状病毒无关，他咳了快两年了，最早找的是业内叫得上名的一位专家看的，没什么效果，但也无大碍。可特殊时期，咳嗽声隔着手机也令人提心吊胆。12 月下旬，他特地去一家口碑还不错的医院做过彻底检查。胸部 CT、过敏试验、哮喘测试……一个个测下来。医生说，你没问题，那咳嗽大概是咽炎加胃炎加那些杂七杂八的炎症引发的。

人到中年，体能直线下降，工作依旧繁忙，老人开始生病，孩子让他操心。时间被慢慢掰碎了，一块给父母，一块给孩子，夫妻俩工作都忙，属于他个人的时间越来越少，生活必须安排得严丝合缝，才能够维持正常运转。

现在好了，计划开了个小口，紧接着是第二个、第三个，接二连三、牵一发而动全身。它的影响绝不同于取消一次旅行，或者翘一次班。在这场巨大的突发事件带来的未知面前，时间越来越失控，再加上一个充满奇思异想不确定性的小孩在眼前晃，一切都被打乱。延期开学是压倒老父亲的最后一根稻草，他忍不住在电话那头爆了个粗口。他想，疫情早两天爆出来就好了，这样母亲就能留在北京。可现实就是这么不容商量。

苦恼并不罕见。微博上，一位江苏妈妈延迟两天上班，但她的孩子延迟一周开学。她上班了，孩子不能放羊，家里老人来帮助带娃，她担心坐火车时感染病毒，把普通座换成了一等座，仍然提心吊胆，"人到中年真的南（难）"。

另一位岳阳的妈妈在微博上呼唤延迟上班，不然她就得在大年初七带着两个孩子从岳阳坐高铁去广州。孩子的幼儿园倒是延期开学了，但她得正常上班，"孩子咋办啊？"

人人都在熬日子。时间一长，从前严格约束孩子的家长都"佛系"了。方静就改变了对孩子的要求。第一，让孩子敞开了睡，反正"起来也没什么事做"。第二，电视机敞开了看。

她有两个孩子。大女儿九岁，小儿子三岁。过去，他们一家在北京生活，她是一家著名互联网企业的开发测试工程师。2017 年年末，女儿上小学，她辞了职，成了全职妈妈，举家搬回丈夫的家乡——湖北武汉。

前两天，学校的通知还没下来，她想，开学时间最好多延长些。"如果 3 月份开学，我都会很担心，每天孩子上学，我可能都会提心吊胆。"

她要操心孩子，还要操心远在新疆的父母。2020 年 1 月初，父母来武汉看她，13号回老家，刚回去没两天就被拉去隔离了。相隔甚远，触不到摸不着，她每天都很焦虑，担心老人免疫力不好，被交叉感染。她打了好多电话回去，像提醒孩子那样反复提醒他们，要注意，不要不当回事。

但父母更担心她，毕竟，她在武汉生活，离病毒更近。前几天，她听说女儿班上一位同学的爷爷因为新型冠状病毒去世了。她震惊、压抑。这种感觉跟她在手机上刷到的死亡数据不一样。她每天醒来第一件事就是查看数据，上涨的数字让她心里拔凉拔凉的。这次，死亡降临在她认识的人身上——那是她孩子同学的爷爷，就住在她家附近。

她后来也安慰自己，那位老人原本心血管就不好，所以才没能撑过去。但她还是不让孩子出门了，买菜的任务交给丈夫。他出门必须戴口罩，回来要用酒精把身上的衣服、购买的东西都喷洒一遍才能进屋。

"你必须不停地消耗她"

延期开学确定后，家长们的矛盾焦点迅速转移到如何让圈在家里的"熊孩子"尽快"放电"。小孩能量充足。"就跟那个手机电池一样，我们像老手机快不行了，充半天才有一点电。她稍微充点电马上就活力爆满了。"老张的经验是，"你必须不停地消耗她，不停地消耗她"。

他在家办公，领导等着他汇报，手下等着他布置任务，他顾不上女儿，只好催她去写作业。

幸亏平时兴趣班报得多，这会儿不愁没作业写。女儿写得慢，不专心，写着写着玩起来了，他就吼她两句。她又写，写一会儿又走神了，他就再吼她两句。

大人孩子都关在家里，亲子矛盾不断激化。大刘的女儿三岁半，她每天在幼儿园的家长群里填孩子的健康状况时都叹气，不知还要填多久，幼儿园才能开学解放自己。孩子不能出去玩，无法有效"放电"，不好好吃饭，也不肯睡觉。最长的一次哄睡两个小时，讲了十几个故事，孩子眼睛还是冒着精光，满床打滚，提出各种要求，"折腾的我哟，抓心挠肝的，恨不得殴打老公一顿出出气。"

出不去，也没有玩伴，女儿觉得委屈，就会提各种无理要求，大人开始还好言相劝，回合多了，孩子在地上哭着跳脚，大人忍不住开始吼，一片鸡飞狗跳。每次闹完，大刘都觉得很惭愧，反思自己不是好妈妈。没过一会儿，听到楼上也传来孩子的哭声和大人的吼声，她的心态立刻就平和了。

大连妈妈李怡则和丈夫教会六岁的儿子玩他们小时候玩过的游戏——套环、蒙眼睛摸瞎子。实在无计可施了，夫妻俩教孩子玩斗地主。一天三把，时长四十分钟，儿子如今已经会理牌了。

当然，学习也不能落下。李怡告诉谷雨实验室，她给孩子制定了学习计划。语文、数学、英语、读书、画画、做手工、做家务。全套流程走下来，大概三小时，学一会儿歇一会儿。

孩子抗议："妈妈，你给我布置的作业太多了，我每天学习的时间太长了。我要跟你谈一谈。"

李怡问他："那你知不知道一天有多长时间？"

"不知道。"

"一天有二十四小时。"

"二十四小时是多长时间？"

李怡就给他画了个圆，把他每天的学习时间用阴影标出来："你看看，你每天学习的时间还长吗？"

"不长。"

"这样的话，你还有什么想表示的吗？"

"没有了。"

一场抗议就这样被段位更高的老母亲消解于无形。李怡坚信，只要他认真学，时间很快就会过去。小学一年级的孩子要学的东西已经很多。"哎呀，现在的孩子，竞争都挺大的。"

"其实做小孩好累啊"

做作业成了无处可去的学生们最重要的寒假课题。

1月24日一早，网易有道精品课宣布向武汉市中小学生免费送课程。两天后，赠课范围扩大到全省。1月29日，范围再次扩大，覆盖全国。

这一举措最初被网友戏称为"提供免费寒假作业"，甚至遭到"群嘲"。但群嘲并没有妨碍报名咨询数量的激增。截至1月28日，有道累计收到超过六万名湖北学生家长的报名咨询，赠送课程超过十二万份。

从反馈来看，初三、高三的学生反应尤其激烈。"对他们来说，疫情会结束，但中高考是始终在那儿的。"网易有道副总裁刘韧磊告诉谷雨实验室。

小苒是河南省一家重点示范中学的高三文科生。她在微博上看到各省延期开学的消息，第一反应是安心，可以再休息两天，她很开心，当然也掺杂着恐惧。她家有两例确诊感染新型冠状病毒肺炎的病人。她害怕疫情无法得到及时控制，开学时间遥遥无期，影响复习进度和高考。

出不了门了，她天天在家写作业。可是，"一直写好无聊啊，我在家都闲得长蘑菇了"。她说："其实做小孩好累啊。"

孩子只是累，家长的心情更复杂。妈妈抱怨学校不赶快发延期开学通知。奶奶也跟她说："不行咱就先不去！啥都没有命重要！"

武汉华中师大一附中学工处主任周珂意识到疫情形势严峻是从1月20日开始的。按原计划，高三学生1月22日正式放假。但那天，老师们接到通知，21号不上课。

通知来得突然，影响到高三，这让她意识到，疫情比想象中严重。那天下午，周珂照例去学校走了一圈，做最后的安全检查，发现已有学生戴上口罩。

很快，学校决定为一千多名高三学生上线网课。1 月 30 日，学生们在线上开启了新学期。

周珂远在南京的朋友徐行——一位高三语文老师给她发来一篇名为《非常时期如何高效自学》的文章。她转发到家校联盟群中，不少家长对她表示感谢。

这样的文章，她也想写，可她的两个孩子接连发烧了，这让她有点紧张，抽不出时间来。据她判断，孩子们只是普通发烧，问题不大，她就根据以往的经验，在家自行为孩子退烧。她不是那种焦虑的家长，稳定的情绪通过电话听筒传过来，但现在，她正在为其他焦虑的家长忙碌着。

那篇文章是徐行 1 月 27 日写的，在他的个人公众号上发出，阅读量很快突破了十万。他知道家长着急。学校做了延期开学的通知，立刻有家长问："孩子在家里玩手机怎么办？"

南京的家长一直都比较焦虑，他说，家长优秀，就容不得孩子不优秀。"很多高学历的家长实际上是在帮倒忙"，看到孩子动一动、玩一玩，就开始"说教"，"就认为到了我这个年龄了，我功成名就了，你现在要学习，让孩子觉得自己变成了家长维护面子的工具，这是孩子们非常反感的"。

他写文章的目的有二：一是让孩子们有自觉意识；二是希望家长们别觉得自己倒霉，抱怨、焦虑，把焦虑和恐慌转嫁到孩子身上。

他在文章里写道："家长不要一边自己玩手机一边宣泄焦虑，也可以静心读读书……即使不能榜样示范，至少可以营造安静的氛围""我加这一句是让家长们意识到，你光说教是没有用的，你要表现出对知识的热爱，终生学习，不然的话孩子说一句话，'你看你原来读了个博士，现在你不读了，你也不学了，你现在光想赚钱了'，对不对？"

"一岁多碰到'非典'，
高考又碰见冠状病毒"

很多家长提到了 2003 年的"非典"，十七年前，他们多数还没有为人父母，心态要放松得多。

那年，李怡在大连上大学，窝在宿舍里，一周没洗脸。现在不一样了。洗完脸还得敷张面膜，利用这段时间好好护肤。有了孩子，她格外在意卫生。有天晚上，孩子非要上同伴家玩。她就仔仔细细地询问对方的家长，有没有过出门记录，防护措施是如何做的。又把自己的情况一五一十交代给对方。

那年，徐行在河北衡水一处城乡接合部的中学做初二班主任。班主任每天都要给孩子们测体温。如果达到 38.5℃，就要把孩子送去医院。有一天真的遇到学生发热，他上头的领导都不愿送那孩子，要他送。他心里很矛盾，不送吧，对不起孩子，送吧，自己可能有危险。

他想了个办法，让孩子在他前面一百米的地方走，他在后面跟着，这样把孩子送去乡镇医院隔离了。结果，他一回来就发烧了。

他感到大难临头。学校没隔离他，一个萝卜一个坑，把他隔离了，就没人给班上其他学生量体温了。领导安抚他，说："如果传染，我们一起死，你不用害怕。"好在第二天，他烧退了。这时他才想，头天之所以体温高，大概是因为外面晒的，外加气的。

现在不会了。"现在城里的孩子都像宝一样，人家家长已经做得比较好。"

2003 年，北京海淀区妈妈王琴的女儿刚一岁多点儿。这两天她和几位家长在群里聊："属马的孩子也挺倒霉的，一岁多的时候碰到'非典'，这这今年高考又碰见冠状病毒，你说这叫什么命啊！"

她女儿是艺考生，学声乐里的流行唱法。按照惯例，2月初，女儿就要参加艺考考试了。突如其来的病毒彻底打乱了这一切。

大年初一，四川音乐学院的公众号推送消息，考试延迟，恢复时间另行通知。女儿有更多时间复习了，但延期考试意味着在考试前，女儿都必须不断练习专业，那什么时候复习文化课？何况其他学生的复习时间也加长了，那女儿的基础优势就不明显了，竞争更残酷了。

接下来的几天里，她陆续收到另外几所音乐学院的延期考试通知。过去这一年，这家人在女儿身上花了十多万元。为了陪伴女儿，王琴2020年年初辞了职，接送女儿上培训课，每次上课时，她都在一旁默默等待三小时。延期考试意味着，她还要在女儿身上投入更多的时间和金钱。

像女儿这么大时，王琴在家人的要求下报考了财务专业。她对财务没兴趣，工作也不称心。她想着，她的女儿必须为自己而活，把爱好变为事业。

因此，疫情当前，她的对策是以不变应万变。初六，她又带着女儿去参加培训了。好在女儿的声乐培训是一对一的。不像她一个朋友的孩子，学民乐的，有四个老师，要投入的时间和金钱都比她多。她好些天没跟那位朋友联系了，她猜测朋友应该也慌了。

老张到现在都没告诉女儿到底发生了什么。他寻思她还小，理解不了。他也没跟她说学校延迟开学的事，打算这两天告诉她。但这对他来说，不是什么需要字斟句酌或为之烦恼的事。当前最紧要的是，到底谁能来帮他带孩子。从初一到初六，他只出过两次门，都是为了下楼扔垃圾，不愿跟大人分开的孩子都从父亲出门那一刻开始掐表计时，一次用了四分零几秒，一次不到四分钟。女儿伸出大拇指夸他，有进步。

他反复盘算着：2月10日之前，他可以在家办公，这个问题可以暂且不考虑，但2月10号之后呢？如果元宵过后疫情还没有好转，母亲长期无法来北京呢？

　　任他再怎么想，他也无法像过去那样严丝合缝地筹备日程、执行安排了。现在，他只能抱着过一天是一天的想法，每天尽力把工作安排好，要求团队里其他人和自己一起努力别掉链子。而在家里，保证女儿吃饱喝足睡好不生病，就行了。能闲下来喘口气时，他偶尔会庆幸是在互联网公司，公司很人性化地要求尽量线上办公，在技术同事的支撑下，几乎所有的工作都可以在家完成。

　　此时此刻，不管是爱上学的、不爱上学的，喜欢宅家的、想出去玩的，焦虑的、情绪稳定的，所有人的愿望都很一致：疫情快点结束，可以走到阳光下，重新开启有序的生活。

　　前阵子，武汉连着下了好几天雨。1月28日那天难得放晴。方静起床看见太阳，真想出去啊。可她不能出去，只能抱着孩子，在阳台上晒一晒。

（文中老张、李怡、小茸、大刘、徐行、方静、王琴为化名。）

辑三

听见·爱

致敬白衣天使

文 / 濮存昕
朗诵 / 濮存昕

白衣天使们：

　　我是演员濮存昕，和所有的朋友一样，我们心系湖北、武汉，心系奋战在抗疫前线的你们。在手机里，我们看到你们，忙碌了一天，卸去防护服，摘下防护镜和口罩，你们的脸上留下了一道道红肿的压痕，我相信大家将心比心都能感受到你们的不易。因此我写了四个字"大爱纵横"，对你们的医者仁心点赞，你们真是太辛苦了。

　　前些日子，我刚刚在舞台上扮演过"林则徐"这个角色，林则徐流传至今的著名诗句——"苟利国家生死以，岂因祸福避趋之"，这句诗就是对你们的写照。我们和全国人民一道，也和你们的家人孩子们一道，响应号召，在家参加疫情隔离，以阻断病毒的传播。现在，我们通过"安心家书"这个小活动向你们表达敬意，深深的敬意。让我们前方后方一起努力，尽早，最终战胜疫情，欢迎你们从第一线凯旋回家。

濮存昕："大爱纵横"

致敬志愿者

文／综合自共青团中央、新华网、共产党员公众号

朗诵／濮存昕

风雨袭来的时候

雷电交加的时候

有多少温暖的手

牵着人们朝着有光的地方走……

将来，无论什么时候，当我们再次回顾新冠肺炎疫情，我们被一幕幕场景深深触动：危急关头，一个个平凡的生命，绽放出了不平凡的生命光辉。

他们奋战在街头，武汉"封城"期间自愿接送医护人员上下班；他们往来于运输点，为隔离在家的人们送去各类生活日用品；如果不是新冠肺炎疫情突然降临，他们原本就是生活在城市里的普通百姓——他们是社区居民、大学生、小区业主、公司白领，他们还可能是快递小哥和外卖送餐员，他们就生活工作在这座城市。

这些生活在我们身边的普普通通的人，一起做着值得整个社会铭记的事情：自发参与抗击疫情。

请记住他们，他们也是抗疫英雄，他们是志愿者。

2020 年 1 月 23 日，武汉"封城"了。但仍有九百多万人生活在这里。

那往日的衣食住行、求医问药，现在都出现了困难。于是，成千上万的青年志愿者自发行动起来，活跃在寂静的街区，成为这座城市的另一种"基础设施"，填补了疫区艰难运转中的一个又一个空白。很多人得到过他们的帮助，却不知道他们的名字，只知道他们叫——志愿者。

"您好，测一下体温。"——这成了小学音乐教师华雨辰近期说得最多的一句话。除了做测温员，她还当司机、方舱医院播音员、搬运工……华雨辰在这些岗位上已经奋战了一个多月。她说："作为一个武汉年轻人，就想尽力多做些什么。"

大年夜，在经历了几个小时的思想斗争之后，武汉快递小哥汪勇决定去接送医护人员。虽然还是有点害怕，可第一天，就接送了三十多个人。

在全国的医疗救援队到来之前，金银潭医护人员连夜奋战，能睡到床的人很少。所以，上车之后，都互相不说话，成了一种默契。

有些护士会因为压力太大，在座位上默默抽泣。坐在前座开车的汪勇，不知道怎么安慰，能做的就是让他们别再为打不着车发愁。

吃过年夜饭，90 后小伙儿郑能量把母亲托付给亲戚，开着自己新买的商务车，从长沙往"别人都想要逃离"的武汉驶去。他守在医院门口，接送医护人员上下班，也拉过病逝者的遗体去殡仪馆。

郑能量每天就住在车上。好心人想给他提供住宿，可他并没有接受。他朴实地说："怕自己身上没消毒干净，怕给人家家里弄脏了。"

　　心，点亮一盏灯
　　爱，聚起一座城

　　在抗击疫情一线，有无数他们的身影。他们无所求，只想在这座城市需要他们的时候，献出一份温暖和力量。

　　他们有一个共同而且响亮的名字——志愿者。

　　他们白天分配物资，夜晚到卡点站岗登记，一站就是大半夜；

　　他们听说医疗资源紧缺，就全网查询并人力背回物资捐赠一线；

　　还有的起早贪黑忙碌在厨房，就为了让站岗人员吃上一口热乎的饭……

　　在社区、在农村、在高速路口、在医院，留下一抹闪亮的"志愿红"。

　　没有被禁锢的城
　　只有隔不开的爱

　　待到樱花烂漫时，我们同声点赞。

去希望窗外的希望

文 / 池莉
朗诵 / 濮存昕

　　这个时刻，天正暗下来，黄昏将近，我站在窗前，朝侧面的楼栋微笑。我之所以持续保持微笑，是怕出事。侧面楼栋一户人家的窗前，一位老人，打开玻璃窗，对着户外颤抖哀号："么时候才是个头哇——么时候才是个头哇——"我听见了。我立刻冲到窗前，打开我家窗户，寻求老人目光，向他摆手摇手："喂，——爹爹！"我使出最温和安详的嗓音，与他打招呼。由于角度关系，我无法判断他是否看见了我。我就努力持续着，持续着，直至他终于朝我这边转过脸。然后老人停止了，关上窗户进屋了。可我还是不放心，赶紧给物业打了紧急求助电话，请他们务必上楼敲门，去查看一下，看看是否孤寡老人？问问是否发生了困难？如果老人有什么需要，只要我们家有。物业也非常尽职，答应马上就去。这一阵忙乎，夜色已黑。这个时刻，是隔离的第二十八天了。焦虑和急躁开始在人们心里蔓延，我们需要对付更多敌人，包括在自己心里逐渐扩大的阴影。

　　这个时刻，新冠肺炎病毒还在肆虐，而武汉，也已经出台了疫情暴发以来最为严格的隔离严控措施，所有干部职工下沉社区，收治病床在每天扩大，医疗一线医务人员们正在冒死救治病人。人与病毒的搏斗，已经到了白热化程度；吞噬与反吞噬，进入胶着化状态，这个时刻，不能有一丝一毫的松劲。然而，人们在家隔离已经第二十八天了，有人坐不住了，有人千方百计偷跑出去，有人吃不惯配送的简单蔬菜，想吃鲜鱼鲜肉和热腾腾的热干面了，还有人带着孩子出来遛弯，还说"怕么事哟，注意点就行了，关家里人都关苕了"。此情此景，说真的，太急人也太恨人了！事情非常清楚，如果不彻底阻断人传人，后果将不堪设想。这个时刻，如果还有人不珍惜生命，同时还危害他人生命，就只能强制他珍惜自己。这个时刻，日常生活不再是常言所谓的日常生活了，直接就是保卫生命。

这个时刻，唯有保卫生命是最高准则。因此我们能做一件事，就做一件事；能帮一个人，就帮一个人；底线是我们首先做好自己。这个时刻，真正到了我为人人、人人为我的时刻，我们得靠每个人点点滴滴的力量汇聚成人类的强大意志，把我们生命夺回来！把人类荣耀夺回来！我们死去的生命不可以白死！

这个时刻，心神稳定是我们的拯救，理性冷静是我们的力量，勇敢顽强是我们的必须，咬牙挺住是我们的本分。又是一个黎明来临，拉开窗帘，东方既白，太阳照常升起，这个时刻，我们必须忍住悲伤，克服畏惧，去希望窗外的希望。

致敬钟南山

文 / 陈先义
朗诵 / 杨立新

该怎么称谓您呢？先生！
我不愿说您是明星，
因为小娘炮小鲜肉们，
已经消解了它丰厚的内容。
说你是明星，
便歪曲了社会对你的尊敬。
我也不愿说你是学者，
因为太多太多的学者，
大脑已丧失说真话的功能，
面对"人传人"的科学断言，
有的人语无伦次说话已经模糊不清。
学术的良心，被论斤作两，
卖给了大腹便便的资本大亨。

我也不愿说你是院士，
因为用院士的称谓，
似乎还描绘不出，
你那泾渭分明，
揉不进沙子的睿智眼睛。
更何况有的院士，
视论文超越疫情。

称你院士，
似乎还表达不了，
一个八十四岁高龄的老人，
那铁骨铮铮的钢铁秉性。
你是医生，
可我依然不愿这样称谓您，
因为年轻时，
你曾是一名国家运动员，
酷爱绿茵场的田径。
你是一名敢拼的战士，
最喜欢的词汇是冲锋。

思来想去，
我想到了鲁迅先生，
上个世纪初早已为你定名：
那是沉甸甸的四个字，
"民族脊梁" ——
力拔山兮气盖世，
天欲坠时南山擎。

一盏仙壶济世悬，
国有危难立钟鼎，
你是埋头苦干的战士，
你是拼命硬干的先锋，
你是为民请命的贤达，
你是舍身求法的英雄。
你用盈盈的泪水，
暖化的何止是武汉人，
那是整个中国的百姓。

你的眼眶为什么常常发红？
因为那饱含着的，
是一个老战士，
对祖国和人民的无比忠诚。

南山不老啊，大树长青。
铁肩道义啊，有英雄担承。
看如今千军万马战疫魔，
战旗指处老"黄忠"。

这是一面英雄的旗帜，
战旗的后面，
是千千万万华夏儿女，
无所畏惧的强大阵容。
有这样的队伍，
有这样的英雄，
我们所向披靡，
我们无往不胜。

背 影

文 / 孙世华

朗诵 / 杨立新

小的时候，我读过一篇散文叫《背影》。
那是旧时代一个困顿苍凉的背影，
一个儿子眼中父亲的背影。
她写下的是人世间难舍的离别之情；
表达了淡淡的忧伤和冷清。
此时此刻，我要说的，
不是出自作家笔下，
也不是文学作品中的背影，
而是二十一世纪新时代和平时期的
另一种背影。

十七年前，"非典"肆虐，我们曾见过这个背影，
十七年后，新病毒来袭，

我们又见到了这个背影。

这个背影上写着：护士，医生；

这个背影上写着：加油，必胜！

这是战士的背影，

这是英雄的背影！

他们是疫情的克星，

他们是在用生命拯救生命！

这背影，像海一样深沉，

这背影，像山一样凝重！

她是一座丰碑，上面镌刻着：

拼搏，冲锋，奉献，牺牲；

她是一盏明灯，闪闪发光，启迪思想，

净化灵魂，给人力量，照亮前程。

看吧，这个背影朝向世界，

世界的眼睛满是尊敬；

看吧，这个背影朝向神州大地，

同胞的眼中满是感动！

也许有人会问：

是什么让这背影如此强大？

是什么让这背影如此坚定？

我可以告诉你，激励这背影的，

是民族大义，是热血沸腾；

支撑这背影的，

是爱国襟怀，是如火的激情！

为民族战疫情，他们热血澎湃，敢上；

为国家保民生，他们激情似火，敢冲！

本来，白衣天使是个圣洁而空灵的名字，
听起来还有些柔柔弱弱，轻轻松松，
但是，在疫情面前，
白衣天使，却是那样的无私无畏，高大威猛！
英勇战斗，向前冲锋，
这才是白衣天使的担承，
这才是白衣天使的品性和本能！
白衣天使啊！你们那勇敢的逆行者的背影，
让我们掂出了白衣天使的称谓不是很轻，
而是很重很重！
你们的背影像一尊雕塑，美丽中透着英勇，
在我们心中，你们是天使，更是英雄！
我们永远为你们歌唱，
为你们吟咏！

热干面里长安辣

文 / 吴京安
朗诵 / 吴京安

自疫情暴发以来，无数的医护人员驰援武汉，谱写了无数可歌可泣的动人事迹。

在西安交大一附院的十五人医护队中，共有九名女性医护工作者，她们为了在疫区更好地保护自己，更为了节省穿脱防护服的时间，不约而同、毅然决然地剪掉了自己的一头秀发，以光头的状态，投入到武汉新型冠状病毒的阻击战中。

著名演员吴京安听闻后，内心由衷地佩服，有感而发，写下了以下一段话：

新冠肺炎成了世界的焦点，很多事情触动着自己的每一根神经。因为有需要，有人做出了牺牲，奉献了自己的心；因为有需要，有人牺牲了美丽；有人奉献了柔软，变得坚强；有人在坚强的时候，流下了泪水……我看到了很多很多这样的新闻。我是西安人，那天看到西安九姑娘剃发上阵，确实触动了我。她们在自己最美的年华，将美丽的长发削去，就像小庙宇里的和尚、尼姑。请记住她们，照亮生命的南丁格尔精神。她们用自己的爱心、耐心、细心和责任心去好好对待照顾每一位病人，践行着自己最本分的职责。所以我由衷地钦佩，有感而发，我不是诗人，也不是作家，我就是演员吴京安。

西安，九姑娘剃发上阵
乡党妹子，姑娘娃
我想说，落了落了
无声无息美丽黑色的雪花
落了
唱着八百里秦川的陕音
缠绕着苦痛坚强欢笑的泪
落了
飘飘洒洒在白色凝冻的大地
手捧着丝丝秀发
从未有过的美让娃们相拥相依
哭了笑了
南丁格尔的神灯燃烧了姑娘娃们最美的心火
镜子里的你们都说不出话了
你盯着我
我看着你
只有泪珠滴答滴答
我怎么像个和尚
出家也要疫情过后
回家男朋友不认识我了咋办
不要怕不要怕

没事

还有咱爸咱妈

换个造型

这是人世间最美丽的星星

不哭

我们都不哭

第一次剪成这

第一次成了光头女娃

和降生一样

我们有了人生最惨痛的历练

我都不认识你了

你叫啥

我叫秦川

我叫长安

我叫秦岭

我叫灞柳

我叫武汉

我们的名字叫河山

咱是吃辣子长大的娃

血红，血红红的

啥都不怕

骊山晚照，灞柳风雪的那一日

长发翩翩飘逸

我们还来武汉

辣子调红醋调酸

走　不怕

九个姑娘娃
到那一日
还你美发还你笑
热干面里长安辣

写于 2020 年 2 月 11 日下午四点

还 在

文 / 邓康延
朗诵 / 吴京安

黄鹤走了
黄鹤楼还在
爸妈走了
孩子还在
孩子走了
泪水还在
泪水走了
江水还在

不哭武汉
天还在　地还在
武大的樱花还在
花瓣的露珠还在

露珠里的太阳还在
太阳下的牵挂还在

辛亥庚子还在
惊蛰春分还在
楚风汉骂还在
龟山蛇山还在
豆皮配着热干面还在
三镇依偎着两江还在

晴川芳草都还在
就有风雨故人来
万籁俱寂曲还在
就有知音遇琴台
只要黄鹤楼还在
黄鹤就能飞回来

武汉武汉人
人在武汉在

若我归来

文 / 左远庆（诗人）　修改 / 周远平（医生）
朗诵 / 张凯丽

若我归来，
请不要为我做什么接待。
只想回家好好地睡上一觉，
睁开眼后，
自己还在。

若我归来，
请不要为我做什么安排。
只想在接着上班的时候，
和同事们打个招呼，
就当出差回来。

若我归来，

请不要为我张灯结彩。
不开英雄会，
不搞颁奖台，
我只做了一个医护该做的事。
所有的付出，
是直面生命的责任，
救死扶伤是唯一的品牌。
吃了这碗饭，
家国自有安排。

"挽狂澜于既倒，
扶大厦于将倾"
来不及那样细想；
"苟利国家生死以，
岂因祸福避趋之"，
谈不上这样伟大。
时代让平常的我，
遭遇了疫情，
遇见了国殇，
杏林中人责无旁贷，
我无悔地走上前线，
敬业、救人、报国，
这是父之言训，
母之叮爱，
一切都是理所应该。

若我归来，
赶上春暖花开，
我想去看桃红柳绿，
欣赏高大的英雄树鲜花盛开。
说好的我不哭，
花也不哭，
在樱花树丛的浓郁中，
找个无人处摘下帽子，
让她们看看我无法无天的样子，
是不是跟长发飘飘的从前一样可爱？

若我归来，
最想吃的是妈妈做的味道。
不是大鱼大肉，
不是山珍海味，
只一盘绿油油的青菜，
外加一碟青椒土豆丝，
别无他爱。

若我归来，
不让家人和孩子来车站接我，
悄悄地推门，
轻轻地额吻，
默默地看着他们熟睡的样子，
补上除夕夜的等待，
等待幸福像花儿一样盛开。

若我归来，
定要感谢我们生活的这个世界。
因为面对疫情，
个人的力量轻如尘埃；
国家的意志，
白衣战士的情怀，
全社会的支持，
所有人对生命的热爱，
像三山五岳巍峨，
像江河大海澎湃！
没有这样的力量整合，
就不会有，
我的胜利归来！

若我归不来，
也如归来一样；
倒下的是躯体，
站立的是永爱！

你若安好　便是晴天

文 / 羽菡
朗诵 / 乔榛

正月十五元宵节，又称上元节、小正月或春灯节。

新年的第一个月圆之夜，古人燃灯点火，驱邪、保平安，更有吃元宵、赏花灯、舞彩龙、猜灯谜等民俗。

这绵延千年的灯火，承载着历史的积淀，也映照着当下。刚刚过去的 2019，我们过得并不容易，但我们努力了，就有意义。

回首洪流奔腾的岁月，我们的祖国，始终承受着巨大的考验，1998年洪灾、2003 年"非典"、2008 年汶川大地震……多少灾祸让我们疼痛、受伤，但中华民族自古以来就具有强大的向心力和凝聚力，让我们历经百难，依然坚不可摧。

凡属过往，皆为序章。今日元宵，冬去春来。

元宵佳节，家家团圆，北滚元宵，南包汤圆，吃了这一碗热气腾腾的元宵，祈望一年的圆满。

然而今天，马路上不见往日的车水马龙，连白天也静得令人窒息……

一种病毒，不知来自何处，一夜之间到处游弋，侵袭中华大地，绞杀百姓生命。不断飙升的患者数字，让人胆寒心惊。每个人都在经历着前所未有的考验，无数的资讯，不同的应对，个人、家庭、社会，都彰显着各自的格局。

考验，淬炼着真金。挺身迎战的医务工作者，看不清他们的模样，却总有一个身影在眼前浮现——"提灯天使"。

一身纯洁的白，是天使的白，给人慰藉，让人心安。

在那扇厚重的门里，泛着温柔的光。他（她）就是患者的亲人，别怕，你的疼就是我的疼，让我们一起抗击疫情的侵袭，一起与死神争夺生的希望。

有时候，她也会困惑：什么是勇敢？但一旦披上战袍，她瞬间就变成了冲锋陷阵的战士。

他主动请缨，她削发出征。"岂曰无衣，与子同袍"，执守患者的生命，是他们唯一的信念。

现在，你们都好吗，家里，父母双亲，正翘首以盼；你的孩子，正望眼欲穿。一碗汤圆，为你留着。你若安好，便是晴天。

火神山医院。建设者用十天十夜撑起了一片云天！这是爱的魔力，超越人类极限，创造奇迹的魔力；这是一场极速压缩时间空间的战役；这是一场守护生命的接力，一千四百名军医冒着风雨赶来了，那身裹住黑夜的白，接过一千多名患者的希望，接过他们身后每一个家庭的希望。

他们是守护中国的火神，用博大的爱，带着身后十四亿中国人的祈愿与助力，守护着生命之花。

我们一次次看到，工作群里"召必回"的刷屏，医疗、运输、供应等各条战线，联通医院的"七筋八脉"。涓涓细流汇成大海，机关、企业、街道、社区、学校，甚至城市物流系统中的快递小哥，携手勠力，托起一座坚不可摧的生命之城。

一位上海爷叔，捐出三分之一的积蓄，他说这是他这辈子最正确的决定。

"最美上海房东"发布告租客书：房租全免。魔都用爱心和信心，接纳每一位来客。

今年的元宵节啊，多了凝重，多了寄托。有家就有团圆，有爱才有希望。让我们万众一心，和衷共济，希望就在明天！

明天，让辗转漂泊的思念落地，让牵挂的人都平安归来。

春风浩荡，消融灾殃。伟大民族，灵魂不屈。愿这碗温暖的汤圆，这一夜灿烂的灯火，预兆来日，风调雨顺，国泰民安！

我只想悄悄地走

文 / 左远庆
朗诵 / 洪伯

我是悄悄地来的
所以我想悄悄地走
把这近三十天的记忆留在身后
脱下防护服的那一瞬间
我也有过泪在眼中
手在发抖
就好像战斗结束时的那种松弛
精神不再高度紧张
意志不需拼死搏斗
卸下铠甲的我
突然间想起妈妈，想起孩子
想起爱人昨天的问候
我是悄悄地来

我想悄悄地走
可当车驶出医院时
大道两边早已站满了欢送的人群
像两座碧绿的青山
此刻的我们
像一条奔向故乡的河流
其实不用谢我们
我们是同一片蓝天上的雨露
我们是同一片土地上的丰收

一方有难，八方支援
国家兴亡，匹夫有责
你们这样的送别
让我的心何以承受
虽然我们没有一一握手
可你们那挥别的手臂
像荆楚大地上的无边的森林
让我感动
让我泪流
相见时难别亦难
我不敢回头
我不敢哭出声音来
我不知道该向谁说
向死而生的内心
有多么沉重
又有多么陌生

因为我从没想到会在一个和平而温暖的时代

自己会出征，会告别故乡，告别亲人

三十天的日子

弹指一挥间

过程无论多悲切

无论多壮烈

我们拯救了生命

我们驰援了湖北

我们零感染我们零死亡

我们做到了完美无缺

只是我们觉得

这一切无关赞许

无关荣誉

无关传说中的感恩和补贴

我是悄悄地来

我只想悄悄地走

不说多余的话

若有重逢

我们以茶代酒

先醉岁月

再醉山河

在本书的编辑过程中，我社曾多方联系本书所涉及作者以便洽谈版权事宜，但截至本书付印之前，仍未能与个别作者取得联系。现谨对尚未取得联系的作者表示歉意，并请有关作者见书后，尽快联系作家出版社，以便及时奉寄样书和稿酬。

电话：010-65389761
地址：北京市朝阳区农展馆南里 10 号作家出版社

图书在版编目（CIP）数据

人间光亮：武汉生命记忆 / 刘宇等著 . -- 北京：作家
出版社，2020.11

ISBN 978 - 7 - 5212 - 1102 - 3

Ⅰ . ①人… Ⅱ . ①刘… Ⅲ . ①纪实文学 – 中国 – 当代
Ⅳ . ①I25

中国版本图书馆 CIP 数据核字（2020）第 168940 号

人间光亮：武汉生命记忆

作　　者：刘　宇　等
责任编辑：姬小琴
装帧设计：纸方程
封面摄影：陈黎明
书名题字：季　冉
出版发行：作家出版社有限公司
社　　址：北京农展馆南里 10 号　　　邮　　编：100125
电话传真：86 – 10 – 65067186（发行中心及邮购部）
　　　　　86 – 10 – 65004079（总编室）
E – mail: zuojia@zuojia. net. cn
http: // www. zuojiachubanshe. com
印　　刷：中煤（北京）印务有限公司
成品尺寸：165 × 230
字　　数：275 千
印　　张：21
印　　数：001—6000
版　　次：2020 年 11 月第 1 版
印　　次：2020 年 11 月第 1 次印刷
ISBN 978 – 7 – 5212 – 1102 – 3
定　　价：68.00 元